U0132946

中国近代乡村自治法规选编

徐秀丽　编

中华书局

图书在版编目（CIP）数据

中国近代乡村自治法规选编／徐秀丽编. —北京：中华书局，
2004

ISBN 7 - 101 - 04048 - 9

Ⅰ. 中…　Ⅱ. 徐…　Ⅲ. 乡村－地方自治法－法规－汇编
－中国－近代　Ⅳ. D921.89

中国版本图书馆 CIP 数据核字（2003）第 077095 号

书　　名	中国近代乡村自治法规选编
编　　者	徐秀丽
责任编辑	毕于慧
出版发行	中华书局
	（北京市丰台区太平桥西里 38 号　100073）
	http://www.zhbc.com.cn
	E - mail：zhbc@ zhbc.com.cn
印　　刷	北京瑞古冠中印刷厂
版　　次	2004 年 9 月北京第 1 版
	2004 年 9 月北京第 1 次印刷
规　　格	开本/850×1168 毫米　1/32
	印张 13¾　字数 309 千字
印　　数	1 - 1500 册
国际书号	ISBN 7 - 101 - 04048 - 9/D · 3
定　　价	30.00 元

编 者 说 明

　　收在本书中的法规,有相当部分系编者本人为从事中国近代乡村自治研究所做的资料准备。法规条文与其实行当然不是一回事,两者之间可能有极大的差距,但法规作为政治生活的规范,约束着人们的政治行为,作为政治生活的凝聚,又是政治现实和政治发展的表征,因此,它既是衡量实际状况的一个标准,其本身亦是重要的研究对象。遂将相关内容选编出版,以供同行参考。

　　本书的编纂范围,为清末至1949年有关县级以下地方自治的法规,若干虽范围较广但县以下自治仍为其重要内容的法规亦一并收入,如清末的《府厅州县地方自治章程》和民国时期的《乡镇坊自治职员选举及罢免法》等,而有些法规虽部分涉及乡村,但明显以城市为主体,如清末的《京师地方自治章程》和民国时期的《市组织法》等,则不加收录,以体现"乡村自治"的主题。

　　中国近代有关乡村自治的法规种类繁多,本书只有第一部分即"中央法规"部分力求做到收罗齐全,有些法规(如民国时期的《县组织法》)几经修订,为反映全貌,几次修订本均予收录;"地方法规"部分只能举例式地选编几个较具典型地方的有关法规。本来还选编了革命根据地及边区、解放区的若干相关法规作为第三部分,因受篇幅限制,这部分内容在定稿时被删除。由于同样的原因,对于原文献的附表、附图一并作了删除处理。

　　本书所选取的内容,侧重乡村自治机构的组织、自治职员的选举、自治法规的施行等有关地方自治的基本方面,地方性法规中尚有大量内容涉及地方自治的某一特定方面，如保卫方面的"保卫团法"，经济方面的"信用社章程"，教育方面的"教育会章程"，改良风俗方面的"改良风俗会规约"等等，本书均未收录。

本书内容均选自公开出版物，所取版本以编者的便利为原则，但不少出版物错舛较多，因此，在选编过程中事实上已经作了较多的比较和选择。尽管这样，部分文献还是存在一些比较明显的错误，对此，编者作了相应技术处理，根据文意或文例所作的补充用〔 〕表示，纠错用〔 〕表示。编者还在每件文献之末注明了出处，以便读者按图索骥。

原文献有相当部分未提供相关法规公布的时间，编者根据有关资料进行了补充，对于无法确定具体日期的文件，则注明大致的年代；原资料有相当部分未标点或者标点不准确，编者对相关文献增加了标点或对之加以改动，未遑一一标明；为方便阅读，在地方性法规名称前面一律加上了省以下各级地名。

本书为"中国农村治理的历史与现状——以定县、邹平和江宁为例的比较分析"研究项目的一个副产品，这一研究项目得到了福特基金会的支持；本书所选资料大致取自编者供职的单位——中国社会科学院近代史研究所图书馆的藏书；在编纂本书的过程中，曾得到多位师友的帮助，或提供线索，或核对日期，或协助技术处理。谨借本书出版之机，对上述单位和个人表示诚挚的谢意和良好的祝愿。

徐秀丽谨识

2003 年 7 月

目　　录

第一部分　中央法规

第二部分　地方法规

第一部分　中央法规

一、清　末

城镇乡地方自治章程

（光绪三十四年十二月二十七日颁布）

第一章　总　纲

第一节　自治名义

第一条　地方自治以专办地方公益事宜,辅佐官治为主。按照定章,由地方公选合格绅民,受地方官监督办理。

第二节　城镇乡区域

第二条　凡府厅州县治城厢地方为城,其余市镇村庄屯集等各地方,人口满五万以上者为镇,人口不满五万者为乡。

第三条　城镇乡之区域,各以本地方固有之境界为准。

若境界不明,或必须另行析并者,由该管地方官详确分划,申请本省督抚核定。嗣后城镇乡区域如有应行变更或彼此争议之处,由各该城镇乡议事会拟具草案,移交府厅州县议事会议决之。

第四条　镇乡地方嗣后若因人口之增减,镇有人口不足四万五千,乡有多至五万五千者,由该镇董事会或乡董呈由地方官申请督抚,分别改为乡镇。

第三节　自治范围

第五条　城镇乡自治事宜,以左列各款为限:

一、本城镇乡之学务:中小学堂、蒙养院、教育会、劝学所、

宣讲所、图书馆、阅报社,其他关于本城镇乡学务之事;

二、本城镇乡之卫生:清洁道路、蠲除污秽、施医药局、医院医学堂、公园、戒烟会,其他关于本城镇乡卫生之事;

三、本城镇乡之道路工程:改正道路、修缮道路、建筑桥梁、疏通沟渠、建筑公用房屋、路灯,其他关于本城镇乡道路工程之事;

四、本城镇乡之农工商务:改良种植牧畜及渔业、工艺厂、工业学堂、劝工厂、改良工艺、整理商业、开设市场、防护青苗、筹办水利、整理田地,其他关于本城镇乡农工商务之事;

五、本城镇乡之善举:救贫事业、恤嫠、保节、育婴、施衣、放粥、义仓积谷、贫民工艺、救生会、救火会、救荒、义棺义冢、保存古迹,其他关于本城镇乡善举之事;

六、本城镇乡之公共营业:电车、电灯、自来水,其他关于本城镇乡公共营业之事;

七、因办理本条各款筹集款项等事;

八、其他因本地方习惯,向归绅董办理,素无弊端之各事。

第六条　前条第一至第六款所列事项,有专属于国家行政者,不在自治范围之内。

第七条　城镇乡地方,就自治事宜,得公定自治规约,惟不得与本章程及他项律例章程相抵牾。

自治规约内得设罚则,以罚金及停止选民权为限。罚金最多之额,不得过十元。停止选民权最长之期,不得过五年。

第四节　自治职

第八条　凡城镇各设自治职如左:

一、议事会;

二、董事会。

第九条　凡乡设自治职如左：

一、议事会；

二、乡董。

第十条　城镇乡地方有分属二县以上，或直隶州与县管辖者，其自治职仍得合并设置，毋庸分立。

第十一条　城镇有区域过广，其人口满十万以上者，得就境内划分为若干区，各设区董，办理区内自治事宜，其细则以规约定之。

第十二条　乡有户口过少，其选民全数不足议员最少定额十倍之数者，得不独立设置自治职，与同一管辖内邻近之城镇乡合并办理。

若因地方情形不便合并者，除按章设置乡董外，得不设乡议事会，以乡选民会代之。

第十三条　凡二乡以上有彼此相关之事，必须连合办理者，得以各该乡之协议，设连合会办理之。

第十四条　城镇乡地方各设自治公所，为城镇乡议事会会议及城镇董事会乡董办事之地。

自治公所，可酌就本地公产房屋或庙宇为之。

第五节　居民及选民

第十五条　凡于城镇乡内现有住所或寓所者，不论本籍、京旗、驻防或流寓，均为城镇乡居民。

居民按照本章程所定，有享受本地方公益之权利，并有分任本地方负担之义务。

第十六条　城镇乡居民具备左列资格者为城镇乡选民：

一、有本国国籍者；

二、男子年满二十五岁者；

三、居本城镇乡接续至三年以上者；

四、年纳正税(指解部库司库支销之各项租税而言)或本地方公益捐二元以上者。

居民内有素行公正,众望允孚者,虽不备第三、第四款之资格,亦得以城镇乡议事会之议决,作为选民。

若有纳正税或公益捐较本地选民内纳捐最多之人所纳尤多者,虽不备第二、第三款之资格,亦得作为选民。

第十七条　有左列情事之一者,虽具备前条第一项各款,及合前条第三项所定资格,不得为选民:

一、品行悖谬,营私武断,确有实据者;

二、曾处监禁以上之刑者;

三、营业不正者,其范围以规约定之;

四、失财产上之信用,被人控实尚未清结者;

五、吸食鸦片者;

六、有心疾者;

七、不识文字者。

第十八条　城镇乡选民按照本章程所定,有选举自治职员及被选举为自治职员之权。

以第十六条第三项资格作为选民者,有选举自治职员之权,若不能自行选举权者,得遣代理人行之。

代理人以具备第十六条第一项第一、二款之资格,且不犯第十七条所列各款者为限。

第十九条　左列人等,不得选举自治职员及被选举为自治职员:

一、现任本地方官吏者;

二、现充军人者;

三、现充本地方巡警者;

四、现为僧道及其他宗教师者。

第二十条　现在学堂肄业者,不得被选举为自治职员。

第二十一条　凡被选举为自治职员者,非有左列事由之一,不得谢绝当选,亦不得于任期内告退:

一、确有疾病,不能常任职务者;

二、确有他业,不能常居境内者;

三、年满六十岁以上者;

四、连任至三次以上者;

五、其他事由,特经城镇乡议事会允准者。

第二十二条　无前条所列事由之一,而谢绝或告退者,得以城镇乡议事会之议决,于一年以上,五年以下,停止其选民权。

第二章　城镇乡议事会

第一节　员额及任期

第二十三条　城镇议事会议员,以二十名为定额。

城镇人口满五万五千者,得于前项定额外,增设议员一名。自此以上,每加人口五千,得增议员一名,至多以六十名为限。

第二十四条　乡议事会议员,按照人口之数定之,其比例如左:

人口不满二千五百者,议员六名;

人口二千五百以上不满五千者,议员八名;

人口五千以上不满一万者,议员十名;

人口一万以上不满二万者,议员十二名;

人口二万以上不满三万者,议员十四名;

人口三万以上不满四万者,议员十六名;

人口四万以上者,议员十八名。

第二十五条　城镇乡议事会议员，由本城镇乡选民互选任之。

城镇乡议事会议员选举事宜，照另定选举章程办理。

父子兄弟不得同时任为议员，若同时当选者，以子避父，以弟避兄。

若有父子兄弟现为城镇董事会总董事或乡董乡佐者，不得为该议事会议员。

第二十六条　城镇乡议事会各设议长一名，副议长一名，均由议员用无名单记法互选，其细则以规约定之。

第二十七条　议员以二年为任期，每年改选半数，若议员全数同时选任者，其半数即以一年为任满。

前项一年任满之半数，以抽签定之。若全数不能平分者，以多数为半数。

第二十八条　议长、副议长以二年为任期，任满改选。

第二十九条　议员及议长、副议长任满再被选者，均得连任。

第三十条　议员因事出缺，至逾定额三分之一者，应即补选。

第三十一条　议长因事出缺，以副议长补之。副议长因事出缺，应即补选。

第三十二条　补缺各员，其任期以补足前任未满之期为限。

第三十三条　议员及议长、副议长均为名誉职，不支薪水。

议长、副议长有办公必需之费用，得给相当之公费，其数目由本城镇董事会或乡董定之。

第三十四条　城镇乡议事会各设文牍、庶务等员，其员额薪水，以规约定之。

文牍、庶务员不限以选民，由议长、副议长遴选派充。

第三十五条　乡选民会议员无定额，以本乡选民全数充之。

乡选民会设议长、副议长，均由会员互选，其任期及再选，照第

二十八、二十九条办理，若因事出缺，照第三十一条办理，薪水公费，照第三十三条第一、第二项办理。

第二节　职任权限

第三十六条　城镇乡议事会应行议决事件如左：

一、本城镇乡自治范围内应行兴革整理事宜；

二、本城镇乡自治规约；

三、本城镇乡自治经费岁出入预算，及预算正额外预备费之支出；

四、本城镇乡自治经费岁出入决算报告；

五、本城镇乡自治经费筹集方法；

六、本城镇乡自治经费处理方法；

七、本城镇乡选举上之争议；

八、本城镇乡自治职员办事过失之惩戒，惩戒细则，以规约定之；

九、关涉城镇乡全体赴官诉讼，及其和解之事。

第三十七条　议事会议决事件，由议长、副议长呈报该管地方官查核后，移交城镇董事会或乡董，按章执行。

第三十八条　议事会有选举城镇董事会职员或乡董乡佐，及监察其执行事务之权，并得检阅其各项文牍，及收支账目。

第三十九条　议事会遇地方官有咨询事件，应胪陈所见，随时申复。

第四十条　议事会于地方行政与自治事宜有关系各件，得条陈所见，呈候地方官核办。

第四十一条　议事会于城镇董事会或乡董所定执行方法，视为逾越权限，或违背律例章程，或妨碍公益者，得声明缘由，止其执行。

若城镇董事会或乡董坚持不改,得移交府厅州县议事会公断。

若于府厅州县议事会之公断有不服时,得呈由地方官核断。如再不服,由地方官申请督抚交咨议局公断。

第四十二条　乡选民会职任权限,照乡议事会办理。

第三节　会议

第四十三条　城镇乡议事会会议,每季一次,以二月、五月、八月、十一月为会期,每会期以十五日为限,限满议未竣者,得由议长宣示,展限十日以内。其有临时应议事宜,经地方官之通知,及城镇董事会或乡董之请求,或议员全数三分之一以上之请求者,均得随时开会。

每届会议,应由城镇董事会或乡董,将本届应议事件,距开会十日以前,通知议事会议员。其临时会议,事出仓猝者,不在此限。

第四十四条　会议时,议长如有事故,以副议长代理,若副议长并有事故,由议员中公推临时议长代理。

第四十五条　会议非有议员半数以上到会,不得议决。

第四十六条　凡议事可否,以到会议员过半数之所决为准。若可否同数,则取决于议长。

第四十七条　会议时,城镇董事会职员或乡董乡佐,均得到会陈述所见,但不列议决之数。

第四十八条　凡会议不禁旁听,其议长、副议长视为应行秘密者,不在此限。

第四十九条　会议事件,有关系议长、副议长及议员本身,或其父母兄弟妻子者,该员不得与议。

议长、副议长如有前项事由,照第四十四条办理。议员半数以上有前项事由,因而不能议决者,由议长将该件移交府厅州县议事会,或邻近之城镇乡议事会,代为议决。

第五十条　会议时,议员有不守议事规则者,议长得止其发议,违者得令退出,因而紊乱议场秩序,致不能会议者,得令暂时停议。

第五十一条　旁听人有不守规则者,议长得令其退出。

第五十二条　议事规则及旁听规则,由议事会自定之。

第五十三条　乡选民会会议,照乡议事会办理。

第三章　城镇董事会

第一节　员额及任期

第五十四条　城镇董事会各设职员如左:

总董一名;

董事一名至三名;

名誉董事四名至十二名。

董事以该城镇议事会议员二十分之一为额,名誉董事以其十分之二为额。

第五十五条　总董以本城镇选民,由该城镇议事会选举正陪各一名,呈由该管地方官,申请督抚遴选任用之。

第五十六条　董事以本城镇选民,由该城镇议事会选举,呈请该管地方官核准任用之。

第五十七条　名誉董事以本城镇选民,由该城镇议事会选任之。

第五十五、五十六条及本条选举事宜,照另定选举章程办理。

第五十八条　总董、董事以二年为任期,任满改选。

第五十九条　名誉董事以二年为任期,每年改选半数,若同时就任者,其半数即以一年为任满。

前项一年任满之半数,照第二十七条第二项办理。

第六十条　总董、董事均支领薪水,其数目以规约定之。名誉董事不支领薪水。

第六十一条　董事会职员任满再被选者,均得连任。

第六十二条　董事会职员,不得同时兼任该议事会议员,若有由议员当选者,应辞议员之职。

父子兄弟不得同时任董事会职员,若同时当选者,照第二十五条第三项办理。

第六十三条　总董如有事故,以董事内年长者代理。年同,则以居本城镇较久者代理。若再相同,以抽签定之。

第六十四条　总董、董事因事出缺,及名誉董事因事出缺,至逾定额之半者,均即补选。

第六十五条　补缺各员之任期,照第三十二条办理。

第六十六条　城镇董事会因执行各事,有应设各项办事员时,由总董遴选派充,不限以选民,但须经董事会之公认,其细则以规约定之。

第六十七条　城镇董事会得设文牍、庶务等员,其员额薪水,以规约定之。

文牍、庶务员不限以选民,由总董遴选派充,或按地方情形,即以该议事会文牍、庶务员兼充之。

第二节　职任权限

第六十八条　城镇董事会应办事件如左:

　　一、议事会议员选举,及其议事之准备;

　　二、议事会议决各事之执行;

　　三、以律例章程,或地方官示谕,委任办理各事之执行;

　　四、执行方法之议决。

第六十九条　董事会于议事会议决事件,视为逾越权限,或违背律例章程,或妨碍公益者,得声明缘由,交议事会复议。若议事会坚持不改,得移交府厅州县议事会公断。

不服者照四十一条第二项办理。

第七十条　总董总理董事会一切事件,凡董事会公文函件,均以总董之名行之。

第七十一条　董事及办事员辅佐总董,分任董事会事件。

第七十二条　名誉董事参议董事会应行议决事件。

第三节　会议

第七十三条　城镇董事会每月举行职员会议一次。

每届会议,董事会文牍员应将本届应议事件,距开会五日以前,通知各职员。

第七十四条　会议时以总董为议长。

总董如有事故,按照第六十三条,以其代理者为议长。

第七十五条　会议时,非董事会职员全数三分之二以上到会,不得议决。

议决方法照第四十六条办理。

会议时,办事员就该管事务,亦得到会与议。

第七十六条　会议时,议事会议长、副议长、议员,得到会陈述所见,但不列议决之数。

第七十七条　会议事件有关系董事会职员本身,或其父母兄弟妻子者,该员不得与议。

总董如有前项事由,照第七十四条第二项办理。董事、名誉董事全数三分之二以上有前项事由,因而不能议决者,将该件移交本城镇议事会,代为议决。

第七十八条　凡议决事件,应随时报告议事会,并呈报地方官存案。

第四章 乡　董

第一节　员额及任期

第七十九条　各乡设乡董一名，乡佐一名，以本乡选民，由该乡议事会选举，呈请该管地方官核准任用之。

第八十条　乡董、乡佐不得同时兼任该乡议事会议员，若有由议员当选者，照第六十二条第一项办理。

父子兄弟不得同时为乡董、乡佐，若同时当选者，照第二十五条第三项办理。

第八十一条　乡董、乡佐以二年为任期，任满改选。再被选者，均得连任。

第八十二条　乡董、乡佐均支领薪水，其数目以规约定之。

第八十三条　乡董如有事故，以乡佐代理。

第八十四条　乡董、乡佐因事出缺，均即补选。

第八十五条　各乡因执行各事，有应设各项办事员时，由乡董遴选派充，不限以选民，但须经乡议事会之公认，其细则以规约定之。

第八十六条　乡董得设文牍、庶务等员，其员额薪水，以规约定之。

文牍、庶务员不限以选民，由乡董遴选派充，或按地方情形，即以该议事会文牍、庶务员兼充之。

第二节　职任权限

第八十七条　乡董职任权限，照第六十八条第一至第三款，及第六十九条办理。

第八十八条　乡董就应办各事，定执行方法。

第八十九条　乡佐及办事员辅佐乡董，办理各事。

第五章　自治经费

第一节　类别

第九十条　城镇乡自治经费,以左列各款充之:

　　一、本地方公款公产;

　　二、本地方公益捐;

　　三、按照自治规约所科之罚金。

第九十一条　前条公款公产,以向归本地方绅董管理者为限。

其城镇乡地方向无前项所指公款公产,或其数寡少不敷用者,得由议事会指定本地方关系自治事宜之款项产业,呈请地方官核准拨充。

第九十二条　公益捐分为二种如左:

　　一、附捐;

　　二、特捐。

就官府征收之捐税,附加若干,作为公益捐者,为附捐。于官府所征捐税之外,另定种类名目征收者,为特捐。

前项附捐数目,不得过原征捐税定数十分之一。

凡以劳力或物品供给办理自治事宜之需用者,得计其相当价值,以特捐论。

第九十三条　公益捐之创办,由议事会拟具章程,呈请地方官核准遵行,嗣后如有应行变更废止之处,亦由议事会条议,呈请地方官核准。

第二节　管理及征收

第九十四条　自治经费,由议事会议决管理方法,由城镇董事会或乡董管理之。

第九十五条　公款公产之内,有系私家捐助,当时指定作为办理某事之用者,不得移作他用。其指定办理之事业以律例章程变更废止者,不在此限。

第九十六条　附捐由该管官吏按章征收,汇交城镇董事会或乡董收管。特捐由城镇董事会或乡董呈请该管地方官出示晓谕,交该董事会或乡董自行按章征收。

第九十七条　凡于本城镇乡内有不动产或营业者,即本人不在本地方居住,亦一律征收公益捐。

第三节　预算决算及检查

第九十八条　城镇董事会或乡董,每年应预计明年经费出入,制成预算表,于每年十一月议事会会议期内,移交该会议决。

议决后,除照第三十七条办理外,应由地方官申报督抚存案,并于本地方榜示公众。

第九十九条　预算内除正额外,得设预备费以备预算不敷,及预算各款外临时之支出。若预备费不敷支出者,非经议事会之议决,不得提用他款。

第一百条　城镇董事会或乡董,每年应将上年经费出入,制成决算表,连同收支细账,于每年二月议事会会议期内,移送该会议决,议决后,照第九十八条第二项办理。

第一百零一条　凡自治经费出入之检查,分为二种如左:

一、定期检查;

二、临时检查。

定期检查每月一次,由城镇董事会总董或乡董行之。

临时检查每年至少一次,由城镇董事会总董或乡董,会同该议事会议长、副议长及议员一名以上行之。

第六章　自治监督

第一百零二条　城镇乡自治职,各以该管地方官监督之。该管地方官应按照本章程,查其有无违背之处而纠正之,并令其报告办事成绩,征其预算、决算表册,随时亲往检查,将办理情形,按期申报督抚,由督抚汇咨民政部。其分属二县以上,或直隶州与县管辖者,由各该州县会同监督之。

第一百零三条　地方官有申请督抚,解散城镇乡议事会、城镇董事会及撤销自治职员之权。

解散或撤销后,应分别按章改选,城镇乡议事会应于解散后两个月以内,城镇董事会应于解散后十五日以内,重行成立,乡董应于撤销后十五日以内,重行选定。若城镇议事会、董事会同时解散,或乡议事会、乡董同时解散撤销者,应于两个月以内,先行招集议事会,所有选举及开会事宜,由府厅州县董事会代办,其城镇董事会及乡董,应于议事会成立后十五日以内,重行成立。

第七章　罚　　则

第一百零四条　自治职员有犯赃私及侵吞挪借款项者,除责令全数缴出外,仍按照律例治罪。

第一百零五条　自治职员有不受该管地方官监督者,应由地方官详请该管上司,核准办理。

第一百零六条　自治职员有以自治为名,干预自治范围以外之事者,城镇乡议事会各员及城镇董事会名誉董事,于会议时停止其到会三日以上,十日以下,城镇董事会总董、董事及乡董、乡佐,停止其薪水半月以上,二月以下,其情节重者,均除名。

第八章　文书程式

第一百零七条　城镇乡议事会、城镇董事会及乡董行文该管地方官，用呈，彼此互相行文，及与府厅州县议事会、董事会互相行文，均用知会，地方官行文城镇乡议事会、城镇董事会及乡董，用谕，城镇乡议事会、城镇董事会及乡董，行文本省咨议局，用呈，本省咨议局行文，用知会。

第一百零八条　城镇乡议事会、城镇董事会及乡董，各备木质图记，由督抚核定式样，通行各该管地方官刊发，仍由地方官申报上司立案。

第九章　附　　条

第一百零九条　本章程施行之期，遵照钦定逐年筹备事宜清单办理。

第一百十条　本章程内所定应由府厅州县议事会、董事会办理之件，在府厅州县议事会、董事会未经成立以前，由各该地方官代办。

第一百十一条　本章程如有增删修改之处，得由议事会拟具条议，呈送本省咨议局，由咨议局审查后，呈请督抚咨送民政部核议，奏明修改。

第一百十二条　本章程施行细则，由督抚酌定，仍咨报民政部存案。

（政学社印行：《大清法规大全》第 3 函卷 3，出版年不详，

"宪政部"第 2 册，第 2—8 页。）

城镇乡地方自治选举章程

（光绪三十四年十二月二十七日颁布）

第一章 总 纲

第一条 凡选举及被选举资格，按照《城镇乡自治章程》所定办理。

第二条 城镇乡议事会选举事宜，由城镇董事会及乡董、乡佐办理，城镇董事会及乡董、乡佐选举事宜，由城镇乡议事会办理。

第三条 办理选举，应设调查及管理各员，由城镇董事会总董、乡董或城镇乡议事会议长各就自治职员内酌派充之。

第二章 城镇乡议事会选举

第一节 选举年限

第四条 凡选举议员，每年一次，于议员应届任满三个月前，由城镇董事会总董或乡董预定日期举行。

第二节 选举等级

第五条 选举人分为两级，就选举人内择其年纳正税或公益捐较多者若干名，计其所纳之额足当选举人全数所纳总额之半者为甲级，其余选举人为乙级。

第六条 选举人有所纳税捐之额介于两级之间者，归入甲级，若两级之间有二名以上所纳之额相同者,以年长之人入甲级,年同者由城镇董事会总董或乡董抽签定之。

第七条　两级选举人分别各选举议员半数,其被选举人不必限定与选举人同级。若议员全数不能平分者,先按两级各分半数,其所余单数由甲级选举之。

若甲级选举人数少于该级应出议员额数者,除各举一名外,其余额归入乙级选举之。

第三节　人名册

第八条　每届选举,应由城镇董事会总董或乡董派定调查员,按章查取合格人员,造具选举人名册,所有选举人及被选举人,均以列名册内者为限。其照城镇乡自治章程仅有选举资格而无被选举资格者,应于本人姓名项下注明。

调查细则由城镇董事会或乡董拟订施行。

第九条　选举人名册应按名记载姓名、年岁、籍贯、住居年限及完纳税捐年额。

第十条　选举人名册应于选举期两个月以前一律告成,存放自治公所,宣示公众。

第十一条　宣示选举人名册,以二十日为期,如本人以为错误、遗漏,准于宣示期内取具凭证,声请城镇董事会总董或乡董更正,逾限不得再请。

城镇董事会总董或乡董据前项声请,应即日移知议事会公断。

第十二条　议事会自接到前条移知之日起,应于十日以内断定准否,若断定准其更正者,应由城镇董事会总董或乡董一律更正,即为确定。

第十三条　选举人名册确定后,应由城镇董事会总董或乡董保存,如本届选举年限内有当选无效及照章应行补选者,所有选举人及被选举人仍以列名册内者为限。

第十四条　选举人名册确定后,应分缮副本,申报地方官存案,并交各投票所及开票所各一分备查。

第十五条　宣示选举人名册,将应刊印选举传单一同公布,其应载事项如左:

　　一、选举日期;

　　二、投票所及开票所地址;

　　三、投票方法。

选举日期,两级应分两日,先乙级次甲级。

第四节　投票所

第十六条　投票所设于自治公所,其自治区域较广,人员较多者,得由城镇董事会总董或乡董选划地段,分设投票所若干处。

第十七条　投票所由城镇董事会总董或乡董派定管理员,掌投票一切事宜。

第十八条　投票所除本所职员及投票人外,他人不得阑入。

第十九条　投票所之启闭,以午前八时至午后六时为率,逾限不准入内。

第二十条　管理员于投票毕后,应将投票始末情形造具报告,连同投票瓯,于翌日移交开票所,并报告城镇董事会总董或乡董。

第二十一条　投票所自投票完毕之日起,十五日以内一律裁撤。

第二十二条　投票所办事细则,由城镇董事会或乡董拟订施行。

第五节　投票簿、投票纸及投票瓯

第二十三条　城镇董事会总董或乡董,应按照各投票所投票人数,分别造具投票簿,并按照定式制成投票纸及投票瓯,于选举期十日以前,分交各投票所。

第二十四条　投票簿应记载投票人姓名、年岁、籍贯及住所。

第二十五条　投票簿应将两级分别两册记载。

第六节　投票方法

第二十六条　投票人以列名各该投票所之投票簿者为限。

第二十七条　投票人届选举期应亲赴投票所自行投票,不得倩人代理。

其照《城镇乡自治章程》第十八条第二项特许者,不在此限,但投票时应将代理凭证向管理员呈验。

第二十八条　投票人应在投票簿所载本人姓名项下签字毕,方准领投票纸。

第二十九条　投票人每名只准领投票纸一页。

第三十条　投票用无名单记法,每票只准书被选举人一名,不得自书本人姓名。

第三十一条　投票人应准于选举票附记格内,将所选举人素行如何公正附记一二事为众论所称道者,并得于附记格内注明所选举人官衔、职业、住所等项,此外不准夹写他语。

第三十二条　投票人于投票所内,除关于投票事宜得与职员问答外,不得涉及私言,并不得与他人接谈。

第三十三条　投票人投票毕应即退出,不得逗留窥视。

第三十四条　投票人倘有顶替及违背定章等事,管理员得令退出。

第七节　开票所

第三十五条　开票所设于自治公所。

第三十六条　开票所由城镇董事会总董或乡董派定管理员,掌开票一切事宜。

第三十七条　开票所自各投票瓯送齐之翌日,由城镇董事会总董或乡董酌定时刻,先行榜示,届时亲自到场,督同管理员当众开票,即日宣示。

第三十八条　开票时准选举人前往参观,若人众不能容时,管理员得以限制人数。

第三十九条　管理员应将开票始末情形造具报告,于检点票数完毕之翌日报告城镇董事会总董或乡董。

所有票纸应分别有效无效,一并附送,于本届选举年限内由城镇董事会总董或乡董保存之。

第四十条　第二十一条、二十二条所定事项,开票所一律照办。

第八节　检票方法

第四十一条　检票时应先将选举票与投票簿对照,如有票数与名数不符及放弃选举权等事,均应另册记明。

第四十二条　凡选举票无效者如左:

一、写不依式者;

二、字迹不可认者;

三、不用投票所所发票纸者;

四、选出之人不在选举人名册内者;

五、选出之人不合被选举资格者。

第九节　当选决定

第四十三条　凡选举,以得票较多数者为当选,按得票多寡以次递推,票数同者以年长之人列前,年同者由城镇董事会总董或乡董抽签定之。

第四十四条　当选人确定后应即榜示,并由城镇董事会总董或乡董具名,分别知会各当选人。

第四十五条　当选人接到知会后,应自知会之日起五日以内答复应选,其逾期不复者,以谢绝论。

第四十六条　一人两级均当选者,应自知会之日起五日以内答复愿应何级之选,其逾期不复者,亦以谢绝论。

第四十七条　前二条以谢绝论者,照《城镇乡自治章程》第二十一、二十二条办理。

第四十八条　凡应选者,由城镇董事会总董或乡董呈请地方官给予执照,并由地方官呈报督抚,汇咨民政部存案。

第十节　选举变更

第四十九条　凡左列各款为选举无效:

一、选举人名册有舞弊作伪情事,牵涉全数人员,公断确实者;

二、办理选举不遵定章,公断确实者;

三、照章解散者。

第五十条　凡左列各款为当选无效:

一、谢绝;

二、告退;

三、身故;

四、被选举资格不符,断定确实者;

五、当选票数不实,断定确实者;

六、当选后失其资格,断定确实者;

七、受除名之处分者。

第五十一条　当选无效,如已给予执照,应令缴还,并将姓名及其缘由榜示。

第五十二条　每届选举年限,应行改选,议员出缺至定额三分之一者,应行补选。

选举无效一律改选,当选无效一律补选。

第五十三条　补选以得票最多者补所出缺中任期未满最长者之缺,其余以次递推,票数同者以年长之人列前,年同者由城镇董事会总董或乡董抽签定之。

第五十四条　改选及补选一切应有事宜,均照本章程办理。

第十一节　选举争议

第五十五条　凡选举人确认有左列各款情事者,得提起选举争议:

一、选举人名册有舞弊作伪情事,牵涉全数人员;

二、办理选举不遵定章;

三、被选举资格不符;

四、当选票数不实;

五、当选后失其资格。

第五十六条　选举争议由选举人申诉城镇乡议事会公断,不服者申诉府厅州县议事会公断,仍不服者呈由地方官核断,如再不服,由地方官申请督抚交咨议局公断。

第五十七条　申诉除第五十五条第五款外,应自选举之日起三十日以内为限。

第五十八条　落选人员确信得票额数可以当选而未经与选者,得照前二条办理。

第三章　城镇董事会选举

第五十九条　凡选举总董二年一次,选举董事及名誉董事每年一次,于各该员应届任满三个月前,由城镇议事会议长预定选举日期,招集议员举行,并呈请地方官亲临或派员监督之。

第六十条　总董用无名单记法选举,以得票满议员总数三分之一者为当选。

董事及名誉董事用无名连记法分次选举,以得票满议员总数三分之一者为当选。

票数同者以年长之人列前,年同者由议长抽签定之。

若得票无满议员总数三分之一者,应即如法再选,以选出为止。

第六十一条　总董选举完毕后,由议长将得票当选者拟定正陪各一名,开列姓名、履历及得票数目,造具清册,呈由地方官申请督抚遴选一名,加札任用,咨报民政部存案。

第六十二条　董事及名誉董事选举完毕后,由议长开列姓名、履历及得票数目,造具清册,呈请地方官核准任用,并由地方官申请督抚咨报民政部存案。

第六十三条　总董、董事及名誉董事均由地方官给予执照。

第六十四条　城镇董事会选举一切细则,由城镇议事会以规约定之。

其选举争议,应申诉府厅州县议事会公断,不服者呈由地方官核断,如再不服,由地方官申请督抚交咨议局公断。

第四章　乡董及乡佐选举

第六十五条　凡选举乡董及乡佐,二年一次,于每届任满三个月前,由乡议事会会长预定选举日期,招集议员举行,并呈请地方官亲临或派员监督之。

第六十六条　乡董及乡佐用无名单记法分次选举,各以得票满议员总数三分之一者为当选。

第六十条第三、第四两项所载各节,本条一律照办。

第六十七条　乡董、乡佐选举完毕后,由议长开列姓名、履历及得票数目,造具清册,呈请地方官任用,给予执照,并由地方官申请督抚咨报民政部存案。

第六十八条　乡董及乡佐选举一切细则,由乡议事会以规约定之。

第六十四条第二项所载各节,本条一律照办。

第五章　罚　　则

第六十九条　以诈术获登选举人名册或变更选举人名册者,处三元以上三十元以下之罚金。

办理选举人员知情者,处一月以上二月以下之监禁,或三十元以上六十元以下之罚金。

第七十条　冒用姓名投票者,处一月以上六月以下之监禁,附加五元以上三十元以下之罚金。

第七十一条　以财物利诱选举人或选举人受财物之利诱及居中周旋说合者,处一月以上二月以下之监禁,或三十元以上六十元以下之罚金,财物入官,已用去者按价追缴。

第七十二条　以暴行胁迫妨害选举人及选举关系人者,处一月以上三月以下之监禁,或三十元以上百元以下之罚金。

第七十三条　选举人及选举关系人携带凶器者,处一月以上二月以下之监禁,凶器入官。

第七十四条　加暴行于办理选举人员,或骚扰投票所、开票所,或阻留毁夺选举票、投票匦及其他有关选举文件者,处一月以上六月以下之监禁,附加五元以上三十元以下之罚金。

第七十五条　办理选举人员漏泄选举票上之姓名者,处一月以上六月以下之监禁,附加五元以上三十元以下之罚金。

其所漏泄非事实者,罚同。

第七十六条　办理选举人员违法干涉选举人之投票，或暗记被选举人之姓名者，处一月以上三月以下之监禁，或三十元以上百元以下之罚金。

违法擅开投票匦或取出投票匦中之选举票者罚同。

第七十七条　凡犯本则所定各条者，于处罚后一年以上五年以下，停止其选举权及被选举权。

第七十八条　凡犯本则所定各条者，由审判厅审理执行。

其未设审判厅地方，由地方官审理执行。

第六章　附　　条

第七十九条　本章程与《城镇乡自治章程》同时施行。

第八十条　本章程如有未尽事宜应行增改者，照《城镇乡自治章程》第一百十一条办理。

第八十一条　城镇乡自治开办时第一次议事会选举，所有办理选举人员应由地方官选派官绅充之。

（《大清法规大全》第 3 函卷 3，
"宪政部"第 2 册，第 8—11 页。）

府厅州县地方自治章程

（宣统元年十二月二十七日颁布）

第一章　总　纲

第一条　本章程所称府厅州县者,指左列各地方而言：

一、府之直辖地方；

二、直隶厅；

三、厅；

四、直隶州；

五、州；

六、县。

第二条　府厅州县自治区域,各以该府厅州县行政区域为准。府厅州县行政区域有更改时,自治区域一并更改。

第三条　府厅州县自治事宜如左：

一、地方公益事务关于府厅州县全体或为城镇乡所不能担任者；

二、国家行政或地方行政事务以法律或命令委任自治职办理者。

第四条　府厅州县自治职如左：

一、府厅州县议事会及参事会,掌议决自治事宜；

二、府厅州县长官,掌执行自治事宜。

第五条 府厅州县所属城镇乡自治职,有照《城镇乡地方自治章程》第十条合并设置者,该府厅州县议事会及参事会,亦得合并设置。

前项合并设置,以该府厅州县所属城镇乡之协议,由该地方官会同申请督抚酌夺,咨送民政部核定。

府厅州县议事会及参事会合并设置者,除本章程规定外,其分股细则,另行规定。

第二章 府厅州县议事会

第一节 编制及选任

第六条 府厅州县议事会议员员额,以所属地方人口之总数为准,总数二十万以下者,以二十名为定额,自此以上每加人口二万,得增设议员一名,至多以六十名为限。

其照本章程第五条合并设置之府厅州县议事会议员额,以合并地方人口之总数为准,总数三十万以下者,以三十名为定额,其递增之率,照前条规定办理,但至多以一百名为限。

第七条 府厅州县议员额数分配所属各选区之法,以各选举区人口之多寡为准。

第八条 府厅州县所属城镇乡选民,有选举城镇乡自治职员之权者,除左列人等外有选举府厅州县议员之权:

一、现任本府厅州县官吏者;

二、现充本府厅州县巡警者。

第九条 府厅州县所属城镇乡选民,有选举府厅州县议员之权者,除小学堂教员外,得被选举为府厅州县议员。

第十条 城镇乡居民以不具《城镇乡地方自治章程》第十六

条第一项第三款资格,若居本府厅州县所属城镇乡接续至三年以上,亦得选举府厅州县议员,及被选举为府厅州县议员。

第十一条　议员以合被选举资格者,由有选举权者选任之。

选举事宜,照另定选举章程办理。

议事会议员,不得同时兼任咨议局议员,或该参事会参事员,及城镇乡议事会议员,或城镇董事会职员,乡董乡佐。

父子兄弟不得同时任为议员,若同时当选者,以子避父,以弟避兄。

第十二条　凡被选举为府厅州县议员者,非有左列事由之一,不得谢绝当选,亦不得于任期内告退:

一、确有疾病不能常任职务者;

二、确有他业不能常居境内者;

三、年满六十岁以上者;

四、连任至三次以上者;

五、其他事由特经府厅州县议事会允准者。

第十三条　无前条所列事由之一而谢绝或告退者,得以府厅州县议事会之议决,于一年以上五年以下停止其选民权。

第十四条　府厅州县议事会各设议长一名,副议长一名,均由议员用无名单记法互选,其细则由议事会拟订,呈由府厅州县长官申请核定。

第十五条　议员及议长、副议长,均以三年为任期,任满改选。

第十六条　议员及议长、副议长任满再被选者,均得连任。

第十七条　议员因事出缺,至逾定额三分之一者,应即补选。

第十八条　议长因事出缺,以副议长补之,副议长因事出缺,应即补选。

第十九条　补缺各员,其任期以补足前任未满之期为限。

第二十条　府厅州县议事会,得设文牍、庶务等员,由议长副议长遴员派充。

第二节　职任权限

第二十一条　府厅州县议事会应行议决事件如左:

一、本府厅州县自治经费岁出入预算事件;

二、本府厅州县自治经费岁出入决算事件;

三、本府厅州县自治经费筹集方法;

四、本府厅州县自治经费处理方法;

五、城镇乡议事会应议决而不能议决之事件;

六、其余依据法令属于议事会权限内之事件。

第二十二条　议事会应行议决事件,得由该议事会委托参事会代为议决。

第二十三条　议事会遇有官府咨询事件,应胪陈所见,随时申复。

第二十四条　议事会于地方公益事宜得条陈所见,呈候官府核办。

第三节　会议

第二十五条　府厅州县议事会会议每年一次,以九月为会期,每会期以一个月为限,限满议未竣者得展会十日以内,如有临时应议事件,得开临时会议,其会期以十日为限。

第二十六条　议事会之召集及其开会闭会展会事宜,府厅州县长官掌之。

凡召集之期距开会之期须在十五日以外,但临时会不在此限。

第二十七条　每届会议应由府厅州县长官将本届应议事件,距开会十日以前通知议事会议员,但临时会议不在此限。

第二十八条　会议时议长如有事故,以副议长代理,若副议长并有事故,由议员中公推临时议长代理。

第二十九条 会议非有议员半数以上到会,不得议决。

第三十条 凡议事可否,以到会议员过半数之所决为准,若可否同数,则取决于议长。

第三十一条 会议时府厅州县长官或所派委员及参事会参事员,均得到会陈述所见,但不列议决之数。

第三十二条 凡会议不禁旁听,其有左列事由,经本会议决者不在此限:

　　一、府厅州县长官特令禁止者;

　　二、议长、副议长或议员五名以上提议禁止者。

第三十三条 会议事件,有关系议长、副议长及议员本身或其父母兄弟妻子者,该员不得与议。

议长副议长如有前项事由,照第二十八条办理;议员半数以上有前项事由,因而不能议决者,得将该件移交参事会代为议决。

第三十四条 会议时议员有不守章程及议事规则者,议长得止其发议,违者得令其退出,因而紊乱议场秩序,致不能会议者,议长得令暂时停议。

第三十五条 旁听人有不守规则者,议长得令其退出。

第三十六条 每届会议完毕,应由议长、副议长将本届议事录,会同议员二名以上署名,报告府厅州县长官。

第三十七条 议事规则及旁听规则,由议事会拟订,呈由府厅州县长官申请督抚核定。

第三章 府厅州县参事会

第一节 编制及选任

第三十八条 府厅州县参事会,各以该府厅州县长官为会长。

其照本章程第五条合并设置之府厅州县参事会,以该长官内官尊者为会长,余为副会长,官同则先资深者,资同则先年长者,年同则以抽签定之。

第三十九条　参事会参事员由议事会于议员中互选任之。

参事员以该议事会议员十分之二为额。

议事会选举前项参事员时,应于参事员外另行互选候补参事员如参事员之数。

本条互选细则照第十四条规定。

第四十条　议事会议员改选时,参事员及候补参事员亦一律改选,参事员任满再被选者得行连任。

第四十一条　参事会参事员,不得同时兼任咨议局议员或该议事会及城镇乡议事会议员、城镇乡董事会职员或乡董乡佐。

父子兄弟不得同时任为参事员,若同时当选者,照第十一条第四项办理。

第四十二条　参事员因事出缺时,以候补参事员补充,其补充之次序,以选举先后为先后,同时选举,则以得票多寡为先后,票同则先年长者,年同则以抽签定之。若候补参事员无人或不敷补充时,应即补选。

第四十三条　补缺参事员之任期照第十九条办理。

第四十四条　府厅州县参事会得设文牍、庶务等员,由府厅州县长官遴员派充。

第二节　职任权限

第四十五条　府厅州县参事会应办事件如左:

一、议决议事会议决事件之执行方法及其次第;

二、议决议事会委托本会代议事件;

三、议决府厅州县长官交本会代议事会议决之事件;

四、审查府厅州县长官提交议事会之议案；

五、议决本府厅州县全体诉讼及其和解事件；

六、公断和解城镇乡自治之权限争议事件；

七、其余依据法令属于参事会权限内之事件。

第四十六条　参事会得于参事员中，选举委员若干人，检查府厅州县自治经费收支账目。

为前项检查时，应由府厅州县长官或所派委员会同办理。

第四十七条　本章程第二十三、二十四条之规定，参事准用之。

第三节　会议

第四十八条　府厅州县参事会每月会议一次，其有特别事由，经府厅州县长官召集，或参事员半数以上之请求者，得随时开会。

参事会期限，由府厅州县长官定之。

第四十九条　参事会会议禁止旁听。

第五十条　会议时非会长及参事员半数以上到会，不得议决。

议决方法照第二十九条办理。

议决第四十五条第三款事件时，会长不列议决之数。

第五十一条　会议时府厅州县长官所派委员及议事会议员得到会陈述所见，但不列议决之数。

第五十二条　每届会议议事录，由会长及参事员二名以上，署名存案。

第五十三条　本章程第三十三条第一项之规定，府厅州县参事会准用之，若会员因而不及半数时，府厅州县长官得以候补参事员与本事件无关系者，照第四十二条规定之次序临时补充，仍不及半数时，得就府厅州县议员中与本事件无关系者，指定若干人临时补充。

第四章　府厅州县自治行政

第一节　府厅州县长官

第五十四条　府厅州县长官代表府厅州县。

第五十五条　府厅州县长官应办事件如左：

　　一、执行府厅州县议事会或参事会议决之事件；

　　二、提交议案于议事会或参事会；

　　三、掌管一切公牍文件；

　　四、其余依据法令属于府厅州县长官职权内之事件。

第五十六条　府厅州县议事会或参事会之议决及选举，如有逾越权限，或违背法令者，该管长官得说明原委事由，即行撤销，或将其议决事件交令复议，若仍执前议，得撤销之。

若议事会或参事会不服前项之撤销者，得呈请行政审判衙门处理。

行政审判衙门未经设立以前，暂由各省会议厅处理之。

第五十七条　府厅州县议事会或参事会于府厅州县之收支为不适当之决议，或议决事件有碍公益者，长官得说明原委事由，交议事会或参事会复议。

前项复议事件，若议事会或参事会仍执前议，长官得呈请督抚核办。

第五十八条　府厅州县长官，得令府厅州县议事会停止会议，其停会日期，以十日为限。

第五十九条　府厅州县长官，遇议事会不赴召集或不能成立，或遇紧急事件不及召集议事会时，得将该事件交参事会代议。

议事会于应行议决之事件不能议决，或闭会期届尚未议决者亦同。

第六十条　府厅州县长官,遇参事会不赴召集或不能成立时,得将该事件申请督抚核准施行。

参事会于应行议决之事而不能议决者亦同。

第六十一条　前两条事件,府厅州县长官应于下次议事会或参事会开会时,分别声明。

议事会或参事会若以长官办法为不当者,得请督抚核办,或行政审判衙门处理。

第六十二条　府厅州县长官提交议案于议事会时,应先将该议案交参事会审查,若参事会与长官意见不同,应将其意见附列议案之后,提交议事会。

第六十三条　府厅州县长官得将其职权内事务之一部,委任城镇董事会、乡董乡佐代行。

第二节　自治委员

第六十四条　府厅州县得置自治委员若干人,辅佐长官执行自治事宜。

第六十五条　自治委员员额任期规则,由府厅州县长官拟订,经议事会之议决,申请督抚核定。

第六十六条　自治委员之进退,该长官掌之,自治委员之掌收支及经理公款公产者,必须身家殷实、操守廉洁,非经议事会或参事会之保证,不得任用。

第六十七条　府厅州县自治委员,承府厅州县长官之命,办理各该管事宜。

第六十八条　府厅州县长官监督自治委员,如有过失,得依情节轻重,分别处分如左:

一、申饬;

二、罚薪十日以上两月以下;

三、撤差。

第六十九条 凡受前条第三款处分者,二年以内不得充府厅州县自治委员,亦不得充府厅州县议事会议事员及参事会参事员。

第七十条 府厅州县长官得以议事会之议决,申请督抚核准,于自治委员外,增设临时委员。

其员额、任期及选任规则,照第六十五条办理。

第七十一条 府厅州县办事细则,由该长官定之。

第三节 薪水及公费

第七十二条 府厅州县自治委员及议事会参事会文牍、庶务等员之薪水公费,经议事会议决,由该长官定之。

第七十三条 府厅州县议事会议事员、参事会参事员及临时委员,均不支薪水,但给相当之公费。

前项公费数目及支给规则,经议事会议决,由该长官申请督抚核定。

第五章 府厅州县财政

第一节 自治经费

第七十四条 府厅州县自治经费以左列各款之收入充之:

一、府厅州县公款公产;

二、府厅州县地方税;

三、公费及使用费;

四、因重要事故临时募集之公债。

第七十五条 府厅州县公款公产,以向归府厅州县全体公有,不分属于城镇乡者为限。

第七十六条 公款公产之内,有系私家捐助,当经指定作为办理某事之用者,不得移作他用,其指定办理之事业,以法令变更或废止者,不在此限。

第七十七条　府厅州县地方税征收赋课事项,按照地方税章程办理。

地方税章程,由度支部另行厘订,奏定施行。

第七十八条　地方税务局章程未经施行以前,凡按照现制为府厅州县所应行负担者,照旧办理。

第七十九条　府厅州县于依据法令应行办理之事,有关系个人利益者,得向该关系人征收公费。

第八十条　凡使用府厅州县公共营造物或其他公产者,府厅州县得向该使用人征收使用费。

第八十一条　公费及使用费征收事项,除法令另有规定者外,得设征收细则,经议事会之议决,由府厅州县长官申请督抚核定,并咨报民政部、度支部存案。

第八十二条　府厅州县遇有左列各款事由,得募集公债:

一、为府厅州县永远利益;

二、为救济灾变;

三、为偿还负债。

前项募集,经议事会之议决,由府厅州县长官申请督抚核准,并咨报民政部、度支部存案。

关于募集方法、利息定率及偿还期限各事项,照前项办理。

第八十三条　府厅州县为筹备预算内之支出,得募集短期公债。

前项募集并关于募集方法、利息定率及偿还期限各事项,经议事会之议决,由府厅州县长官申报督抚存案。

第二节　预算及决算

第八十四条　府厅州县长官每年应预计明年出入,编成预算,于议事会开会之始,提交该会议决。

第八十五条　府厅州县会计年度,以国家会计年度为准,其国家会计年度未定以前,按照旧例办理。

第八十六条　府厅州县长官提交预算时,应附加按语,连同上年度预算,汇交议事会。

第八十七条　以府厅州县经费办理之事件,其事业非一年所能完竣,或其费用非一年所能筹拨者,得以议事会之议决,预定年限,设继续费。

第八十八条　预算除正额外,得设预备费,以备预算不敷及预算外之支出,但不得以充议事会所否决事件之用。

第八十九条　预算议决之后,由府厅州县长官申请督抚核准,咨报民政部、度支部存案,并于本地方榜示公众。

第九十条　府厅州县经议事会之议决,得设特别会计。

第九十一条　府厅州县长官每年应将上年出入编成决算,连同收支细账,于议事会开会期内,提交该会议决。

第九十二条　决算议决后,由该府厅州县长官申请督抚咨报民政部存案,并于本地方榜示公众。

第九十三条　预算决算程式及其余关于收支之重要规则,由民政部会同度支部厘订通行。

第六章　府厅州县自治监督

第九十四条　府厅州县自治由本省督抚监督之,仍受成于民政部,其关系各部所管事务,并受成于各部。

第九十五条　前条监督之官府,得令该府厅州县呈报办事情形,并得随时调阅公牍文件,检查收支帐目。

第九十六条　监督事项,照本章程所定各条办理。

第九十七条　监督官府如以府厅州县预算为不适当者,得减削之。

第九十八条　督抚遇有不得已情节,得咨请民政部解散议事会。

议事会解散后,应于三个月以内改选,重行召集。

前项重行召集时,其会期之长短,由府厅州县长官申请督抚酌定之。

第九十九条　凡应经监督官府核准之事件,各该官府得于申请之范围内,酌加改正,但不得与申请本意相反。

第一百条　凡呈请行政审判衙门处理之事件,关于呈请事项,另以法律定之。

第七章　文书程式

第一百零一条　府厅州县议事会或参事会行文府厅州县长官用呈,府厅州县长官行文议事会或参事会用照会,监督官府用札,议事会及参事会互相行文及与咨议局互相行文,用知会。

第一百零二条　府厅州县议事会、参事会各备木质钤记,由民政部核定式样,通行督抚刊发。

第八章　附　　条

第一百零三条　本章程施行之期,遵照钦定逐年筹办事宜清单办理。

第一百零四条　本章程如有增删修改之处,得由议事会拟具条议,知会本省咨议局,由咨议局审查后,呈请督抚酌夺,咨送民政部核议,奏明修改。

第一百零五条　本章程施行细则,由督抚酌定,仍咨报民政部存案。

（《大清法规大全》第 3 函卷 3，
"宪政部"第 2 册，第 25 – 29 页。）

府厅州县议事会议员选举章程

（宣统元年十二月二十七日颁布）

第一条　府厅州县议事会之议员，应于各选举区选举之。

第二条　选举区以本府厅州县所属城镇乡之区域为准。

府厅州县长官，得以议事会之议决，申请督抚核准，合并二乡以上之区域，作为一选举区。

第三条　各选举区应举议员额数，由府厅州县长官按照《府厅州县地方自治章程》第七条酌定，申请督抚核准。

第四条　选举日期，府厅州县长官定之。

第五条　每届选举，府厅州县长官应先期出选举告示，载明左列各款，颁发各选举区：

一、选举区分划；

二、各选举区应举议员额数；

三、选举日期。

颁发前项选举告示，在应另造选举人名册时，至少须于选举日期八十日以前行之，若毋庸另造时，至少须于二十日以前行之。

第六条　选举事宜，城镇由总董、乡由乡董管理之，若二乡以上合为一选举区者，由府厅州县长官于各该乡董内派定一人管理之。

第七条　城镇总董、乡董编造现在选举人名册，按名记载姓名、年岁、籍贯、住居年限,及完纳税捐年额,于选举期日五十日以前一律告成,存放自治公所,宣示公众,若二乡以上合为一选举区者,由各该乡董移送管理选举之乡董宣示之。

第八条　宣示选举人名册,以二十日为期,若本人以为错误遗漏,准于宣示期内取具凭证,声请城镇总董、乡董更正,逾限不得再请。

城镇总董、乡董,据前项声请,应即日知会府厅州县参事会公断。

第九条　参事会自接到前条知会之日起,应于十日以内断定准否,若断定准其更正者,由城镇总董、管理选举之乡董,一律更正,即为确定。

第十条　选举人名册确定后,由城镇总董、管理选举之乡董保存之,自确定之日起,一年以内,若有改选补选,所有选举人及被选举人仍以该册为准。

第十一条　选举人名册确定后,应分备副本,由府厅州县长官申报督抚存案,并交各投票所及开票所各一份备查。

第十二条　投票所分设于各选举区。

其选举区较大者,得由城镇总董、管理选举之乡董划定地段,分设投票所若干处。

第十三条　投票所所在地,由城镇总董、管理选举之乡董定之。

第十四条　城镇总董、管理选举之乡董,应按照各投票所投票人数,分别造具投票簿,并按照定式制成选举票及投票瓯,于选举日期十日以前分交各投票所,投票簿应记载投票人姓名、年岁、籍贯及住所。

第十五条　城镇总董、管理选举之乡董届选举日期,应亲莅投票所监察之，其投票有二处以上者，呈请府厅州县，派员分莅监察之。

第十六条　投票所之启闭，城镇总董、管理选举之乡董掌之，其启闭时刻，以午前八时至午后六时为率。

第十七条　投票人以列名各该投票所者为限。

第十八条　投票人届选举日期，应亲赴投票所自行投票，不得倩人代理，其照章特许者不在此限，但投票时应将代理凭证向城镇总董、管理选举监察之乡董或另派之监察员呈验。

第十九条　投票人应在投票簿所载本人姓名项下签字毕，方准领选举票。

第二十条　投票人每名只准领选举票一页。

第二十一条　投票用无名单记法行之。

投票人得于选举票附记格内注明所选举人官衔、职业、住所等项，此外不得夹写他语。

第二十二条　投票人于投票所内，除关于投票事宜得与有关选举之职员问答外，不得涉及他事，并不得与他人接谈。

投票人投票毕，应即退出，不得逗留窥视。

第二十三条　投票人倘有顶替及违背定章等事，城镇总董、管理选举之乡董或另派之监察员，得令退出。

第二十四条　投票所除有关选举之职员及投票人外，他人不得阑入。

第二十五条　投票完毕后，由城镇总董、管理选举之乡董，将始末情形造具报告书，连同投票瓯，于翌日移送开票所，并呈报府厅州县长官。

第二十六条　投票所自投票完毕之日起，十五日以内，一律裁撤。

第二十七条　开票所设于各选举区之城镇乡自治公所。

第二十八条　城镇总董、管理选举之乡董,于各投票瓯送齐之翌日,酌定开票日期时刻,先行榜示,届时亲莅开票所,当众检点票数,即行开票。

第二十九条　开票时准选举人前往参观,若人众不能容时,城镇总董、管理选举之乡董,得限制人数。

第三十条　检票时应先将选举票与投票簿对照,如有票数与名数不符,及放弃选举权等事,应另册记明。

第三十一条　凡选举票无效者如左:

一、写不依式者;

二、字迹不可认者;

三、不用投票所所发选举票者;

四、选出之人不合被选举资格者。

第三十二条　选举以得票较多数者为当选,当选人名次以得票多寡为先后,票数同者,以年长者列前,年同,则由城镇总董、管理选举之乡董抽签定之。

第三十三条　当选人确定后,城镇总董、管理选举之乡董,应即将当选人姓名及得票数目榜示,并造具清册及始末情形报告书,连同选举票纸,呈送府厅州县长官,由长官通知各当选人。

前项清册及选举票纸,下届选举以前,由府厅州县长官保存之。

第三十四条　当选人接到前条通知之日起,五日以内答复应选,其逾限不复者,作为谢绝。

第三十五条　凡应选者,由府厅州县长官给与执照,并呈报督抚,汇咨民政部存案。

第三十六条　凡左列各款,为选举无效:

一、选举人名册有舞弊作伪情事,牵涉全数人员,公断确实者;

二、办理选举不遵定章,公断确实者;

三、照章解散者。

第三十七条　凡左列各款,为当选无效:

一、谢绝;

二、告退;

三、身故;

四、被选举资格不符,断定确实者;

五、当选票数不实,断定确实者;

六、当选后失其资格,断定确实者;

七、受除名之处分者。

第三十八条　当选无效,如已给予执照,应令缴还,并将姓名及其缘由榜示。

第三十九条　每届议员任满,或选举无效时,应行改选议员,以当选无效出缺至定额三分之一时,应行补选。

第四十条　补选以当选最前列者,补任期未满最长之缺,其余以次递推。

第四十一条　凡选举人确认有左列各款情事者,得提起选举争议:

一、选举人名册有舞弊作伪情事,牵涉全数人员;

二、办理选举不遵定章;

三、被选举资格不符;

四、当选票数不实;

五、当选后失其资格。

第四十二条　选举争议,由选举人申诉府厅州县参事会公断。

不服前项之公断者,得呈请谘议局公断。

第四十三条　申诉,除第四十一条第五款外,应自选举之日起三十日以内为限。

第四十四条　落选人员,确信得票额数可以当选而未经与选者,得照前二条办理。

第四十五条　城镇乡自治选举章程罚则,府厅州县议事会议员选举准用之。

第四十六条　本章程与《府厅州县地方自治章程》同时施行。

第四十七条　本章程如有未尽事宜应行增改者,照《府厅州县地方自治章程》第一百零四条办理。

(《大清法规大全》第 3 函卷 3,
"宪政部"第 2 册,第 30—32 页。)

二、民　国

地方自治试行条例

（1914 年 12 月 29 日公布）

第一章　总　纲

第一条　地方自治依本条例之规定,由地方公选合格绅民,承县知事之监督,办理地方公益事宜。

第二条　一县之自治区域,得设四区至六区,其二县以上合并之县,得增至八区。

前项之自治区得分为二种：

一、合议制；

二、单独制。

自治区以该行政区域管县若干,除该行政区域户口总额,为一县户口之平均额,再折衷以六区除一县户口之平均额,为一区户口之平均额,户口满一区平均额以上者,为合议制自治区,其不满一区之平均额者,为单独制自治区。

户口不满一区之平均额而能筹自治经费等于他合议制自治区者,亦得为合议制自治区。

合议制自治区得分为三级,以户口多于第二项定额一倍以上者为第二级,二倍以上者为第一级。

其有户口稀少财力薄弱之偏僻村落,由县知事详请该管长官核准,得缓设自治区。

第三条 前条之规定,于认为特别自治区域或未设县治地方,不适用之。

第四条 自治事宜如左:

一、本区卫生、慈善、教育、交通及农工商事项,但属于国家行政范围者不在此限;

二、依法令及监督官署委托办理事项。

第五条 自治区得就自治事宜自定自治规约,但不得与本条例及他项法令抵触。

第六条 凡居住于自治区内之男子,不论本籍与否,均为住民。

第七条 住民具备左列资格者为选民:

一、有本国国籍者;

二、年满二十五岁者;

三、居住本自治区接续至三年以上者;

四、年纳直接国税十元以上,或有不动产价值五千元以上者。

住民有品学素为地方所尊崇者,虽不备第三款第四款之资格,得由县知事认定为选民。

其捐助或募集巨资办理地方公益事宜者亦同。

年纳直接国税二十元以上或有不动产价值一万元以上者,虽不备第三款之资格,亦应作为选民。

第八条 有左列情事之一者不得为选民:

一、品行悖谬,营私武断,确有实据者;

二、曾处徒刑以上之刑,未复权者;

三、营业不正者;

四、失财产上之信用,被人控实尚未清结者;

五、吸食鸦片者;

六、有心疾者;

七、不识文字者。

第九条　有左列情事之一者,停止其选举权及被选举权:

一、现任本地方官吏者;

二、现充军人者;

三、现充本地方巡警者;

四、现在学校肄业者;

五、现为僧道及其他宗教师者。

第十条　凡被选为自治职员,有左列情事之一,经县知事之认定,得允其辞职或使之退职:

一、确有疾病不能常任职务者;

二、确有他项职业不能常居境内者;

三、年在六十五岁以上而精力衰颓者。

第二章　自治职员

第十一条　合议制自治区设职员如左:

一、区董;

二、自治员。

一级自治区自治员定额十名,二级自治区八名,三级自治区六名,由本自治区选民公选,选出定额二倍,经县知事遴选充任,区董由本自治区选民中选出三人,由县知事委任之。

父子及伯叔兄弟不得同时任为同一自治区职员。

选举规则以教令定之。

第十二条　单独制自治区设区董一人，依前条第二项之规定选任之。

第十三条　区董、自治员皆以二年为任期，区董期满改选，自治员每年改选半数，同时选出全数者，其半数以一年为任满。

前项一年任满应行改选之半数以抽签定之。

第十四条　自治职员任满再被选者，得连任一次。

其连任期满逾一年者得再被选。

第十五条　自治员因事出缺，逾定额三分之一者补选，逾过半数者全体改选。

补缺各员任期以补足前任未满之期为限。

第十六条　自治员为名誉职，不支薪给，但开会期中关于办公必需之费用，得由县知事核给实费。

区董得由县知事核支薪给及办公实费。

第十七条　自治区区董得雇用佐理员办理文牍及庶务事项，其员额及薪给详由县知事核定之。

第十八条　自治区办公处设置地址，由县知事核定之。

第十九条　合议制自治区设自治会议，由自治员组织之，会议时以区董为议长。

第二十条　自治会议之期如左：

　　一、通常会议，每年二次，以三月、十月为会议期；

　　二、临时会议，遇有必要事宜，县知事得因区董或自治员三分之二以上之请求举行之。

前项会议由县知事召集之，通常会议期间以二十日为限，但遇有必要，得由区董详报该管县知事延期十日以内，临时会议期间由县知事定之。

会议规则以教令定之。

第二十一条　自治会议应行议决事项如左：

一、第四条所定事项；

二、自治规约；

三、自治经费岁出入预算及预算正额外预备费之支出；

四、自治经费岁出入决算报告；

五、自治经费筹集方法；

六、自治经费及财产处理方法；

七、关于本地方公共利害诉讼之提起及其和解事项。

前项议决事件由自治会议详请县知事核准，交由区董执行。

第一项所定应由自治会议议决事件，在单独制之自治区由区董决之。

第二十二条　关于区董执行之事务及其收支帐目，自治员得监察或检阅之。

第二十三条　自治职员对于地方行政与自治有关系之事件，或由县知事咨询事件，得随时具陈意见。

第二十四条　关于自治区二区以上之公共利害关系事项，经县知事认为必要时，得召集各关系自治区之自治职员公同会议。

前项会议之议长，由县知事于各该自治区之区董中指定，会期由县知事定之。

本条议决事项须会同执行者，应由各该自治区区董会同执行之。

第二十五条　区董应办事宜如左：

一、提案之准备；

二、县知事核准之议决事项；

三、依法令或县知事委托办理事项之执行；

四、自治会议议决事件执行方法之决定。

第二十六条　自治员对于区董所定执行方法，又区董对于会议议决事件，视为逾越权限或违背法令或妨害公益者，得开具理由，详请县知事核准停止执行，或提交复议。

县知事认为有前项情事时，亦得径行停止执行，或提交复议。

第三章　经费

第二十七条　自治经费以左列各款充之：

　　一、本地方原有公款公产；

　　二、地方公益捐。

前项第一款之公款公产，以在自治范围内经县知事认为应归地方自行管理、详经该管长官核准者为限，第二款之地方公益捐，指附加税及各项杂捐而言，其从前已办自治地方业经征收者，由县知事详请该管长官核准酌量发给，未办自治地方或未经征收者，得依地方情形由会议议决，并详具理由，由县知事详请该管长官核准，由官征收，嗣后有应行变更废止者，亦同。

第二十八条　自治经费由自治会议议决管理方法，经县知事核交区董管理之。

第二十九条　公款公产有为私人捐助且经指定用途者，不得移作他用，但其指定事项业经法令变更或废止者，经自治会议议决，由县知事详请该管长官核准，亦得移作他用。

第三十条　区董每年应预计翌年度经费之出入，制成预算表，于每年十月通常会议期前，详由县知事交由自治会议议决。

前项预算表议决后，应经由县知事详请该管长官核定施行，并于本地方公示之。

第三十一条　预算内除正额外,得设预备费,若预备费不敷,须支出时,非经自治会议议决,由县知事详请该管长官核准,不得提用他款。

第三十二条　区董应将上年度经费之出入制成决算书,连同收支细帐,于每年三月通常会议期前,详由县知事交自治会议议决。

前项决算书议决后,应经由县知事详请该管长官核销,并于本地方公示之。

第三十三条　自治经费出入之检查,每年至少二次,由自治员二名以上会同行之,并详报县知事查核。

第三十四条　本章所定应经自治会议议决事件,在单独制之自治区,由区董决之。

第四章　监　　督

第三十五条　自治职员由县知事监督之,得随时命其报告办事成绩,征其预算决算表册,其关于自治经费,得随时亲往或派员检查,年终并将办理情形详报该管长官,核报内务部。

第三十六条　自治职员如著有异常劳绩、足资表率者,得由县知事开具事实,详请该管长官酌予褒奖。

第三十七条　自治职员有左列各款情事之一者,县知事得撤退之,但须详经该管长官核准:

一、逾越权限;

二、违反法令;

三、妨害公益。

自治职员撤退至过半数时,全体应行改选。

前项之改选应于撤退后两个月内行之。

第五章 附　　则

第三十八条　本条例施行规则及其日期，以教令定之。

（《政府公报》，1914 年 12 月 30 日。）

地方自治试行条例施行规则

（1915 年 4 月 14 日公布）

第一章 总 纲

第一条 《地方自治试行条例》之施行，依本规则所定之程序行之。

第二条 《地方自治试行条例》之施行，应分为三期筹办之：

第一期 自治事宜之调查；

第二期 自治事宜之整理及提倡；

第三期 自治事宜之实行。

第三条 关于自治事宜之调查或整理及提倡，由县知事遴选公正绅士，商承县知事办理，其依《地方自治试行条例》须经该管长官核准之事项，应随时详请该管长官核准行之。

第四条 关于自治事宜之调查或整理及提倡事项，由县知事酌拟期限，详由该管长官报经内务部核准，依限办理。

前项期限内因不得已之故障致不能竣事时，得于限期未满以前声叙事由，详由该管长官报经内务部核准展限。

第五条 县知事于筹办期限内，须依该管长官之所定，按次或随时将其办理自治事宜之调查或整理及提倡之状况详报该管长官。

该管长官须将各县知事前项之报告汇报内务部。

第六条　该管长官于该行政区域内,各县知事将自治事宜之调查或整理及提倡事项一律办理完竣后,应即报由内务部呈请大总统,以教令定《地方自治试行条例》施行于该行政区域之日期。

第二章　自治事宜之调查

第七条　各县应设自治区之数并其区域之划分,由县知事会同地方公正绅士拟定,绘图列表,详请该管长官核准,咨报内务部。

第八条　自治区域设定后,应就各自治区为户口之调查。

关于户口调查之规则,别以教令定之。

第九条　无论从前已办自治或未办自治,县知事应就《地方自治试行条例》第四条第一款之事项,调查该管区域内有无由绅董办理之公益事宜,并其兴废因革之状况。

第十条　县知事为前条之调查时,应就各种事项依左列各款造具清册:

　　一、事务之种类;

　　二、创办之年月;

　　三、现在是否继续办理,如系继续,则办理者之姓名、年岁、籍贯及履历;

　　四、该事务所需常年经费之数额;

　　五、经费筹集之方法及基本金之有无;

　　六、事务之成绩。

第十一条　除现由绅董办理之公益事宜,须由县知事依前条之规定分别造具清册外,并须依左列各款造具地方公益事宜一览表:

　　一、属于卫生者　现办某种事宜或曾办某种事宜或向未举办；

　　二、属于慈善者　现办某种事宜或曾办某种事宜或向未举办；

　　三、属于教育者　现办某种事宜或曾办某种事宜或向未举办；

　　四、属于交通者　现办某种事宜或曾办某种事宜或向未举办；

　　五、属于农工商者　现办某种事宜或曾办某种事宜或向未举办。

　　第十二条　县知事于从前已办自治地方,应调查其有无公款公产或地方公益捐并其现存之确数,列为清册,其从前未办自治地方而有公款公产归绅董管理者亦同。

　　第十三条　从前已办自治地方,所有公款公产或地方公益捐现在由县知事管理或征收者,不问现供何种用途,应准前条之规定,详细查明,开列清册。

　　第十四条　无论从前已办自治或未办自治,其有私人因地方公益事宜捐助之财产,合于《地方自治试行条例》第二十九条之规定者,应由县知事依左列各款详细调查,开列清册:

　　一、财产之种类及价格；

　　二、捐助者之姓名；

　　三、捐助之年月日；

　　四、指定之用途；

　　五、现在该财产属于何人之管理及其用途。

　　第十五条　县知事依第九条至第十四条之规定,调查自治事宜及自治经费完竣后,应将各种表册详报该管长官。

　　第十六条　该管长官接受该行政区域内各县知事详报自治事

宜及自治经费之调查表册,应汇报内务部。

第三章　自治事宜之整理及提倡

第十七条　该管长官汇齐该行政区域内各县知事报告户口清册后,应依《地方自治试行条例》第二条之规定,算定一县户口之平均额及一区户口之平均额,饬知各县知事。

第十八条　县知事接受前条之饬知后,应就该县各自治区计算其多于平均额若干倍以上或未满平均额,分别各区应为某级合议制自治区或单独制自治区,传知各该区之绅士。

应为单独制之自治区,依《地方自治试行条例》第二条第四项之规定,愿为合议制自治区者,经该区之协议,得由该区绅士报告县知事。

县知事接受前项之报告后,应详报该管长官。

第十九条　第十二条、第十三条之公款公产地方公益捐,第十四条私人捐助之财产,县知事认为应归地方自行管理者,除造具清册外,并详由该管长官核准,作为地方自治收入。

前项之地方自治收入,当自治职员选举尚未成立以前,应由县知事遴选公正绅士管理之。

第二十条　地方原有之公款公产及地方公益捐,现充地方公益事宜之用,县知事认该事项为合于《地方自治试行条例》第四条第一款之范围者,应详请该管长官,准其继续支用。

第二十一条　县知事依第十条之规定调查现在绅董所办地方公益事宜,认为合于《地方自治试行条例》第四条第一款之范围且成绩优良者,除造具表册详报该管长官外,应令现办之绅董继续办理。

第二十二条　县知事依本规则遴选公正绅士管理之公款公产

或地方公益捐,除依第二十条之规定准其充现在办理地方公益事宜之经费者外,如有赢余,应就《地方自治试行条例》第四条第一款之事项中择要举办。

自治职员之选举尚未成立以前,依前项之规定办理公益事宜,应由县知事暂行遴选公正绅士任之,其经费支用之方法,由县知事决定。

第二十三条　县知事依本规则,调查该管区域内从前未经办理自治地方、现在亦无由绅董办理之公益事宜、且本地方并无合于《地方自治试行条例》第二十七条之收入者,当自治职员之选举尚未成立以前,应由县知事酌量情形,遴选公正绅士,就《地方自治试行条例》第四条第一款之事项,择要办理。

第二十四条　依前条之规定办理地方公益事宜所需经费,应由县知事会商公正绅士,参酌《地方自治试行条例》第二十七条之规定筹集之。

第二十五条　依第二十三条、第二十四条之规定兴办地方公益事宜及筹集经费之方法,应由县知事详请该管长官核准,咨报内务部。

第四章　自治事宜之实行

第二十六条　县知事于期限内办理自治事宜之调查整理及提倡完竣,详由该管长官报经内务部呈请大总统发布施行日期之教令后,应令各自治区依选举规则选举自治职员。

第二十七条　县知事筹备自治职员选举完竣后,设置自治区办公处。

第二十八条　自治职员选定后,如未届通常会议之期,县知事应依《地方自治试行条例》第二十条之规定召集临时会议。

第二十九条　前条会议开会后,县知事应将依本规则由县知事遴选之公正绅士所管理之公款公产或地方公益捐,无论现在有无用途,开具清册,提交会议议决其处理之方法,其有私人因地方公益事宜所捐助之财产,及依第二十四条之规定由县知事筹集之公益经费亦同。

第三十条　依第二十一条之规定继续办理之地方公益事宜,及依第二十二条、第二十三条之规定由县知事扩充或创办者,均须提出于自治会议,依《地方自治试行条例》第二十一条第一款之规定,议决继续办理之方法。

附　则

第三十一条　自治职员之选举尚未成立以前,依本规则之规定管理公款公产或地方公益捐及办理地方公益事宜之绅士,无论系继续接管或新由县知事选任者,均准用《地方自治试行条例》第三十五条至第三十七条之规定监督之。

第三十二条　本规则自公布日施行。

(《政府公报》,1915 年 4 月 15 日。)

县 自 治 法

(1919 年 9 月 8 日公布)

第一章 总 则

第一节 区域

第一条 县自治团体以县之国家行政区域为其区域。

县之国家行政区域有变更时,县自治区域随同变更。

第二节 住民及其权利义务

第二条 凡住居县内者均为县住民。

县住民依本法及公约所定,得享受权利并负担义务。

第三条 县住民内有本国国籍之男子,年满二十岁并继续住居县内二年以上、合于左列各款之一者,有选举县[议]会议员之权:

    一、年纳直接税二元以上者;

    二、有动产或不动产五百元以上者;

    三、曾任或现任公职或教员者;

    四、曾在高等小学以上学校毕业或与有相当之资格者。

第四条 县住民内有本国国籍之男子,年满二十五岁并继续住居县内二年以上、合于左列各款资格之一者,有被选举为县议会议员之权:

一、年纳直接税四元以上者；

二、有动产或不动产一千元以上者；

三、曾任或现任公职教员一年以上者；

四、曾在中学校以上学校毕业或与有相当之资格者。

第五条　住民有左列各款之一者，停止其选举权及被选举权：

一、褫夺公权尚未复权者；

二、受禁治产、准禁治产或破产之宣告，确定后尚未撤销者；

三、不识文字者；

四、僧道及其他宗教师；

五、现役军人。

第六条　住民有左列各款之一者，停止其被选举权：

一、现任本县官吏；

二、现任本县小学校教员。

第七条　凡被选为县议会议员或县参事会参事者，非有左列事由之一，不得谢绝当选或于任期内告退：

一、确有疾病不能常任职务者；

二、确有他项职业不能常居境内者；

三、年满六十岁以上而精力衰颓者；

四、连任至三次以上者；

五、其他事由特经县议会允许者。

第八条　无前条所列事由之一而谢绝当选或告退者，得以县议会之议决，于一年以上三年以下停止其县议会选举权及被选举权。

第三节　自治事务

第九条　县自治团体为法人，承监督官署之监督，于法令范围

内处理左列各款自治事务,但以关系县之全体或为市乡所不能担任者为限:

一、教育;

二、交通水利及其他土木工程;

三、劝业及公共营业;

四、卫生及慈善事业;

五、其他依法令属于县自治事务。

第四节　公约及规则

第十条　县自治团体关于其住民之权利义务及自治事务,得制定公约,但不得与本法及其他法令抵触。

第十一条　县自治团体因执行县公约及管理使用县自治团体之财产、营造物与公共设备,得制定县规则。

第十二条　县自治团体之公约与规则,以一定之公告式发布之。

第二章　县议会

第一节　组织

第十三条　县议会设于县知事所在地,其议员之选举以单选举法行之。

县议会议员员额,在人口未满十五万之县定为十名,人口满十五万以上者,每人口三万递增议员一名,但至多以三十名为限。

前项议员员额,由县知事调查县之人口总数分别拟定,呈报该管长官,转咨内务部核准,县议会议员选举规则以教令定之。

第十四条　县议会议员任期三年。

第十五条　县议会议员因故出缺时,以候补当选人名次在前者递补之,补缺议员之任期以补足前任未满之期为限。

第十六条　县议会议员不得兼任官吏与国会、省会议员及县参事会参事或市乡议会议员及董事。

父子兄弟不得同时任为县议会议员,若有父子兄弟现为县参事会参事者,不得任为县议会议员。

父子兄弟同时当选者,应以子避父,以弟避兄。

第十七条　县议会设议长一人,副议长一人。

议长维持纪律,整理议事,为县议会之代表,由议员用无记名投票法互选,其互选规则由县议会定之。

议长有事故不能执行职务时,由副议长代表。

第十八条　县议会议员因故出缺逾定额三分之一及议长因故出缺时,应即补选,补选各员任期以补足前任未满之期为限。

第十九条　县议会议员及议长、副议长均为名誉职,但开会中得由监督官署核给膳宿费。

第二十条　县议会得置书记二人或三人,由议长雇用。

书记承议长之命经理文书、会计、纪录及一切庶务,其薪给额数及办事规则,由县议会定之。

第二节　职权

第二十一条　县议会应行议决事项如左:

一、以县自治团体之经费筹办之自治事务;

二、县自治团体之公约;

三、县自治团体之预算及决算;

四、县自治税规费使用费之征收;

五、县自治团体不动产之买入及处分;

六、县自治团体财产、营造物、公共设备之经营及处分;

七、其他依法令属于县议会权限之事项。

前项第一款、第五款至第七款之事项,得由县议会议决,委托县参事会处理之。

第二十二条　前条议决事项,由县议会送交县参事会执行,并呈报监督官署备案。

第二十三条　县议会对于地方行政与县自治事务有关系事件,得随时具陈意见。

第二十四条　县议会对于监督官署或县参事会咨询事件,应随时答复。

第二十五条　县议会分通常会与临时会。

通常会每年一次,由县知事召集,临时会经县知事认为有必要情事或县议会议员总额过半数以上之请求,由县知事召集之。

通常会之召集,须于开会期十五日以前发布之。

临时会之召集,须于开会期五日以前发布之。

第二十六条　通常会于每年四月一日开会,每届会期为四十日,但遇必要时,经县议会议决,得延长会期二十日以内,临时会期以十五日为限。

第二十七条　县议会非有议员总额过半数之出席,不得开议。

第二十八条　议员有三人以上之赞同,得提出议案。

第二十九条　议员之表决,以列席议员过半数为准,可否同数时,取决于议长。

第三十条　议案涉及议员本身或其亲属者,不得加入表决之数。

第三十一条　县议会之会议公开之,但有左列情事之一者不在此限:

一、县参事会会长要求禁止旁听时;

二、议长或议员三人以上之提议经议决禁止旁听时。

第三十二条　县议会会议时,县参事会会长得莅会或派员到会陈述意见，但不得加入表决之数。

第三十三条　县议会对于县参事会所定规则及执行事务，视为逾越权限、违背法令或妨害公益时，得提案议决，开具理由，请求监督官署核准，停止其执行。

第三十四条　县议会议事规则及旁听规则，由议会定之。

第三章　县参事会

第一节　组织

第三十五条　县设参事会，置会长一人，参事四人至六人。

第三十六条　会长以县知事任之，参事由县议会选举半数，其余半数由县知事委任，但均须具有县议会议员之资格者为限。

县议会选举参事时，同时须选出同数之候补人，参事因事出缺时，依候补人名次递补。

选举参事任期二年，补缺参事之任期以补足前任未满之期为限。

第三十七条　县参事会设佐理员二人至四人，为有给职，由会长派充。

佐理员任用规则另定之。

第三十八条　县参事会设出纳员一人，由会长派充，但须得县议会之同意。

第三十九条　县参事会得设书记，由会长雇用，其员额县议会议决。

第四十条　会长、参事均为名誉职，但参事得经县议会议决，给予津贴。

第四十一条　佐理员、出纳员及书记之薪给，由县议会定之。

第二节　职权

第四十二条　县参事会之职权如左：

一、执行县议会议决事项；

二、办理县议会议员选举事项；

三、提出议案于县议会；

四、制定县自治团体之规则；

五、管理或监督县自治团体之财产、营造物或公共之设备；

六、管理县自治团体之收入与支出；

七、依法令及县[议]会之议决征收自治税及规费。

第四十三条　县参事会会长总理会内事务，监督指挥所属职员。

第四十四条　县参事会参事辅助会长分掌会内事务。

第四十五条　县参事会对于县议会之议决，认为有侵越权限、违背法令或妨害公益时，得申述理由，提交复议，县议会仍执前议时，得呈请监督官署核准撤消之。

第四十六条　县参事会办事规则，由会长定之。

第四章　财　政

第一节　经费

第四十七条　县自治团体之经费，以左列各款充之：

一、县自治团体财产之收入；

二、县自治团体公共营业之收入；

三、县自治税；

四、使用费及规费；

五、过怠金。

第四十八条　县自治团体因救济灾眚或经营公共营业，得由国家补助经费。

第四十九条　县税之附属于国税征收者，其税率及征收方法以法律定之。

第五十条　对于使用县自治团体之营造物及其他公共设备者，得征收使用费。

第五十一条　对于县自治团体因个人之请求为执行事务时，得征收规费。

第五十二条　县参事会因调剂预算内之支出，得为短期借款。前项借款须以其会计年度内收入偿还之。

第二节　预算决算及检查

第五十三条　县参事会于每一会计年度开始前，应预计全年经费出入，编制预算，提交县议会议决，县自治团体之会计年度，依国家会计年度之规定。

第五十四条　县参事会提出预算时，应将事务报告书及财产表一并提出。

第五十五条　编制预算时，因继续办理事件，经县议会之议决，得预定年限，设继续费。

第五十六条　编制预算时，为备预算不敷及预算外支出，得设预备费，但不得充县议会否决事件之用。

第五十七条　预算议决后，参事会于县自治会同会期内有追加或更正时，须再交县议会议决。

第五十八条　编制预算时，因公共营业得设特别会计。

第五十九条　预算议决后，应由县参事会呈报监督官署，并布告之。

第六十条　县参事会于每一会计年度终结后，应将上年度经费出入编制决算，附具一切证据，提交县议会议决。

前项决算议决后,应由县参事会呈报监督官署并布告之。

第六十一条　县参事会会长所发支付命令如违背县自治团体之公约或预算时,出纳员应拒绝其支出。

第六十二条　县自治经费出入之检查每年至少二次,由县议会推举会员三名以上会同会长及参事行之,并报监督官署查核。

第五章　监　督

第六十三条　县自治团体以道尹为直接监督,其上级监督机关依现行官制定之。

第六十四条　道尹因监督之必要,对于自治团体得发命令或处分。

对于前项命令或处分有不服时,得依法提起诉愿。

第六十五条　道尹认县议会为违法越权或妨害公益时,得呈由上级监督官署核准解散之。

县议会解散后,限于三个月内重行选举召集。

第六十六条　监督官署因监督之必要,得令县自治团体为事务之报告,并调取文书簿据或实地视察其事务、核阅其出纳。

第六十七条　道尹对于县参事会参事之惩戒,准用文官惩戒之规定。

县自治职员惩戒条例以教令定之。

第六章　附　则

第六十八条　本法施行细则以教令定之。

第六十九条　本法施行日期及施行区域以教令定之。

（《政府公报》,1919 年 9 月 8 日。）

县自治法施行细则

（1921 年 6 月 18 日公布）

第一条　《县自治法》之施行，依本细则之规定行之。

第二条　《县自治法》施行以前，各县地方公益事项有合于《县自治法》第九条第一款至第四款之范围者，均依照《县自治法》之规定，由县自治团体继续办理。

第三条　《县自治法》施行以后，关于《县自治法》第九条各款所定自治事务之设施计划，应由该管道尹造具清册，呈报各该省区长官，转咨内务部备案。

第四条　《县自治法》施行以前各县地方原有之公款公产及依前《府厅州县自治章程》所筹集之经费，其现在用途确属《县自治法》第九条所列范围者，仍准继续支用，若移作他项用途者，应由县知事呈请该管长官，拨归县自治经费。

前项所称公款公产，以向归各县全体公有不属于市乡者为限。

第五条　《县自治法》施行以前各县地方之公款公产有为私人捐助且经指定用途者，不得移作他用，但其指定事项业经法令变更或废止者，经县议会议决，亦得移作他用。

第六条　县参事会参事之选举，用记名单记投票法。

第七条　选举非有县议会议员总数三分之二以上到会，不得投票。

第八条　选举以得票满投票人总数三分之一者为当选,当选人不足额时,应再行投票,至足额为止。

第九条　当选人足额后,应依《县自治法》第三十六条第二项之规定选举候补人,其当选票额依前条之规定。

凡得票满当选票额,因当选人足额不能当选者,即作为候补当选人。

第十条　当选人及候补当选人之名次,以选出之先后为序,同次选出者以得票多寡为序,票数同者抽签定之。

第十一条　县议会议员及县参事会选举参事之任期,均自当选之日起算。

第十二条　《县自治法》第十六条所称兄弟,以期服兄弟为限。

第十三条　《县自治法》第十六条之规定,于县参事会参事准用之。

第十四条　县参事会参事及佐理员员额,依左列各款定之:

一、议员名额未满二十名者,参事四员,满二十名以上者,参事六员;

二、议员名额未满二十名者,佐理员二员,满二十名以上者,佐理员三员,满三十名者,佐理员四员。

第十五条　委任参事以县知事之任期为任期。

第十六条　县参事会出纳员应缴相当之保证金,其额数由县议会议决之。

第十七条　县议会议员、参事会参事及其他职员应由该管道尹汇造清册,呈报各该省区长官,转咨内务部备案,遇有变更时亦同。

前项清册应开具姓名、年岁、住址、资格及当选或派委日期。

第十八条　县自治团体之公约及规则之公告式,由县参事会定之。

县议会或县参事会行文监督官署,用呈,监督官署行文县议会或县参事会,用令,县知事与县议会或县参事会及县议会与县参事会互相行文,均用公函。

第十九条　县议会与县参事会各备木质钤记,由内务部颁定式样,通行各省区行政长官刊发。

第二十条　自《县自治法》施行之日起,《地方自治试行条例》及施行细则废止之。

第二十一条　本细则自公布日施行。

（《政府公报》,1921年6月19日。）

县议会议员选举规则

（1921 年 6 月 18 日公布）

第一章 总 则

第一条 县议会议员依本规则选举之。

第二条 县议会议员之选举，于每届议员任满前六个月内举行之。

第一届县议会议员之选举，于《县自治法》第二十六条所定通常会开会期前六个月内举行。

第三条 县知事应于选举期六个月以前，依《县自治法》第十三条之规定，调查人口总数，拟定议员名额，呈报该管长官，转咨内务部核准。

议员名额经内务部核准后，应由县知事分配于各选举区选举之。

前项议员员额之分配，以各选举区人口之多寡为准，由县参事会算定，于选举期九十日以前通告各该选举区。

第四条 县议会议员选举区，由县参事会参照从前城镇乡自治区域酌量划分，呈报该管长官核定之。

第五条 各县设选举总监督，以县参事会会长充之，监督全县选举事宜。

第六条　各选举区设选举监督,由总监督就该县公民内遴派,监督各区选举事宜。

第七条　各选举区办理选举,应设调查、管理各员,由各该区选举监督推举,呈由总监督遴派之。

第八条　选举日期由总监督定之。

第九条　凡办理选举人员,于其选举区内停止其被选举权。

第十条　凡办理选举人员均为名誉职,但得酌给公费。

第二章　人名册

第十一条　各区选举监督应依第七条规定派定调查员,按照《县自治法》所定选举及被选举资格,调查合格者,造具选举人名册及被选举人名册。

前项选举人名册及被选举人名册,应记载姓名、年岁、籍贯、住址、住居年限及左列第一款第二款或第三款事项:

一、年纳直接税之数或动产不动产之数;

二、曾任或现任某项公职或某种学校教员并任职年限;

三、某种学校毕业或与某种学校毕业相当之资格。

调查细则由县参事会定之。

第十二条　选举人名册及被选举人名册,应于选举期六十日以前一律告成,存放一定场所,宣示公众,并由各该区选举监督呈报总监督。

第十三条　宣示选举人名册及被选举人名册,以二十日为期,如本人认为错误遗漏,得于宣示期内取具证凭,请求选举监督更正。

选举监督接受前项请求时,应即日呈请县参事会审定。

第十四条　县参事会接到前条呈请时,于十日内审定之。

凡经前项审定更正者,应由各该区选举监督将名册一律更正,并补报总监督。

第十五条　选举人名册及被选举人名册确定后,应另缮副本,分存各投票所及开票所,并呈报总监督保存之。

第十六条　选举人名册及被选举人名册确定后,一年以内,如遇有改选或补选,所有选举人及被选举人仍以该名册为准。

第十七条　宣示选举人名册及被选举人名册时,应同时颁发选举通告,其应载事项如左:

一、选举日期;

二、投票所及开票所地址;

三、投票方法;

四、本选举区当选人名额。

第三章　投票所及开票所

第十八条　投票所及开票所分设于各选举区,其地址由选举监督定之。

其选举区较大者,得由选举监督划定地段,分设投票所若干处。

第十九条　投票所及开票所,由选举监督依照第七条规定,派定管理员掌管投票及开票一切事宜。

第二十条　投票所除本所职员及选举人外,他人不得阑入。

开票所因参观之选举人过多不能容时,管理员得限制人数。

第二十一条　投票所之启闭,由选举监督掌之,其启闭时间以午前八时至午后六时为准。

第二十二条　投票所及开票所自投票及开票完毕之日起,十五日内裁撤之。

第二十三条　投票所及开票所办事细则,由县参事会定之。

第四章　投票纸、投票簿、投票匦

第二十四条　投票纸及投票匦由选举总监督按照定式制成,于选举期二十日以前分交各区选举监督,选举监督于选举期十日以前分交各投票所。

第二十五条　各区选举监督应照各投票所选举人数分别造具投票簿。

前项投票簿应载明选举人姓名、年岁、籍贯及住址。

第二十六条　投票匦除投票时外,应严加封锁。

第五章　投票、开票及检票

第二十七条　各区选举监督届选举日期,应亲莅投票所监察之,其投票所有二处以上者,呈请总监督派员分莅监察之。

第二十八条　投票人以列名本投票所之投票簿者为限。

第二十九条　投票人届选举期应亲赴投票所自行投票。

第三十条　投票人领投票纸,应先在投票簿所载本人姓名下签字。

第三十一条　投票人每名只领投票纸一张。

第三十二条　投票用无记名单记法,每票只书被举人一名,不得自书本人姓名。

第三十三条　投票人于投票所内,除关于投票方法得与职员问答外,不得与他人接谈,投票人投票完毕后,应即退出。

第三十四条　投票人倘有冒替或其他违背法令情事,管理员得令退出。

第三十五条　投票所管理员应将投票始末情形造具报告,连同投票甌于投票完毕之翌日移交开票所,呈报选举监督。

第三十六条　各区选举监督于各投票甌送齐之翌日,应酌定时刻,先行宣示,届时亲临开票所,督同开票员开票,即日宣示。

第三十七条　检票时应将所投票数与投票簿对照,如有票数与名数不符或放弃选举权等事,应另册记明。

第三十八条　凡选举票无效者如左:

一、写不依式者;

二、夹写他事者,但记载被选举人职业或住址者不在此限;

三、字迹模糊不能认识者;

四、不用投票所所发票纸者;

五、选举之人为被选举人名册所无者。

第三十九条　开票所管理员应将开票始末情形造具报告,于开票完毕之翌日呈送选举监督。

第六章　当选通知及证书

第四十条　凡选举以得票较多数者为当选。

当选人足额后,应按照该区应出议员名额,以次多数者为候补当选人。

当选人及候补当选人之名次,以得票多寡为序,票数同者由选举监督抽签定之。

第四十一条　当选人确定后,各区选举监督应将当选人姓名及得票数目榜示,并造具清册及选举始末情形报告书,连同选举票纸送总监督,由总监督通知当选人。

前项清册及选举票纸于下届选举以前由总监督保存之。

第四十二条　当选人接到前条通知后,应自通知之日起十日以内答复应选,其逾限不复者,以不愿应选论。

第四十三条　凡应选者,为县议会议员,由总监督给予当选证书,并呈报该管长官转咨内务部备案。

第七章　选举变更

第四十四条　凡有左列各款情事者为选举无效:

一、选举人名册与被选举人名册因舞弊牵涉全数人员,经审判确定者;

二、办理选举违背法令,经审判确定者。

第四十五条　凡有左列各款情事者为当选无效:

一、谢绝当选;

二、死亡;

三、被选举资格不符,经审判确定者;

四、当选票数不实,经审判确定者。

第四十六条　当选无效时,证书已给发者,应令缴还,并将姓名及其缘由宣示。

第四十七条　当选无效时,应以各该区候补当选人递补之。

第四十八条　每届议员任满时应行改选。

选举无效时应于该选举区举行改选。

第四十九条　补选以得票最多数者补任期未满最长之缺,其余以次递推,票数同者由总监督抽签定之。

第五十条　关于改选及补选事宜,均依本规则之规定行之。

第八章　选举诉讼

第五十一条　选举人确认办理选举人员有舞弊或其他违背法令行为,以开票后十日为限,得向地方审判厅提起选举诉讼,但无地方审判厅之区域得向高等审判厅提起之。

第五十二条　选举人确认当选人资格不符或票数不实者,得依前条规定起诉。

第五十三条　落选人确认名次有错误者,得依[第]五十一条规定起诉。

第五十四条　选举诉讼事件应先于各种事件审判之。

第九章　附　　则

第五十五条　本规则自公布日施行。

第五十六条　本规则所定属参事会权限之事项,于第一届选举由县知事行之。

（《政府公报》,1921 年 6 月 19 日。）

县 组 织 法

（1928 年 9 月 15 日国民政府公布）

第一章 总 则

第一条 县之区域，依其现时固有之区域。

第二条 县之新设及县区域之变更，由省政府会同内政部核准行之。

第三条 县设县政府，于省政府指挥监督之下处理全县行政，监督地方自治事务。

第四条 各县县政府按区域大小、事务繁简分为三等，由民政厅编定，呈经省政府会同内政部核准行之。

第五条 县政府于不抵触中央及省之法令范围内，得发布县令，并得制定县单行规则。

第六条 各县按其户口及地形分划为若干区。

除因地方习惯或地势限制及有其他特殊情形者外，每区至少应以二十村里组成之。

第七条 凡县内百户以上之乡村地方为村，其不满百户者得联合数村编为一村，百户以上之市镇地方为里；其不满百户者编入村区域，但因地方习惯或受地势限制及有其他特殊情形之地方，虽不满百户亦得成为村里。

第八条　区及村里区域之划定及变更,由县政府呈请民政厅核准行之,并由民政厅分呈省政府、内政部备案。

第九条　区村里得于不抵触中央及省县法令规则之范围内,制定自治公约。

第十条　村里居民以二十五户为闾,五户为邻,但一地方因地势或其他情形而户数不足时,仍得依县政府之划定成为闾邻。

第二章　县政府

第十一条　县政府设县长一人,由省政府任用之,综理县政,监督所属职员。

第十二条　一等县政府设置四科,二等三科,三等二科,各科置科长一人,科员若干人,科员额数由民政厅定之,科长由县长呈请民政厅委任,科员由县长委任,并呈报民政厅备案。

第十三条　县政府得雇用事务员及书记。

第十四条　关于县长及科长、科员等佐治人员之任用及待遇,由内政部制定条例,呈请国民政府核准行之。

第十五条　县政府得设置政务警察办理催征、送达、侦缉、调查等事项,其名额由民政厅核定之,兼理司法之县政府,得以政务警察兼办承发吏、法警事务。

第十六条　县政府设左列各局:

一、公安局　掌警卫、消防、防疫、卫生、森林保护等事项;

二、财务局　掌征税、募债、管理公产及其他地方财政事项;

三、建设局　掌关于土地、森林、水利、道路、桥梁工程及其他公共事业之事项;

四、教育局　掌关于学校、图书馆、博物馆及其他文化事业之事项。

县政府除前项各局外,于必要时得呈请省政府设置卫生局、土地局,专理卫生及土地事项。

第十七条　县政府各局各设局长一人,由省政府主管各厅考选委任之。

第十八条　县公安事项,得于各区设立公安分局处理之,公安分局设分局长一人,由民政厅考选委任之。

第十九条　各县政府所属各局之组织及权限,除法令别有规定外,由各省政府定之,并函内政部备案。

第二十条　县政府设县政会议,以左列人员组织之:

一、县长;

二、县政府各科科长;

三、县政府各局局长。

县政会议开会时以县长为主席。

第二十一条　左列事项应经县政会议审议:

一、县预算决算事项;

二、县公债事项;

三、县公产处分事项;

四、县公共事业之经营管理事项。

县长认为有必要时,得以其他事项提交县政会议审议。

第二十二条　县政会议会议规则,由该会议议定之。

第二十三条　县政府办事通则,由内政部定之。

第三章　县参议会

第二十四条　县设参议会,以县民选举之议员组织之,任期三年,每年改选三分之一。

第二十五条　县参议会之职权如左：

一、议决县预算决算及募债事项；

二、议决县单行规则；

三、建议县政兴废事项；

四、审议县长交议事项。

第二十六条　县长违法失职时，县参议会得请求省政府查核处分之。

第二十七条　县参议会选举法另定之。

第二十八条　县参议会之设立，应于本组织法施行一年后，由省政府按县政进行情形酌定时期，呈请国民政府核准行之。

第四章　区公所

第二十九条　区置区公所，设区长一人，管理区自治事务。

第三十条　区长由区民选任，并由县政府呈报民政厅备案。

第三十一条　区民对于区公约及自治事项有创制及复决之权，区长违法失职时，区民得罢免改选之。

第三十二条　前条之创制复决及罢免程序，另以法律定之。

第三十三条　各区区民于选举区长时，并选举监察委员五人或七人，组织该区监察委员会，其职务如左：

一、监察区财政；

二、向区民纠举区长违法失职等事。

第三十四条　区长之民选，于本法施行二年后由省政府就各县地方情形酌定时期，会同内政部核准行之。

第三十五条　在区长民选实行以前，区长由县长遴选区民，呈请民政厅委任之。

第三十六条　依前条委任之区长违法失职时，由县长罢免之，并呈报民政厅备案。

第三十七条　在区长民选实行以前,得于区民中由村里监察委员会推选三人,由县长委任二人,组织区监察委员会监察区财政,并向县长纠举区长违法失职等事。

第三十八条　区公所得用助理员,辅助区长办理区务。

前项助理员由区公所遴请,县长委任之。

第三十九条　区公所执行区务,得设置区丁,其额数由县长定之。

第四十条　区公所设区务会议,以左列人员组成之:

　　一、区长;

　　二、区助理员;

　　三、本区所属村长及里长。

区务会议以区长为主席,至少每月开会一次,由区长召集。

第四十一条　左列各事项须经区务会议审议:

　　一、区公所经费事项;

　　二、区公产之处分事项;

　　三、区公约及其他单行规则之制定及修正事项。

第四十二条　区自治施行条例,由内政部另定之。

第五章　村里公所

第四十三条　村置村公所,设村长一人,里置里公所,设里长一人,管理各该村里自治事务。

村里各设副村长、副里长一人,襄助村长里长办理事务,但村里户口在百户以上者,每增百户设副村长或副里长一人。

第四十四条　村公所或里公所事务,得由村长、里长指定闾长襄助办理。

第四十五条　村长副村长、里长副里长由村民大会或里民大会选任,并由区公所呈报县政府备案。

第四十六条　村民大会或里民大会对于村里公约及自治事项,有创制及复决之权,村长副村长、里长副里长违法失职时,村民大会或里民大会得罢免改选之。

第四十七条　前条之创制、复决及罢免程序,另以法律定之。

第四十八条　村民大会或里民大会于选举村长里长时,并推选三人或五人组织监察委员会,其职务如左:

一、监督各该村里财政;

二、向村民里民纠举村长副村长或里长副里长违法失职等事。

第四十九条　在区长民选实行以前,村民大会或里民大会选举村长副村长或里长副里长时,应选出加倍之人数,报由区公所转请县长择任,并由县长汇报民政厅备案。

第五十条　依前条规定委任之村长副村长、里长副里长违法失职时,村民大会或里民大会应报由区公所转请县长罢免,但县长亦得自行罢免之。

第五十一条　村里自治施行条例,由内政部另定之。

第六章　闾长邻长

第五十二条　闾设闾长一人,邻设邻长一人,分掌闾邻自治事务。

第五十三条　闾长邻长各由本闾邻居民会议推选之,选定后由村长里长报区公所转报县政府备案。

第五十四条　闾长邻长由本闾邻居民会议罢免改选。

村里公所认为闾长邻长违法失职时,得通告闾邻居民会议改选之。

第五十五条　依前条规定闾长邻长罢免改选时,应由主管村里公所报由区公所转报县政府备案。

第五十六条　闾长邻长之选举方法及任期,于村里自治施行条例中规定之。

第七章　附　　则

第五十七条　本法之修正,由内政部呈请国民政府核准之。

第五十八条　本法施行日期,另以命令定之。

（《国民政府公报》,1928 年 9 月。）

县 组 织 法

（1929 年 6 月 5 日国民政府修正公布）

第一章 总 则

第一条 县之区域,依其现行之区域。

第二条 县之废置及县区域之变更,由省政府咨内政部呈行政院,请国民政府核准公布之。

第三条 县设县政府,于省政府指挥监督之下处理全县行政,监督地方自治事务。

第四条 各县县政府按区域大小、事务繁简、户口及财赋多寡分为三等,由省政府编定,咨内政部呈行政院,请国民政府核准公布之。

第五条 县政府于不抵触中央及省之法令范围内,得发布县令,并得制定县单行规则。

第六条 各县按户口及地方情形分划为若干区,除因地方习惯或地势限制及有其他特殊情形者外,每区应以二十至五十乡镇组成之。

第七条 凡县内百户以上之村庄地方为乡,其不满百户者得联合各村庄编为一乡,百户以上之街市地方为镇,其不满百户者编入乡,但因地方习惯或受地势限制及有其他特殊情形之地方,虽不满百户亦得成为乡镇。

第八条　区及乡镇区域之划定及变更,由县政府呈请省政府核准行之,并由省政府咨内政部备案。

第九条　区乡镇得于不抵触中央及省县法令规则之范围内,制定自治公约。

第十条　乡镇居民以二十五户为闾,五户为邻,但一地方因地势或其他情形而户数不足时,仍得依县政府之划定成为闾邻。

第二章　县政府

第十一条　县政府设县长一人,由民政厅提出合格人员二人至三人,经省政府议决任用之,综理县政,监督所属机关及职员。县长资格另定之。

县长任期三年,成绩优良者得连任。

第十二条　凡筹备自治之县已达《建国大纲》第八条所规定之程度者,经中央查明合格后,其县长应由民选。

第十三条　县政府设秘书一人,并依事务繁简设置一科或二科,各科置科长一人,科员二人或四人,其设科多寡及科员额数由省政府定之,并报内政部备案。

秘书科长由县长呈请民政厅委任,科员由县长委任,并报民政厅备案。

第十四条　县政府得雇用事务员及雇员。

第十五条　县政府得设置警察办理催征、送达、侦缉、调查等事项,其名额由民政厅核定之。

第十六条　县政府下设左列各局:

　　一、公安局　掌户籍、警卫、消防、防疫、卫生、救灾及保护森林、渔猎等事项;

二、财政局　掌征税、募债、管理公产及其他地方财政等
事项；

三、建设局　掌土地、农矿、森林、水利、道路、桥梁、工程、
劳工、公营业等事项及其他公共事业；

四、教育局　掌学校、图书馆、博物馆、公共体育场、公园
等事项及其他文化社会事业。

右列各局如有缩小范围之必要时，得呈请省政府改局为科，附设县政府内。

县政府于必要时得呈请省政府设置卫生局、土地局、社会局、粮食管理局，专理卫生、土地、社会及调节粮食。

第十七条　县政府各局各设局长一人，由县长就考试合格人员中遴选，呈请省政府核准委任之。

第十八条　县公安事项，得于各区设立公安分局处理之，公安分局设局长一人，由县长就考试合格人员中遴选，呈请省政府核准委任之。

第十九条　关于县政府所属局长、分局长、科长、科员及其他佐治人员之资格任用及待遇保障，另以法律定之。

第二十条　各县政府所属各局之组织及权限，除法令别有规定外，由各省政府定之，并咨内政部备案。

第二十一条　县政府设县政会议，以左列人员组织之：

一、县长；

二、秘书及科长；

三、各局局长。

县政会议开会时以县长为主席。

第二十二条　左列事项应经县政会议审议：

一、县预算决算事项；

　　二、县公债事项;

　　三、县公产处分事项;

　　四、县公共事业之经营管理事项。

县长认为有必要时,得以其他事项提交县政会议审议。

第二十三条　县政会议会议规则,由该会议议定之。

第二十四条　县政府办事通则,由内政部定之。

第三章　县参议会

第二十五条　县设县参议会,以县民选举之参议员组织之,任期三年,每年改选三分之一。

县参议会组织法及选举法另定之。

第二十六条　县参议会之职权如左:

　　一、议决县预算决算及募债事项;

　　二、议决县单行规则;

　　三、建议县政兴革事项;

　　四、审议县长交议事项。

第二十七条　县参议会于区长民选时设立之。

第四章　区公所

第二十八条　区置区公所,设区长一人,管理区自治事务。

第二十九条　区长由区民选任,并由县政府呈报民政厅备案。

第三十条　区民对于区公约及自治事项有创制及复决之权,区长违法失职时区民得罢免改选之。

前项之创制复决及罢免程序,另以法律定之。

第三十一条　各区区民于选举区长时,并选举监察委员五人或七人,组织该区监察委员会,其职务如左:

　　一、监察区财政；

　　二、向区民纠举区长违法失职等事。

　　第三十二条　区长民选于本法施行一年后，由省政府就各县地方情形酌定时期，咨请内政部核准行之。

　　第三十三条　在区长民选实行以前，区长由民政厅就训练考试合格人员委任之。

　　第三十四条　依前条委任之区长违法失职时，县长得呈请省政府罢免之。

　　第三十五条　区公所得用助理员，辅助区长办理区务。

　　前项助理员由区公所遴请，县长委任之。

　　第三十六条　区公所执行区务，得设置区丁，其额数由县长定之。

　　第三十七条　区公所设区务会议，以左列人员组织之：

　　一、区长；

　　二、区助理员；

　　三、本区所属乡长及镇长。

　　区务会议以区长为主席，至少每月开会一次，由区长召集之。

　　第三十八条　左列各事项须经区务会议审议：

　　一、区公所经费事项；

　　二、区公产之处分事项；

　　三、区公约及其他单行规则之制定及修正事项。

　　第三十九条　区自治施行法另定之。

第五章　乡镇公所

　　第四十条　乡置乡公所，设乡长一人，镇置镇公所，设镇长一人，管理各该乡镇自治事务，乡镇各设副乡长副镇长一人，襄助乡长镇长办理事务,但乡镇户口在百户以上者,每增百户增设副乡长或副镇长一人。

第四十一条　乡公所或镇公所事务,得由乡长、镇长指定间长襄助办理。

第四十二条　乡长副乡长、镇长副镇长由乡民大会或镇民大会选任,并由区公所呈报县政府备案。

第四十三条　乡民大会或镇民大会对于乡镇公约及自治事项有创制及复决之权,乡长副乡长、镇长副镇长违法失职时,乡民大会或镇民大会得罢免改选之。

前项之创制复决及罢免程序,另以法律定之。

第四十四条　乡民大会或镇民大会于选举乡长镇长时,并选举监察委员三人或五人组织监察委员会,其职务如左:

一、监督各该乡镇财政;

二、向乡民镇民纠举乡长副乡长或镇长副镇长违法失职等事。

第四十五条　在区长民选实行以前,乡民大会或镇民大会选举乡长副乡长或镇长副镇长时,应选出加倍之人数,报由区公所转请县长择任,并由县长汇报民政厅备案。

第四十六条　依前条规定委任之乡长副乡长、镇长副镇长违法失职时,乡民大会或镇民大会应报由区公所转请县长罢免,但县长亦得自行罢免之。

第四十七条　乡镇自治施行法另定之。

第六章　间长邻长

第四十八条　间设间长一人,邻设邻长一人,分掌间邻自治事务。

第四十九条　间长邻长各由本间邻居民会议选举,选定后由乡长镇长报区公所转报县政府备案。

第五十条　闾邻居民会议对于闾长邻长有罢免改选之权。

乡镇公所认为闾长邻长违法失职时,得通告闾邻居民会议改选之。

第五十一条　依前条规定闾长邻长罢免改选时,应由主管乡镇公所报由区公所转报县政府备案。

第五十二条　闾长邻长之选举方法及任期,于乡镇自治施行法中规定之。

第七章　附　　则

第五十三条　本法施行日期,另以命令定之。

（《国民政府公报》,1929 年 6 月 6 日。）

乡镇自治施行法

（1929 年 9 月 18 日国民政府公布）

第一章 总 纲

第一条 本法根据《县组织法》第四十七条制定之,其施行期间以县自治完成之日为限。

第二条 乡镇之编成,依《县组织法》第七条之规定。

乡镇冠以原有地名或新定地名。

第三条 依《县组织法》第八条之规定划定乡镇区域,由县政府派员会同区长办理,变更区域时,由区长召集有关系之乡长或镇长会议,绘图列说,呈请县政府转报。

第四条 乡镇各依其原有区域,其联合各村庄或街市编成之乡,以所属村庄或街市原有区域为准。

第五条 乡镇区域不明或发生争议时,由区长召集有关系之乡长镇长协商后,呈请县政府决定之。

第六条 凡二乡或二镇以上或乡镇间有共同利益之事项,得订立公约,联合办理之。

前项公约之订立及解除,由乡公所提交乡民大会或镇民大会决议,在大会未开时,得呈请区公所核准行之,但仍须提交大会追认。

第七条　中华民国人民无论男女,在本乡镇区域内居住一年或有住所达二年以上,年满二十岁,经宣誓登记后为乡镇公民,有出席乡民大会或镇民大会及行使选举罢免创制复决之权。

有左列情事之一者,不得享有前项所定之权:

一、有反革命行为,经判决确定者;

二、贪官污吏、土豪劣绅,经判决确定者;

三、褫夺公权尚未复权者;

四、禁治产者;

五、吸用鸦片或其代用品者。

第八条　宣誓须亲自签名于誓词,赴乡公所或镇公所举行宣誓典礼,由区公所派员监督,其誓词式如左:

○○○正心诚意,当众宣誓,从此去旧更新,自立为国民,尽忠竭力,拥护中华民国,实行三民主义,采用五权宪法,务使政治修明,人民安乐,措国基于永固,维世界之和平,此誓。

中华民国　　年　　月　　日　　（签字）　　立誓

在乡公所或镇公所未成立时,前项宣誓典礼于乡公所筹备处或镇公所筹备处举行之。

第九条　人民宣誓后,乡公所或镇公所除登记其为乡镇公民外,应将公民名册呈报区公所,并将誓词及公民名册汇请区公所转呈县政府备案。

在乡公所或镇公所未成立时,由区公所登记并造具公民名册,连同誓词汇报县政府备案,俟乡公所或镇公所成立,即将公民名册移交。

第十条　乡镇公民经登记后,乡公所或镇公所发觉其有第七条第六项各款情事之一者,得呈由区公所转请县政府取销其乡镇公民资格。

第十一条　乡镇公民年满二十五岁,有左列资格之一者,得为乡长副乡长、镇长副镇长及乡镇监察委员之候选人:

一、候选公务员考试或普通考试高等考试及格者;

二、曾在中国国民党服务者;

三、曾在国民政府统属之机关任委任官以上者;

四、曾任小学以上教职员或在中学以上毕业者;

五、经自治训练及格者;

六、曾办地方公益事务著有成绩,经区公所呈请县政府核定者。

有左列情事之一者,虽具前项候选资格,仍应停止当选:

一、现役军人或警察;

二、现任职官;

三、僧道及其他宗教师。

第十二条　受《国籍法》第九条之限制尚未解除者,不得为前条之候选人。

第十三条　第十一条之候选人,由乡公所或镇公所随时调查登记,并于每届选举前三个月造具候选人表册二份,一呈区公所,一呈由区公所汇报县政府,经县政府核定后即行公布,其公布时期不得迟于选举前一个月。

第一次候选人之调查登记及呈报公布,均由区公所依前项规定办理,俟乡公所或镇公所成立,应即将候选人表册移交。

候选人表册分别载明候选人姓名、年龄、住所及登记为乡镇公民之时期,并将其合于第十一条第一项之一款或数款资格,具体载明。

第十四条　乡长副乡长或镇长副镇长之选任及罢免,在区长民选实行以后,依《县组织法》第四十二条及四十三条之规定,在区长民选实行以前,依《县组织法》第四十五条及第四十六条之规定。

副乡长或副镇长之名额,依《县组织法》第四十条之规定,第一次由区长决定之,以后由前一次之乡民大会或镇民大会决定之。

第十五条　在乡长镇长由县长择任或完全由民选时,乡民大会或镇民大会均得依《县组织法》第四十三条之规定行使其创制及复决之权。

第十六条　在乡长镇长由县长择任或完全由民选时,乡民大会或镇民大会均得依《县组织法》第四十四条之规定选举监察委员。

第一次监察委员之名额为三人或五人,由区长决定之。

以后由前一次之乡民大会或镇民大会决定之。

第十七条　监察委员会得设与监察委员同数之候补监察委员,以得票次多数者为当选。

候补监察委员应列席监察委员会,监察委员缺额时,以候补监察委员补充之。

第十八条　监察委员违法失职时,乡民大会或镇民大会依法定程序罢免之。

第十九条　闾邻居民无论男女,在区域内居住一年或有住所达二年以上,年满二十岁,除有本法第七条第二项各款情事之一者外,均有出席闾邻居民会议及选举或罢免闾长邻长之权。

无出席居民会议之资格者不得被举为闾长邻长。

闾长邻长之选举及罢免,依《县组织法》第四十九条至第五十一条之规定。

第二十条　乡长副乡长、镇长副镇长及乡镇监察委员均为无给职,但因情形之必要,得支办公费。

前项办公费,由区公所根据乡民大会或镇民大会之决议,呈请县政府核定之。

第二章　乡镇大会

第二十一条　乡镇大会为乡民大会或镇民大会,其职权如左:

一、行使选举权、罢免权、创制权、复决权;

二、制定或修正自治公约;

三、审核预算决算;

四、审议上级机关交议事项;

五、审议本乡公所或镇公所及乡务会议或镇务会议交议事项;

六、审议所属各闾邻或公民提议事项。

第二十二条　乡民大会或镇民大会以到会公民过半数之同意决定之。

第二十三条　乡民大会或镇民大会以各该乡长或镇长为主席,但关于乡长或镇长本身事件,其主席由到会公民推定之。

第二十四条　本法施行后之第一次乡民大会或镇民大会由区长召集之,即以区长为主席。

第二十五条　乡民大会或镇民大会各由乡长或镇长召集之,每年开会二次,其第一次大会于乡长或镇长任满一个月前举行,如有特别事件或乡镇公民十分一以上之要求时,应召集临时会。

前项临时会,关于乡长或镇长本身事件,应由监察委员会召集之,关于监察委员本身事件,乡长或镇长延不召集者,应由各该乡镇过半数之闾长联名召集之。

第二十六条　乡民大会或镇民大会开会期间不得过六日。

第二十七条　乡民大会或镇民大会会议通则由县政府定之,

其图记由县政府颁给之。

第三章　乡镇公所

第二十八条　乡镇公所依《县组织法》第四十条之规定,为乡公所或镇公所。

第二十九条　乡公所或镇公所应设于该乡镇适中地点。

第三十条　乡公所或镇公所于现行法令、区自治公约及乡民大会或镇民大会决议交办之范围内办理左列事项,由乡长或镇长执行之:

一、户口调查及人事登记事项;

二、土地调查事项;

三、道路桥梁公园及一切公共土木工程建设修理事项;

四、教育及其他文化事项;

五、保卫事项;

六、国民体育事项;

七、卫生疗养事项;

八、水利事项;

九、森林培植及保护事项;

十、农工商业改良及保护事项;

十一、粮食储备及调节事项;

十二、垦牧渔猎保护及取缔事项;

十三、合作社组织及指导事项;

十四、风俗改良事项;

十五、育幼养老济贫救灾等设备事项;

十六、公营业事项;

十七、自治公约拟定事项;

十八、财政收支及公款公产管理事项；

十九、预算决算编造事项；

二十、县政府及区公所委办事项；

二十一、其他依法赋与该乡镇应办事项。

办理前项第一款至第十九款事项，须先由乡务会议或镇务会议议决之。

第三十一条　乡镇公所每月至少开乡务会议或镇务会议一次，由乡长或镇长召集左列人员出席，以乡长或镇长为主席：

一、副乡长或副镇长；

二、各该乡镇所属闾长。

前项会议，应通知监察委员列席，于必要时并得通知邻长列席。

第三十二条　乡公所或镇公所应附设调解委员会，办理左列事项：

一、民事调解事项；

二、依法得撤回告诉之刑事调解事项。

第三十三条　前项调解委员会由乡民大会或镇民大会于乡镇公民中选举调解委员若干人组织之，乡长副乡长或镇长副镇长均不得被选。

调解委员会之组织规则及选举规则，第一次由区公所提交乡民大会或镇民大会决定之，以后得由乡公所或镇公所提交乡民大会或镇民大会修正之。

调解委员违法失职时，监察委员会得先请乡公所或镇公所停止其职务，再提交乡民大会或镇民大会罢免之。

第三十四条　乡公所或镇公所应设立左列教育机关：

一、初级小学；

二、国民补习学校；

三、国民训练讲堂。

前项教育机关得联合他乡镇设立之。

第三十五条　乡公所或镇公所应使达学龄之男女均受初级小学教育，十岁自四十岁之失学男女，在四年以内均受国民补习学校或国民训练讲堂一年半之教育。

前项国民补习学校每星期至少应有十小时之课程，国民训练讲堂每星期至少应有四小时之讲演，其课程及讲演之主要科目如左：

一、中国国民党党义；

二、自治法规；

三、世界及本国大势；

四、本县详情。

第三十六条　乡长副乡长、镇长副镇长之职务，依《县组织法》第四十条及本法之规定。

乡长或镇长不能执行职务时，由副乡长或副镇长代理之，如副乡长或副镇长有二人以上时，互推一人代理之。

第三十七条　乡长副乡长、镇长副镇长任期一年，得再被选，其中途被选者，以继满原任所余之任期为限。

第三十八条　在区长民选实行时，由县长委任之乡长或镇长任期未满，亦应改选。

第三十九条　乡长或镇长应将任期内之经过情形，以书面或口头报告于乡民大会或镇民大会。

第四十条　乡长或镇长应于每年第一次乡民大会或镇民大会提出次年度预算及上年度决算。

本法施行后之乡镇第一年度预算，由区长提出乡民大会或镇民大会。

第四十一条　乡镇居民有左列情事时,乡长或镇长得分别轻重缓急报由县政府或区公所处理之:

一、违反现行法令者;

二、违抗县区命令者;

三、违反乡镇自治公约或一切决议案者;

四、触犯刑法或与刑法性质相同之特别法者。

有前项第四款情事,乡长或镇长得先行拘禁之,除分别呈报区公所及县政府外,并应即函送该管司法机关核办。

第四十二条　乡长或镇长于调解委员会办理本法第三十二条各款事项不能调解时,应根据调解委员会之报告,呈报区公所或函报该管司法机关。

第四十三条　乡长或镇长改选后,旧任乡长镇长应将图记文卷契约及一切物件分别造册移交新任,新任接收后应具接收册结报,由区公所核转县政府备案。

第四十四条　乡公所或镇公所得置事务员及乡丁或镇丁,其人数职务及待遇于自治公约中规定之。

第四十五条　乡公所或镇公所图记由县政府颁给之。

第四十六条　乡公所或镇公所办事通则,由县政府定之。

第四章　监察委员会

第四十七条　乡监察委员会或镇监察委员会之组织及职务,依《县组织法》第四十四条之规定。

第四十八条　监察委员会每月开会一次,如有特别事件得开临时会,均由主席召集之。

第四十九条　监察委员会开会时,由各委员依当选次序轮充主席,临时会主席以上次开会之主席任之。

第五十条　监察委员会开会,须有过半数委员出席,其决议须有过半数出席委员同意。

第五十一条　监察委员会得随时调查各该乡镇公所之账目及款产事宜。

第五十二条　乡镇财政之收支及事务之执行有不当时,监察委员会得随时呈请区公所纠正之。

第五十三条　监察委员会纠举乡长或镇长违法失职情事,得自行召集乡民大会或镇民大会。

第五十四条　监察委员会应设于各该乡镇公所所在地。

第五十五条　监察委员及候补监察委员任期一年,得再被选。

第五十六条　监察委员会委员不足法定人敷[数]无可补充时,应由乡民大会或镇民大会补选之。

第五十七条　补充或补选之监察委员以继满原任所余任期为限。

第五十八条　乡长或镇长完全民选时,监察委员亦应同时改选。

第五十九条　现任各该乡镇之自治职员,不得当选为监察委员。

第六十条　监察委员会办事细则,由该委员会自定之,其图记由县政府颁给之。

第五章　财政

第六十一条　乡镇财政之收入为左列各种:

一、各该乡镇公产及公款之孳息;

二、各该乡镇公营业之纯利;

三、依法赋与之自治款项；

四、县区补助金；

五、特别捐。

第六十二条　乡镇募集特别捐，应先由乡务会议或镇务会议决定其总数，并不得有强制行为，乡公民或镇公民认为无募集特别捐之必要时，得依法定程序行使复决权。

第六十三条　乡镇预算决算，由乡民大会或镇民大会通过后，应呈报区公所查核，汇转县政府备案。

前项预算决算应于开会五日前送达各该乡镇公民。

第六十四条　遇有紧急支出超过预算时，乡公所或镇公所应提交乡民大会或镇民大会追认。

第六十五条　乡镇财政之收支，应于每三个月终公布一次。

第六章　闾邻

第六十六条　闾邻之组织，依《县组织法》第十条之规定，并各冠以第一第二等号数。

闾邻经第一次编定后，闾增至超过三十五户减至不满十五户，或邻增至超过七户减至不满三户时，应由乡公所或镇公所于每年闾长或邻长任满一个月前改编之。

闾改编后，应更正全乡或全镇各闾之号数，邻改编后，应更正全闾各邻之号数，统由乡公所或镇公所报由区公所转呈县政府备案。

第六十七条　闾邻各设居民会议，开会须有过半数居民出席，其决议须有出席居民过半数同意。

前项居民会议以各该闾邻之闾长或邻长为主席，但关于闾长邻长本身事件，其主席由到会居民推定之。

第六十八条　闾邻居民会议由闾长或邻长召集之,如有十户以上之要求,闾长应召集本闾居民会议,有二户以上之要求,邻长应召集本邻居民会议。

本法施行后之第一次各闾居民会议由乡长或镇长召集之,即以乡长或镇长为主席;第一次各邻居民会议由闾长召集之,即以闾长为主席。

第六十九条　闾长不能召集居民会议时,由乡长或镇长召集之,邻长不能召集居民会议时,由闾长召集之。

前项闾邻居民会议,以召集人为主席。

第七十条　闾邻居民会议之期间不得过一日。

第七十一条　闾邻有需用经费之必要时,以各该闾邻居民会议之决定筹集之。

第七十二条　闾长承乡长或镇长之命掌理本闾自治事务,邻长承闾长之命掌理本邻自治事务。

第七十三条　闾长依《县组织法》第四十一条之规定,襄助乡长或镇长办理主管之乡公所或镇公所事务。

第七十四条　闾长邻长之职务如左:

一、办理法令范围内一切自治事务;

二、办理县政府区公所及乡公所或镇公所交办事务。

前项第一款事务,闾长邻长应提由本闾居民会议或本邻居民会议决定之。

第七十五条　闾长应将办理事务之经过情形,随时报告本闾居民会议及乡公所或镇公所。

第七十六条　闾邻居民会议有违反法令或自治公约时,闾长或邻长得报告乡公所或镇公所核办。

第七十七条　闾长应将经费收支随时报告于本闾居民会议及

乡公所或镇公所,邻长应将经费收支随时报告于本邻居民会议及闾长。

闾邻经费收支除前项报告外,每半年应公布一次。

第七十八条　闾长由到会居民七人以上之推选,邻长由到会居民三人以上之推选,经各该闾邻居民会议过半数之同意,即为当选。

第七十九条　闾长选举由乡长或镇长监督之,邻长选举由闾长承乡长或镇长之命监督之。

第八十条　闾长选举日期由乡长或镇长决定之,邻长选举日期由闾长报请乡长或镇长决定之。

前项选举日期,乡长或镇长除于五日前公布外,并应报区公所察核。

第八十一条　闾邻居民会议开会选举时,应置居民姓名簿,由到会者签一到字或符号于其姓名之下。

第八十二条　闾长选定后,由本闾居民会议主席报告乡公所或镇公所,邻长选定后,由本邻居民会议主席报告闾长,转报乡公所或镇公所,统由乡公所或镇公所汇报区公所,转呈县政府备案。

第八十三条　闾长邻长任期一年,得再被选,其违法失职者,依《县组织法》第五十条之规定,随时改选之。

第八十四条　闾邻居民会议通则,由县政府定之,其图记由乡公所或镇公所颁给之。

第七章　附　　则

第八十五条　本法施行日期以命令定之。

(《国民政府公报》,1929 年 9 月 19 日。)

区自治施行法

（1929 年 10 月 2 日国民政府公布）

第一章 总 纲

第一条 本法根据《县组织法》第三十九条制定之，其施行期间以县自治完成之日为限。

第二条 区之分划及编成，依《县组织法》第六条之规定，并各冠以第一第二等次序。

第三条 依《县组织法》第八条之规定划定区之区域，由省政府派员协助县政府办理，变更区域时由县政府召集有关系之区长会议，绘图列说呈核。

第四条 凡二区以上有共同利益之事项，得订立公约联合办理之。

前项公约之订立及解除，在区长民选前由关系各区区长提交区务会议决议，在区长民选时由关系各区区长提交区民大会决议。

第五条 经乡公所或镇公所登记为乡镇公民者即为区公民，有出席区民大会及行使选举罢免创制复决之权。

第六条 区公民年满二十五岁，具有左列资格之一者，得为区长及区监察委员之候选人：

一、候选公务员考试或普通考试高等考试及格者；

二、曾任中国国民党区党部执监委员或各上级党部重要职员满一年者；

三、曾在国民政府统属之机关任委任官一年或荐任官以上者；

四、曾任小学以上教职员或在中学以上毕业者；

五、经自治训练及格者；

六、曾办地方公益事务著有成绩，经县政府呈请省政府核定者；

七、曾任乡长副乡长、镇长副镇长或乡镇监察委员一年以上者。

有《乡镇自治施行法》第十一条第二项各款情事之一者，虽具前项资格，仍应停止当选。

第七条　受《国籍法》第九条之限制尚未解除者，不得为前条之候选人。

第八条　第六条之候选人由区公所随时调查登记，并于每届选举前三个月造具候选人表册呈报县政府，经县政府核定后即行公布，其公布时期不得迟于选举前一个月。

候选人表册应分别载明候选人姓名、年龄、住所及登记为乡镇公民之时期，并将其合于第六条第一项之一款或数款资格，具体载明。

第九条　在区长民选前，区长之委任及罢免依《县组织法》第三十三条、第三十四条之规定，但区长确有违法失职之事实，县政府不呈请罢免者，得由该区过半数乡镇长签名，召集乡长镇长会议，互推一人为主席，经议决后得由各乡镇公所联呈县政府及省政府，陈述必须罢免之理由。

第十条　在区长民选时，区长之选任及罢免依《县组织法》第二十九条、第三十条之规定。

第十一条　区务会议之组织及会议,依《县组织法》第三十七条之规定。

前项会议应通知区监察委员列席。

第十二条　依《县组织法》第三十一条之规定,区监察委员为五人或七人,其第一次名额由区务会议决定之,以后由前一次之区民大会决定之。

第十三条　前条监察委员会之候补监察委员,准用《乡镇自治施行法》第十七条之规定。

第十四条　区监察委员违法失职时,由区民大会依法定程序罢免之。

第十五条　区长之俸给,在委任时由县政府呈请省政府核定之,在民选时由县政府根据区民大会之决议,呈请省政府核定之。

区监察委员为无给职,但因情形之必要,得支办公费,由县政府根据区民大会之决议,呈请省政府核定之。

第二章　区民大会

第十六条　区民大会依《县组织法》第三十二条之规定,于内政部核准区长民选后,由区长召集之。

第十七条　区民大会之职权如左:

　　一、行使选举权、罢免权、创制权、复决权;

　　二、制定或修正区自治公约;

　　三、审核预算决算;

　　四、审议县政府交议事项;

　　五、审议区公所或区务会议交议事项;

　　六、审议所属各乡镇公所或区公民提议事项。

第十八条　区民大会以到会区公民过半数之同意决定之。

第十九条　区民大会开会得分为若干会场,其第一次由区务会议决定之,以后由前一次之区民大会决定之。

前项区民大会之分场开会,应同日举行,其各会场主席由到会区公民推定之。

各会场应于每案详记并宣布可决否决之人数或票数,再由各会场主席集合区公所核算总数,定其决议或当选。

第二十条　区民大会开会或分场开会,得开预备会整理或修正议案。

第二十一条　区民大会由区长召集之,每年开会一次,于区长满任一个月前举行,如有特别事件或区公民十分一以上之要求时,应召集临时会。

前项临时会,关于区长本身事件应由区监察委员会召集之,关于区监察委员本身事件区长延不召集者,应由过半数之乡镇公所联名召集之。

第二十二条　区民大会开会期间不得过六日。

第二十三条　区民大会会议通则另定之。

第二十四条　区民大会钤记由省政府颁给之。

第三章　区公所

第二十五条　区公所应设于区内适中或交通便利地点。

第二十六条　左列事项,区公所于现行法令或区民大会决议交办之范围内分别自行办理或委托各乡镇办理,由区长执行之:

　　一、户口调查及人事登记事项;

　　二、土地调查事项;

　　三、道路桥梁公园及一切公共土木工程建筑修理事项;

四、教育及其他文化事项；

五、保卫事项；

六、国民体育事项；

七、卫生疗养事项；

八、水利事项；

九、森林培植及保护事项；

十、农工商业之改良及保护事项；

十一、粮食储备及调节事项；

十二、垦牧渔猎保护及取缔事项；

十三、合作社组织及指导事项；

十四、风俗改良事项；

十五、育幼养老济贫救灾等设备事项；

十六、公营业事项；

十七、区自治公约制定事项；

十八、财政收支及公款公产管理事项；

十九、预算决算编造事项；

二十、县政府委办事项；

二十一、其他依法赋与该区应办事项。

前项区自治公约之制定，限于第一次区民大会未召集时为之。

第二十七条 关于前条各款事项，均应召集区务会议决议之。

第二十八条 区公所准用《乡镇自治施行法》第三十二条之规定，附设区调解委员会。

凡乡镇调解委员会未曾调解或不能调解之事项，均得由区调解委员会办理。

第二十九条 区调解委员会由调解委员若干人组织之。

前项调解委员于区公民中选举半数，于各乡镇调解委员中选举半数,在区长民选前由区务会议选举之,在区长民选后由区民大会选举之,区长、区监察委员及所属乡长或镇长均不得被选。

第三十条　区调解委员会之组织规则及选举规则由县政府定之。

调解委员违法失职时,在区长民选前由区务会议罢免之,在区长民选后,区监察委员会得先请区公所停止其职务,再提交区民大会罢免之。

第三十一条　区公所除设立高级小学外,并应于公所所在地设立国民补习学校及国民训练讲堂。

前项国民补习学校及国民训练讲堂,其课程、讲演之时间与主要科目,准用《乡镇自治施行法》第三十五条之规定。

第三十二条　区公所对于各乡镇设立之国民补习学校及国民训练讲堂,应尽先补助其经费,并应派员分赴国民训练讲堂讲演主要科目。

第三十三条　区长之职务,依《县组织法》第二十八条及本法之规定。

第三十四条　委任区长任期一年,其确有成绩者得连任,但至内政部核准民选时不在此限。

第三十五条　民选区长任期一年,得再被选,其中途被选者以继满原任所余之任期为限。

第三十六条　民选区长因事故不能执行职务时,其期间在二个月以内者由区务会议推定乡长或镇长一人代理之,在二个月以外者除推定代理人外,并应改选。

第三十七条　区长应将任期内之经过情形,以书面报告区民大会。

第三十八条　区长应提出上年度决算及次年度预算于区民大

会,在第一次区民大会未召集时应提出于区务会议。

第三十九条 区居民有左列情事时,区长得分别轻重缓急报告区务会议或呈请县政府处理之:

一、违反现行法令者;

二、违反区自治公约或一切决议案者;

三、触犯刑法或与刑法性质相同之特别法,确有证据者。

有前项第三款情事,遇必要时区长得先行拘禁之,除报告区务会议及呈报县政府外,并应即函送该管司法机关。

第四十条 区长于区调解委员会办理本法第二十八条事项不能调解时,应根据区调解委员会之报告,呈报县政府并函报该管司法机关。

第四十一条 区长改委或改选后,旧任区长应将钤记文卷款产契约及一切物件,分别造册移交新任。

新任接收后应具接收册,呈请县政府转报省政府备案。

第四十二条 区助理员之职务及任用,依《县组织法》第三十五条之规定。

第四十三条 区公民具有左列资格之一者,得被遴委为区助理员:

一、公务员候选考试或普通考试及格者;

二、经自治训练及格者;

三、在中学毕业或有相当程度者;

四、专习法政一年半以上得有证书者;

五、曾办自治事务一年以上确有成绩明了党义者。

第四十四条 区助理员之名额及生活费,由区长呈请县政府核定之,但在区长民选后,其呈请应根据区民大会之决议。

第四十五条 区助理员得分股办事。

前项分股于区自治公约中规定之。

第四十六条　区公所为缮写文件等事,得酌用雇员。

第四十七条　雇员之名额及生活费,由区务会议决定之。

第四十八条　区丁之职务及额数,依《县组织法》第三十六条之规定。

第四十九条　区公所每届月终,应将所办事务列表呈报县政府。

第五十条　区公所钤记由省政府颁给之。

第五十一条　区公所办事通则由省政府定之。

第四章　区监察委员会

第五十二条　区监察委员会于区长民选后设置之,其组织及职务依《县组织法》第三十一条之规定。

第五十三条　区监察委员会开会,准用《乡镇自治施行法》第四十八条至第五十条之规定。

第五十四条　区监察委员会得随时调查区公所之账目及款产事宜。

第五十五条　区公所财政之收支及事务之执行有不当时,区监察委员会得随时呈请县政府纠正之。

第五十六条　区监察委员会纠举区长违法失职时,得自行召集区民大会。

第五十七条　区监察委员会应设于区公所所在地。

第五十八条　区监察委员及候补监察委员任期一年,得再被选。

第五十九条　区监察委员会委员不足法定人数无可补充时,应由区民大会补选之。

第六十条　补充或补选之区监察委员以继满原任所余之任期为限。

第六十一条　现任本区及所属各乡镇之自治职员，不得当选为区监察委员。

第六十二条　区监察委员会之办事细则由各该委员会自定之，其钤记由省政府颁给之。

第五章　区财政

第六十三条　区财政之收入为左例各种：

一、区公产及公款之孳息；

二、区公营业之纯利；

三、依法赋与之自治款项；

四、省县补助金。

第六十四条　区预算决算，在区长委任时须经区务会议之决议，在区长民选时须经区民大会之决议，经前项决议后，区公所应呈请县政府核定，汇报省政府备案。

提出区民大会之预算决算，应于开会一个月前送达区公民。

第六十五条　遇有紧急支出超过预算，在区长委任时应提交区务会议追认，在区长民选时应提交区民大会追认。

第六十六条　区财政之收支应于每月终公布之。

第六章　附则

第六十七条　本法施行日期以命令定之。

（《国民政府公报》，1929 年 10 月 3 日。）

县组织法施行法

（1929 年 10 月 2 日国民政府公布）

第一条　《县组织法》施行程序,除关于区自治及乡镇自治,依《区自治施行法》、《乡镇自治施行法》外,均依本施行法之规定。

第二条　各省政府奉到《县组织法》施行日期命令后,应于左列期限内完成县之组织:

　　一、江苏、浙江、山西、河北、广东五省,限于十九年六月终完成;

　　二、江西、安徽、湖北、湖南、福建、山东、河南、辽宁、吉林、陕西、云南、广西十二省,限于十九年八月终完成;

　　三、四川、贵州、甘肃、新疆、黑龙江、热河、察哈尔、绥远八省,限于十九年十月终完成;

　　四、宁夏、青海、西康三省,限于十九年十二月终完成。

第三条　各省如因特别故障不能于前条期限内完成县组织时,各该省政府应详叙理由,咨请内政部呈由行政院转请国民政府核准展期;但除前条第四款所列各省外,其展期均不得逾两个月。

第四条　各省政府于第二条所定期限内,除依《县组织法》第四条编定县为三等呈请公布,并依第十一条提出县长人选呈请任命外,应通令各县依同法第十三条至第十八条及第二十一条之规定,分别完成县政府之组织。

第五条　各县政府奉到《县组织法》施行日期命令后,应于两个月内,依《县组织法》第十六条第七条之规定,划定各自治区,编定各自治乡镇。

前项自治区划定后,各省民政厅应于一个月内,依同法第三十三条之规定委任区长。

第六条　区长就职后,应于一个月内,依《县组织法》第八条及第三十五条、第三十六条之规定,划定乡镇区域,并组织区公所。

第七条　区长就职后,应于本施行法第二条各款所定最终期限之两个月前,依《县组织法》第四十四条、第四十五条之规定,召集乡民大会、镇民大会,选举乡长副乡长、镇长副镇长及乡镇监察委员,并依同法第四十条、第四十一条之规定,组织乡公所镇公所。

第八条　乡镇公所成立前,区长应于各乡设立乡公所筹备处,各镇设立镇公所筹备处。

前项筹备处,由区长于各乡镇公民中聘任若干人为筹备委员,办左列事项:

一、户口调查及人事登记事项;

二、《乡镇自治施行法》规定在乡镇公所成立前应由区公所办理之一切事项。

前项户口调查及人事登记之程序表格,由内政部定之。

第九条　乡长镇长就职后,应于两个月内,依《县组织法》第十条及第四十八条、第四十九条之规定,划定间邻,分别召集间邻居民会议,选举间长邻长。

第十条　完成县组织之一切费用,由县政府依省政府所定标准,汇报核销。

第十一条　各区公所及乡镇公所财政之收入不敷开支时,区公所得汇造预算,呈由县政府转请省政府补助之。

第十二条　《县组织法》施行一年后,省政府依同法第三十二条之规定,应派员考查各县区乡镇组织情形,汇报内政部,并将其合格者咨请核准区长民选。

第十三条　区长民选核准时,应依《县组织法》第二十九条至第三十一条之规定,召集区民大会,选举区长及区监察委员,并依同法第二十五条规定,组织县参议会。

第十四条　内政部于各县区长民选一年后,应据各省政府册报,考核其户口土地警卫道路及人民使用四权情形,有合于《建国大纲》第八条规定之程度者,准其成为完全自治之县。

第十五条　区民大会、区公所、区监察委员会之钤记,乡民大会、镇民大会、乡公所、镇公所、乡监察委员会、镇监察委员会及闾邻之图记,其文质形式大小,均由内政部定之。

第十六条　凡以前各县之区村里或其他编制与《县组织法》之规定不合者,应即改正。

第十七条　本法于《县组织法》施行之日施行。

民国十七年十月内政部公布之县组织法施行时期,及县政府区村里闾邻成立期限一览表,自本法公布之日废止。

（《国民政府公报》,1929 年 10 月 3 日。）

乡镇公民宣誓登记规则

（1929 年 12 月 20 日国民政府公布）

第一条　本规则依据《乡镇自治施行法》第七条至第十条所定程序制定之。

第二条　凡具有《乡镇自治施行法》第七条之资格，经宣誓登记后，即为乡镇公民。

第三条　宣誓分左列二种：

一、定期宣誓　由乡公所或镇公所，于每年开乡民大会或镇民大会两个月前，调查资格，召集举行。

二、临时宣誓　由人民随时向乡公所或镇公所请求调查资格，召集举行。

前项临时宣誓，乡公所或镇公所得视人数多寡，择期举行，但人民因必要情形须速宣誓时，应依其请求行之。

第四条　宣誓典礼在乡公所或镇公所举行，以乡长或镇长为主席。

乡公所或镇公所未成立时，前项宣誓典礼应于乡公所筹备处或镇公所筹备处举行，其主席由区公所指定筹备委员任之。

第五条　誓词应制为两联式，先由人民赴乡公所或镇公所报到，于备查及誓词两联，亲自签名；乡公所或镇公所即掣给誓词一联，使于定期宣誓时，缴还誓词，以凭宣誓。

第六条　宣誓时由区公所派员监视,其仪式如左:

一、全体肃立;

二、唱党歌;

三、向国旗党旗及总理遗像行三鞠躬礼;

四、主席恭读总理遗嘱;

五、主席领读誓词,人民均举右手自行唱名,循声朗读;

六、主席训词;

七、监誓人训词;

八、礼成。

第七条　人民举行宣誓后,乡公所或镇公所应置公民名册,登记为乡镇公民。

乡公所或镇公所未成立时,前项登记由区公所办理。

第八条　乡公所或镇公所应造具公民名册二份,以一份呈报区公所,一份连同誓词汇请区公所转报县政府备案。

乡公所或镇公所未成立时,前项公民名册,由区公所造具二份,以一份连同誓词汇报县政府备案,其余一份俟乡公所或镇公所成立时,移交备查。

依本规则第三条临时宣誓之誓词及公民名册,按月照前两项程序办理。

第九条　乡公所或镇公所于乡镇公民登记后,发觉其有《乡镇自治施行法》第七条第二项各款情事之一者,得依法呈请区公所转请县政府取销其公民资格,即将其登记除名,并公布之。

第十条　乡镇公民登记后,如迁往本乡镇区域以外永久居住或设定住所者,乡公所或镇公所除将其登记注销外,应发给公民迁徙证。

持有前项迁徙证之公民,于所在地居住一年或有住所达二年以上时,得径请所在地乡公所或镇公所登记为乡镇公民,不再宣誓。

第十一条　乡镇公民死亡时,乡公所或镇公所应将其登记注销。

第十二条　前二条注销之乡镇公民,乡公所或镇公所应按月报区公所,转报县政府备案。

第十三条　本规则得由各省于《乡镇自治施行法》第七条至第十条所定范围内,就地方情形酌量办理。

第十四条　本规则自公布日施行。

(中国国民党中央执行委员会宣传部编印:
《地方自治》,1931 年,第 162—165 页。)

乡镇闾邻选举暂行规则

（1930 年 2 月 25 日内政部公布）

第一章　总　　纲

第一条　乡长、副乡长、乡监察委员、镇长、副镇长、镇监察委员及闾长、邻长之选举，除《县组织法》及《乡镇自治施行法》规定外，依本规则行之。

第二条　本规则于选举法未公布或区长民选前适用之。

第三条　乡长、副乡长、乡监察委员、镇长、副镇长、镇监察委员由乡[镇]民大会投票选举，闾长、邻长由闾邻居民会议分别推选之。

第二章　乡镇选举

第四条　乡镇选举以曾依照《乡镇自治施行法》第七条、第八条宣誓登记之乡镇公民为乡镇选举人。

前项选举人，应由乡公所或镇公所按照《乡镇自治施行法》第九条公民名册，备置选举人名簿。

乡公所或镇公所未成立时，前项选举人名簿由区公所办理。

第五条　乡镇选举应就《乡镇自治施行法》第十一条至第十三条曾经县政府核定公布之候选人选举之。

第六条　《乡镇自治施行法》施行后,第一次乡镇选举日期由区公所决定,报县政府备案,乡公所或镇公所成立后,每次乡镇选举日期由乡公所或镇公所呈经区公所决定,报县政府备案。

乡镇临时选举,其选举日期由区公所报经县政府决定之。

乡镇选举日期,除临时选举外,应于选举前三十日公布之。

第七条　乡长、副乡长、乡监察委员或镇长、副镇长、镇监察委员,各以同票选举之。

第八条　选举票由区公所按各乡镇分别印制,将本乡或本镇之候选人名印于票内,再于票内候选人名下分列乡长、副乡长、乡监察委员或镇长、副镇长、镇监察委员各格,以便选举人按名选举。

第九条　选举票应加盖区钤记,按选举人名簿所列人数,发由乡公所或镇公所转送乡民大会或镇民大会,但有其他情形时,依左列各款办理:

一、依《乡镇自治施行法》第二十四条或第二十五条第二项后半段,经区长或各闾长召集乡民大会或镇民大会者,前项选举票即由区公所径送乡民大会或镇民大会。

二、依《乡镇自治施行法》第二十五条第二项前半段,由监察委员会召集乡民大会或镇民大会者,前项选举票由区公所发交监察委员会转送乡民大会或镇民大会。

第十条　投票匦由区公所制发。

投票匦于选举后,仍缴区公所保管之。

第十一条　选举前三日,应由区公所派定发票监察员、投票监察员、开票监察员,分别监察发票投票开票事宜,其人数由区公所定之。

前项监察员不得以本乡或本镇居民充任。

第十二条　选举前一日,由乡民大会或镇民大会推定发票管理员、投票管理[员]及开票管理员,分别管理发票投票开票事宜。其人数由大会定之。

第十三条　选举时,由发票管理员当同发票监察员按照选举人名簿依次唱名,由选举人亲在簿内签字后,发给选举票一张。

发票管理员及发票监察员应开具发票及余票清单,将余票及选举人名簿交由乡民大会或镇民大会报区公所查核。

第十四条　选举时,由选举人依左列程序,以无记名连记法在选举票内择定候选人,即于其名下各格内,分别职务,填写"十"字,作为选举符号:

一、乡长或镇长应加倍选举二人,其副乡长或副镇长应依《乡镇自治施行法》第十四条第二项决定之人数加倍选举若干人。

二、乡监察委员或镇监察委员应依《乡镇自治施行法》第十六条第二项决定之人数选举三人或五人。

前项选举方法应于选举前三日由区公所宣示之。

第十五条　选举票经选举人记入选举符号后,即当同投票管理员及投票监察员自行投入投票瓯。

第十六条　投票前应由乡民大会或镇民大会主席当同投票管理员及投票监察员对众将投票瓯开验,俟投票后即由投票监察员将瓯门封锁,与投票管理员共同保管之。

第十七条　投票后应同日在选举场举行开票,但投票人数满一千人以上时,得展至次日举行,开票时刻由乡民大会或镇民大会主席决定宣布之。

第十八条　开票时由保管投票瓯之投票管理员及投票监察员将票瓯交由开票管理员及开票监察员,当众验明封识,再启瓯门。

第十九条　开票时由开票管理员当同开票监察员将各被选人

姓名及被选职务,当众宣布,并分计票数于票数计算表。

第二十条　被选人以得票多者为当选,但所得票数不及选举人数十分之三时不得当选。

第二十一条　当选人名次以得票之多寡为序,票数同者由乡民大会或镇民大会主席当场抽签定之。

第二十二条　被选人于二种或三种职务均可当选者,按其所得票数依左列办理:

一、均占最多数时,首以乡长或镇长为当选,乡监察委员或镇监察委员次之;

二、有一为最多数时,以最多数者为当选;

三、均非最多数而有一为乡监察委员或镇监察委员时,以乡监察委员或镇监察委员为当选;其为乡长及副乡长或镇长及副镇长者,以乡长或镇长为当选。

第二十三条　凡同居之家属或同店之店员,不得同时为乡镇选举之当选人,其同时当选者依左列办理:

一、当选之职务不同者,首以乡长或镇长,再以乡监察委员或镇监察委员为有效;

二、当选之职务相同者,以得票多者为有效;票数相同者,由乡民大会或镇民大会主席当场抽签定之。

第二十四条　乡长、副乡长、乡监察委员、镇长、副镇长、镇监察委员如无当选人,或当选人不敷法定人数,应于当日或次日补行选举。

第二十五条　选举票有左列情事之一者,由开票监察员报经乡民大会或镇民大会主席查核,宣告全部分或一部分无效:

一、不用区公所所发加盖钤记之票纸者,全票无效;

二、在候选人名下连画两格至三格之符号者,其被选人无效；

　　三、超过应选举之法定人数选举多人者,其本格内之各被选人均为无效;

　　四、选举符号不合定式或不在正当地位者,其被选人无效。

　　五、于选举票内任意涂改者,其涂改之被选人无效。

　　第二十六条　选举如有舞弊情事,除由县政府转送法院核办外,并宣告选举无效,另行定期选举。

　　第二十七条　当选人宣布后,由乡民大会或镇民大会依左列程序由区公所转报县政府办理:

　　一、当选之乡长或镇长,按当选次序开具前列二人姓名,请由县长择委一人,发给委任状;

　　二、当选之副乡长或副镇长,依决定额数按当选次序加倍开具前列当选人姓名,请由县政府照额择委,各发给委任状;

　　三、当选之乡监察委员或镇监察委员,依决定额数按当选次序开具前列当选人姓名三人或五人,请由县政府备案,各发给证书,同时并按当选次序将次多数当选人开具候补监察委员三人或五人,报县政府备案。

　　第二十八条　投票管理员及投票监察员应具投票录,开票管理员及开票监察员应具开票录,将投票及开票情形分别记载,交由乡民大会或镇民大会报区公所查核,其选举票并送区公所存查,俟一年后销毁之。

　　前项投票录及开票录,并送乡公所或镇公所备查。

　　第二十九条　区公所于各乡镇选举办毕后,应将各乡镇发票投票开票各数及选举情形汇报县政府备案。

第三章　闾邻选举

第三十条　闾邻选举以具有《乡镇自治施行法》第十九条资格者为选举人或被选人。

第三十一条　闾邻选举以推选方法行之。

第三十二条　闾长选举应于乡镇选举后半个月内举行,邻长选举应于闾长选举后十日内举行,其日期依《乡镇自治施行法》第八十条决定公布之。

第三十三条　闾邻选举违法时,由乡公所或镇公所报经区公所核办,并令改选。

第四章　附　　则

第三十四条　本规则如因地方特别情形施行实有窒碍时,得由民政厅呈准内政部变通办理。

第三十五条　本规则自公布日施行。

（赵如珩编:《地方自治之理论与实际》,
上海华通书局 1933 年版,第 149—156 页。）

县 组 织 法

（1930 年 7 月 7 日国民政府修正公布）

第一章 总 则

第一条 县之区域，依其现有之区域。

第二条 县之废置及县区域之变更，由省政府咨内政部呈行政院，请国民政府核准公布之。

第三条 县设县政府，于省政府指挥监察之下处理全县行政，监督地方自治事务。

第四条 各县县政府按区域大小、事务繁简、户口及财赋多寡分为三等，由省政府编定，咨内政部呈行政院请国民政府核准公布之。

第五条 县政府于不抵触中央及省之法令范围内，得发布县令，并得制定县单行规则。

第六条 各县按户口及地方情形分划为若干区，除因地方习惯或地势限制及有其他特殊情形者外，每区应以十乡镇至五十乡镇组成之。

第七条 凡县内百户以上之村庄地方为乡，其不满百户者得联合各村庄编为一乡；百户以上之街市地方为镇，其不满百户者编入乡。但因地方习惯或受地势限制及有其他特殊情形之地方，虽不满百户,亦得成为乡镇。

乡镇均不得超过千户。

第八条　区及乡镇区域之划定及变更,由县政府呈请省政府核准行之,并由省政府咨内政部备案。

第九条　区乡镇得于不抵触中央及省县法令规则之范围内,制定自治公约。

第十条　乡镇居民以二十五户为闾,五户为邻,但一地方因地势或其他情形而户数不足时,仍依县政府之划定成为闾邻。

第二章　县政府

第十一条　县政府设县长一人,由民政厅提出合格人员二人至三人,经省政府议决任用之,综理县政,监督所属机关及职员,县长资格另定之。

县长任期三年,成绩优良者得连任。

第十二条　凡筹备自治之县已达《建国大纲》第八条规定之程度者,经中央查明合格后,其县长应由民选。

第十三条　县政府设秘书一人,并依事务繁简设置一科或二科,各科置科长一人,科员二人或四人,其设科多寡及科员额数,由省政府定之,并报内政部备案。

秘书、科长由县政府呈请民政厅委任,科员由县长委任,并报民政厅备案。

第十四条　县政府得雇用事务员及雇员。

第十五条　县政府得设置警察,办理催征、送达、侦缉、调查等事项,其名额由民政厅核定之。

第十六条　县政府下设左列各局:

一、公安局　掌户籍、警卫、消防、防疫、卫生、救灾及保护

森林、渔猎等事项；

二、财政局 掌征税、募债、管理公产及其他地方财政等事项；

三、建设局 掌土地、农矿、森林、水利、道路、桥梁、工程、劳工、公营业等事项及其他公共事业；

四、教育局 掌学校、图书馆、博物馆、公共体育场、公园等事项及其他文化社会事业。

右列各局，如有缩小范围之必要时，得呈请省政府改局为科，附设县政府内。

县政府于必要时，得呈请省政府设置卫生局、土地局、社会局、粮食管理局，专理卫生、土地、社会及调节粮食。

第十七条 县政府各局各设局长一人，由县长［就］考试合格人员中遴选，呈请省政府核准委任之。

第十八条 县公安局事项，得于各区设立公安分局处理之，公安分局设局长一人，由县长就考试合格人员中遴选，呈请省政府核准委任之。

第十九条 关于县政府所属局长、分局长、科长、科员及其他佐治人员之资格任用及待遇保障，另以法律定之。

第二十条 各县政府所属各局之组织及权限，除法令别有规定外，由各省政府定之，并咨内政部备案。

第二十一条 县政府设县政会议，以左列人员组织之：

一、县长；

二、秘书及科长；

三、各局局长。

县政会议开会时，以县长为主席。

第二十二条 左列事项应经县政会议审议：

一、县预算决算事项；

二、县公债事项；

三、县公产处分事项；

四、县公共事业之经营管理事项。

县长认为有必要时，得以其他事项提交县政会议审议。

第二十三条　县政会议会议规则，由该会议议定之。

第二十四条　县政府办事通则，由内政部定之。

第三章　县参议会

第二十五条　县设县参议会，以县民选举之参议员组织之，任期三年，每年改选三分之一。

县参议会组织法及选举法另定之。

第二十六条　县参议会之职权如左：

一、议决县预算决算及募债事项；

二、议决县单行规则；

三、建议县政兴革事项；

四、审议县长交议事项。

第二十七条　县参议会于区长民选时设立之。

第四章　区公所

第二十八条　区置区公所，设区长一人，管理区自治事务。

第二十九条　区长由区民选任，并由县政府呈报民政厅备案。

第三十条　区民对于区公约及自治事项有创制及复决之权，区长违法失职时，区民得罢免改选之。

前项之创制复决及罢免程序，另以法律定之。

第三十一条　各区区民于选举区长时，并选举监察委员五人

或七人,组织该区监察委员会,其职务如左:

　　一、监察区财政;

　　二、向区民纠举区长违法失职等事。

　　第三十二条　区长民选于本法施行一年后,由省政府就各县地方情形酌定时期,咨请内政部核准行之。

　　第三十三条　在区长民选实行以前,区长由民政厅就训练考试合格人员委任之。

　　第三十四条　依前条委任之区长违法失职时,县长得呈请省政府罢免之。

　　第三十五条　区公所得用助理员,辅助区长办理区务。

　　前项助理员由区公所遴请,县长委任之。

　　第三十六条　区公所执行区务,得设置区丁,其额数由县[长]定之。

　　第三十七条　区公所设区务会议,以左列人员组织之:

　　一、区长;

　　二、区助理员;

　　三、本区所属乡长及镇长。

　　区务会议以区长为主席,至少每月开[会]一次,由区长召集之。

　　第三十八条　左列各项须经区务会议审议:

　　一、区公所经费事项;

　　二、区公产之处分事项;

　　三、区公约及其他单行规则之制定及修正事项。

　　第三十九条　区自治施行法另定之。

第五章 乡镇公所

第四十条 乡置乡公所,设乡长一人,镇置镇公所,设镇长一人,管理各该乡镇自治事务;乡镇各设副乡长副镇长一人,襄助乡长镇长办理事务,但乡镇在五百户以上者,得增设副乡长或副镇长一人。

第四十一条 乡公所或镇公所事务,得由乡长镇长指定闾长襄助办理。

第四十二条 乡长副乡长、镇长副镇长由乡民大会或镇民大会选任,并由区公所呈报县政府备案。

第四十三条 乡长副乡长、镇长副镇长违法失职时,乡民大会或镇民大会得罢免改选之。

第四十四条 乡民大会或镇民大会于选举乡长镇长时,并选举监察委员三人或五人组织监察委员会,其职务如左:

一、监督各该乡镇财政;

二、向乡民镇民纠举乡长副乡长或镇长副镇长违法失职等事。

第四十五条 在区长民选实行以前,乡民大会或镇民大会选举乡长副乡长或镇长副镇长时,应选出加倍之人数,报由区公所转请县长择任,并由县长汇报民政厅备案。

第四十六条 依前条规定委任之乡长副乡长、镇长副镇长违法失职时,乡民大会或镇民大会应报由区公所转请县长罢免,但县长亦得自行罢免之。

第四十七条 乡镇自治施行法另定之。

第六章　闾长邻长

第四十八条　闾设闾长一人,邻设邻长一人,分掌闾邻自治事务。

第四十九条　闾长邻长各由本闾邻居民会议选举,选定后由乡长镇长报区公所转报县政府备案。

第五十条　闾邻居民会议对于闾长邻长有罢免改选之权,乡镇公所认为闾长邻长违法失职时,得通告闾邻居民会议改选之。

第五十一条　依前条规定闾长邻长罢免改选时,应由主管乡镇公所报由区公所转报县政府备案。

第五十二条　闾长邻长之选举方法及任期,于乡镇自治施行法中规定之。

第七章　附　　则

第五十三条　本法施行日期,另以命令定之。

（《地方自治之理论与实际》,第 76—84 页。）

区自治施行法

（1930 年 7 月 7 日国民政府修正公布）

第一章 总 纲

第一条 本法根据《县组织法》第三十九条制定之，其施行期间以县自治完成之日为限。

第二条 区之分划及编成，依《县组织法》第六条之规定，并各冠以第一第二等次序。

第三条 依《县组织法》第八条之规定划定区之区域，由省政府派员协助县政府办理，变更区域时由县政府召集有关系之区长会议，绘图列说呈核。

第四条 凡二区以上有共同利益之事项，订立公约联合办理之。

前项公约之订立及解除，在区长民选前由关系各区区长提交区务会议决议，在区长民选时由关系各区区长提交区民大会决议。

第五条 经区〔乡〕公所或镇公所登记为乡镇公民者即为区公民，有出席区民大会及行使选举罢免创制复决之权。

第六条 区公民满二十五岁，具有左列资格之一者，得为区长及区监察委员之候选人：

一、候选公务员考试或普通考试及格者；

二、曾任中国国民党区党部执监委员或各上级党部重要职员满一年者；

三、曾在国民政府统属之机关任委任官一年或荐任官以上者；

四、曾任小学以上教职员或在中学以上毕业者；

五、经自治训练及格者；

六、曾办地方公益事务［著］有成绩，经县政府呈请省政府核定者；

七、曾任乡长副乡长、镇长副镇长或乡镇监察委员一年以上者。

有《乡镇自治施行法》第十一条第二项各款情事之一者，虽具前项资格，仍应停止当选。

第七条　受《国籍法》第九条之限制尚未解除者，不得为前条之候选人。

第八条　第六条之候选人由区公所随时调查登记，并于每届选举前三个月造具候选人表册呈报县政府，经县政府核定后即行公布，其公布时期不得迟于选举前一个月。

候选人表册应分别载明候选人姓名、年龄、住所及登记为乡镇公民之时期，并将其合于第六条第一项之一款或数款资格，具体载明。

第九条　在区长民选前，区长之委任及罢免依《县组织法》第三十三条、第三十四条之规定，但区长确有违法失职之事实，县政府不呈请罢免者，得由该区过半数乡镇长签名，召集乡长镇长会议，互推一人为主席，经议决后得由各乡镇公所联呈县政府及省政府，陈述必须罢免之理由。

第十条　在区长民选时，区长之选任及罢免依《县组织法》第二十九条、第三十条之规定。

第十一条　区务会议之组织及会议,依《县组织法》第三十七条之规定。

前项会议应通知区监察委员列席。

第十二条　依《县组织法》第三十一条之规定,区监察委员为五人或七人,其第一次名额由区务会议决定之,以后由前一次之区民大会决定之。

第十三条　前条监察委员会之候补监察委员,准用《乡镇自治施行法》第十七条之规定。

第十四条　区监察委员违法失职时,由区民大会依法定程序罢免之。

第十五条　区长之俸给,在委任时由县政府呈请省政府核定之,在民选时由县政府根据区民大会之决议呈请省政府核定之。

区监察委员为无给职,但因情形之必要,得支办公费,由县政府根据区民大会之决议,呈请省政府核定之。

第二章　区民大会

第十六条　区民大会依《县组织法》第三十二条之规定,于内政部核准区长民选后,由区长召集之。

第十七条　区民大会以本区公民出席投票,行使选举权、罢免权、创制权、复决权。

第十八条　区民大会以到会区公民过半数之同意决定之。

第十九条　区民大会于各乡镇分场开会,同日举行,其各会场主席由到会区民推定之。

第二十条　区民大会各会场投票后,由各会场主席集会区公所计算总数,宣布投票结果。

第二十一条　区民大会由区长召集之,每年开会一次,于区长满任一个月前举行,如有特别事件或区公民十分一以上之要求时,应召集临时会。

前项临时会,关于区长本身事件应由区监察委员会召集之,关于区监察委员本身事件区长延不召集者,应由过半数之乡镇公所联名召集之。

第二十二条　区民大会开会期间不得过六日。

第二十三条　区民大会会议通则另定之。

第二十四条　区民大会钤记由省政府颁给之。

第三章　区公所

第二十五条　区公所应设于区内适中或交通便利地点。

第二十六条　左列事项,区公所于现行法令或区民大会决议交办之范围内分别自行办理或委托各乡镇办理,由区长执行之:

一、户口调查及人事登记事项;

二、土地调查事项;

三、道路桥梁公园及一切公共土木工程建筑修理事项;

四、教育及其他文化事项;

五、保卫事项;

六、国民体育事项;

七、卫生疗养事项;

八、水利事项;

九、森林培植及保护事项;

十、农工商业之改良及保护事项;

十一、粮食储备及调节事项;

十二、垦牧渔猎保护及取缔事项;

十三、合作社组织及指导事项；

十四、风俗改良事项；

十五、育幼养老济贫救灾等设备事项；

十六、公营业事项；

十七、区自治公约制定事项；

十八、财政收支公款公产管理事项；

十九、预算决算编造事项；

二十、县政府委办事项；

二十一、其他依法赋与该区应办事项。

第二十七条　关于前条各款事项，均应召集区务会议决议之。

第二十八条　区公所准用《乡镇自治施行法》第三十二条之规定，附设区调解委员会。

凡乡镇调解委员会未曾调解或不能调解之事项，均得由区调解委员会办理。

第二十九条　区调解委员会由调解委员若干人组织之。

前项调解委员于区公民中选举半数，于各乡镇调解委员中选举半数，在区长民选前由区务会议选举之，在区长民选后由区民大会选举之，区长、区监察委员及所属乡长或镇长均不得被选。

第三十条　区调解委员会之组织规则由县政府定之。

调解委员违法失职时，在区长民选前由区务会议罢免之，在区长民选后，区监察委员会得先请区公所停止其职务，再提交区民大会罢免之。

第三十一条　区公所除设立高级小学外，并应于公所所在地设立国民补习学校及国民训练讲堂。

前项国民补习学校及国民训练讲堂，其课程、讲演之时间与主要科目，准用《乡镇自治施行法》第三十五条之规定。

第三十二条　区公所对于各乡镇设立之国民补习学校及国民训练讲堂，应尽先补助其经费，并应派员分赴国民训练讲堂讲演主要科目。

第三十三条　区长之职务，依《县组织法》第二十八条及本法之规定。

第三十四条　委任区长任期一年，其确有成绩者得连任，但至内政部核准民选时不在此限。

第三十五条　民选区长任期一年，得再被选，其中途被选者以继满原任所余之任期为限。

第三十六条　民选区长因事故不能执行职务时，其期间在二个月以内者由区务会议推定乡长或镇长一人代理之，在二个月以外者除推定代理人外，并应改选。

第三十七条　区长应将任期内之经过情形，以书面报告区民大会。

第三十八条　区长应提出上年度决算及次年度预算于区务会议。

第三十九条　区居民有左列情事时，区长得分别轻重缓急报告区务会议，或呈请县政府处理之：

一、违反现行法令者；

二、违反区自治公约或一切决议案者；

三、触犯刑法或与刑法性质相同之特别法，确有证据者。

有前项第三款情事，遇必要时区长得先行拘禁之，除报告区务会议及呈报县政府外，并应即函送该管司法机关。

第四十条　区长于区调解委员会办理本法第二十八条事项不能调解时，应根据区调解委员〔会〕之报告，呈县政府并函报该管司法机关。

第四十一条　区长改委或改选后,旧任区长应将钤记文卷款产契约及一切物件,分别造册移交新任,新任接收后应具接收册结〔报〕,呈请县政府转报省政府备案。

第四十二条　区助理员之职务及任用,依《县组织法》第三十五条之规定。

第四十三条　区公民具有左列资格之一者,得被选委为区助理员:

一、公务员候选考试或普通考试及格者;

二、经自治训练及格者;

三、在中学毕业或有相当程度者;

四、专习法政一年半以上得有证书者;

五、曾办自治事务一年以上确有成绩明了党义者。

第四十四条　区助理员之名额及生活费,由区长呈请县政府核定之,但在区长民选后,其呈请应根据区民大会之决议。

第四十五条　区助理员得分股办事。

前项分股于自治公约中规定之。

第四十六条　区公所为缮写文件等事,得酌用雇员。

第四十七条　雇员之名额及生活费,由区务会议决定之。

第四十八条　区丁之职务及额数,依《县组织法》第三十六条之规定。

第四十九条　区公所每届月终,应将所办事务列表呈报县政府。

第五十条　区公所钤记由省政府颁给之。

第五十一条　区公所办事通则由省政府定之。

第四章　区监察委员会

第五十二条　区监察委员会于区长民选后设置之,其组织及职务依《县组织法》第三十一条之规定。

第五十三条　区监察委员会开会,准用《乡镇自治施行法》第四十八条至第五十条之规定。

第五十四条　区监察委员会得随时调查区公所之账目及款产事宜。

第五十五条　区公所财政之收支及事务之执行有不当时,区监察委员会得随时呈请县政府纠正之。

第五十六条　区监察委员会纠举区长违法失职时,得自行召集区民大会。

第五十七条　区监察委员会应设于区公所所在地。

第五十八条　区监察委员及候补监察委员任期一年,得再被选。

第五十九条　区监察委员会委员不足法定人数无可补充时,应由区民大会补选之。

第六十条　补充或补选之区监察委员以继满原任所余之任期为限。

第六十一条　现任本区及所属各乡镇之自治职员,不得当选为区监察委员。

第六十二条　区监察委员会之办事细则由各该委员会自定之,其钤记由省政府颁给之。

第五章　区财政

第六十三条　区财政之收入为左列各种:

一、区公产及公款之孳息；

二、区公营业之纯利；

三、依法赋与之自治款项；

四、省县补助金。

第六十四条 区预算决算经区务会议决议后，应由区公所呈请县政府核定，汇报省政府备案。

前项预算决算经县政府核定后，应公布于区公所及所属各乡镇公所。

第六十五条 遇有紧急支出超过预算，应提交区务会议追认，并呈请县政府核定后公布之。

第六十六条 区财政之收支应于月终公布之。

第六章 附 则

第六十七条 本法施行日期以命令定之。

(《地方自治之理论与实际》，第 84—95 页。)

乡镇自治施行法

（1930 年 7 月 7 日国民政府修正公布）

第一章　总　　纲

第一条　本法根据《县组织法》第四十七条制定之，其施行期间，以县自治完成之日为限。

第二条　乡镇之编成，依《县组织法》第七条之规定。

乡镇冠以原有地名或新定地名。

第三条　依《县组织法》第八条之规定划定乡镇区域，由县政府派员会同区长办理，变更区域时，由区长召集有关系之乡长或镇长会议，绘图列说，呈请县政府转报。

第四条　乡镇各依其原有区域，其联合各村庄或街市编成之乡，以所属村庄或街市原有区域为准。

第五条　乡镇区域不明或发生争议时，由区长召集有关系之乡长镇长协商后，呈请县政府决定之。

第六条　凡二乡或二镇以上或乡镇间有共同利益之事项，得订立公约，联合办理之。

前项公约之订立及解除，由乡公所提交乡民大会或镇民大会决议，在大会未开时，得呈请区公所核准行之，但仍须提交大会追认。

第七条　中华民国人民无论男女,在本乡镇区域内居住一年或有住所达二年以上,年满二十岁,经宣誓登记后为乡镇公民,有出席乡民大会或镇民大会及行使选举罢免创制复决之权。

有左列情事之一者,不得享有前项所定之权:

一、有反革命行为,经判决确定者;

二、贪官污吏、土豪劣绅,经判决确定者;

三、褫夺公权尚未复权者;

四、禁治产者;

五、吸用鸦片或其代用品者。

第八条　宣誓须亲自签名于誓词,赴乡公所或镇公所举行宣誓典礼,由区公所派员监督,其誓词式如左:

○○○正心诚意,当众宣誓,从此去旧更新,自立为国民,尽忠竭力,拥护中华民国,实行三民主义,采用五权宪法,务使政治修明,人民安乐,措国基于永固,维世界之和平,此誓。

中华民国　　年　　月　　日　　（签字）　　立誓

在乡公所或镇公所未成立时,前项宣誓典礼于乡公所筹备处或镇公所筹备处举行之。

第九条　人民宣誓后,乡公所或镇公所除登记其为乡镇公民外,应将公民名册呈报区公所,并将誓词及公民名册汇请区公所转呈县政府备案。

在乡公所或镇公所未成立时,由区公所登记并造具公民名册,连同誓词汇报县政府备案,俟乡公所或镇公所成立,即将公民名册移交。

第十条　乡镇公民经登记后,乡公所或镇公所发觉其有第七条第二项各款情事之一者,得呈由区公所转请县政府取销其乡镇公民资格。

第十一条　乡镇公民年满二十五岁,有左列资格之一者,得为乡长副乡长、镇长副镇长及乡镇监察委员之候选人:

一、候选公务员考试或普通考试高等考试及格者;

二、曾在中国国民党服务者;

三、曾在国民政府统属之机关任委任官以上者;

四、曾任小学以上教职员或在中学以上毕业者;

五、经自治训练及格者;

六、曾办地方公益事务著有成绩,经区公所呈请县政府核定者。

有左列情事之一者,虽具前项候选资格,仍应停止当选:

一、现役军人或警察;

二、现任职官;

三、僧道及其他宗教师。

第十二条　受《国籍法》第九条之限制尚未解除者,不得为前条之候选人。

第十三条　第十一条之候选人,由区公所或乡公所随时调查登记,并于每届选举前三个月造具候选人表册二份,一呈区公所,一呈由区公所汇报县政府,经县政府核定后即行公布,其公布时期不得迟于选举前一个月。

第一次候选人之调查登记及呈报公布,均由区公所依前项规定办理,俟乡公所或镇公所成立,应即将候选人表册移交。

候选人表册分别载明候选人姓名、年龄、住所及登记为乡镇公民之时期,并将其合于第十一条第一项之一款或数款资格,具体载明。

第十四条　乡长副乡长或镇长副镇长之选任,在区长民选实行以前,依《县组织法》第四十五条之规定,在区长民选实行以后,依《县组织法》第四十二条之规定。

副乡长或副镇长之名额,依《县组织法》第四十条之规定,第一次由区长决定之,以后由前一次之乡民大会或镇民大会决定之。

第十五条　乡民大会或镇民大会罢免乡长副乡长或镇长副镇长,在乡长副乡长、镇长副镇长由县长择任时,依《县组织法》第四十六条之规定,在乡长副乡长、镇长副镇长完全民选时,依《县组织法》第四十三条之规定。

第十六条　在乡长镇长由县长择任或完全由民选时,乡民大会或镇民大会均得依《县组织法》第四十四条之规定选举监察委员。

第一次监察委员之名额为三人或五人,由区长决定之,以后由前一次之乡民大会或镇民大会决定之。

第十七条　监察委员会得设与监察委员同数之候补监察委员,以得票次多数者为当选。

候补监察委员应列席监察委员会,监察委员缺额时,以候补监察委员补充之。

第十八条　监察委员违法失职时,乡民大会或镇民大会依法定程序罢免之。

第十九条　闾邻居民无论男女,在区内居住一年或有住所达二年以上,年满二十岁,除有本法第七条第二项各款情事之一者外,均有出席闾邻居民会议及选举或罢免闾长邻长之权。

无出席居民会议之资格者,不得被举为闾长邻长。

闾长邻长之选举及罢免,依《县组织法》第四十九条至第五十一条之规定。

第二十条　乡长副乡长、镇长副镇长及乡镇监察委员均为无给职,但因情形之必要,得支办公费。

前项办公费,由区公所根据乡民大会或镇民大会之决议,呈请县政府核定之。

第二章　乡镇大会

第二十一条　乡民大会或镇民大会之职权如左:

一、选举及罢免乡长或镇长及其他职员;

二、制定或修正自治公约;

三、审议单行规程;

四、议决预算决算;

五、议决乡公所镇公所交议事项;

六、议决所属各闾邻或公民提议事项。

第二十二条　乡民大会或镇民大会以到会公民过半数之同意决定之。

第二十三条　乡民大会或镇民大会以各该乡长或镇长为主席,但关于乡长或镇长本身事件,其主席由到会公民推定之。

第二十四条　本法施行后之第一次乡民大会或镇民大会由区长召集之,即以区长为主席。

第二十五条　乡民大会或镇民大会各由乡长或镇长召集之,每年开会二次,其第一次大会于乡长或镇长任满一个月前举行,如有特别事件或乡镇公民十分一以上之要求时,应召集临时会。

前项临时会,关于乡长或镇长本身事件,应由监察委员会召集之,关于监察委员本身事件,乡长或镇长延不召集者,应由各该乡镇过半数之闾长联名召集之。

第二十六条　乡民大会或镇民大会开会期间不得过六日。

第二十七条　乡民大会或镇民大会通则由县政府定之,其图记由县政府颁给之。

第三章 乡镇公所

第二十八条 乡镇公所依《县组织法》第四十条之规定,为乡公所或镇公所。

第二十九条 乡公所或镇公所应设于该乡镇适中地点。

第三十条 乡公所或镇公所于现行法令、区自治公约及乡民大会或镇民大会决议交办之范围内办理左列事项,由乡长或镇长执行之:

一、户口调查及人事登记事项;

二、土地调查事项;

三、道路桥梁公园及一切公共土木工程建筑修理事项;

四、教育及其他文化事项;

五、保卫事项;

六、国民体育事项;

七、卫生疗养事项;

八、水利事项;

九、森林培植及保护事项;

十、农工商业改良及保护事项;

十一、粮食储备及调节事项;

十二、垦牧渔猎保护及取缔事项;

十三、合作社组织及指导事项;

十四、风俗改良事项;

十五、育幼养老济贫救灾等设备事项;

十六、公营业事项;

十七、自治公约拟定事项;

十八、财政收支及公款公产管理事项;

十九、预算决算编造事项；

二十、县政府及区公所委办事项；

二十一、其他依法赋与该乡镇应办事项。

办理前项第一款至第十九款事项，须先由乡务会议或镇务会议议决之。

第三十一条　乡镇公所每月至少开乡务会议或镇务会议一次，由乡长或镇长召集左列人员出席，以乡长或镇长为主席：

一、副乡长或副镇长；

二、各该乡镇所属闾长。

前项会议应通知监察委员列席，于必要时并得通知邻长列席。

第三十二条　乡公所或镇公所应附设调查〔解〕委员会，办理左列事项：

一、民事调解事项；

二、依法得撤回告诉之刑事调解事项。

第三十三条　前项调解委员会由乡民大会或镇民大会于乡镇公民中选举调解委员若干人组织之，乡长副乡长或镇长副镇长均不得被选。

调解委员会之组织规则及选举规则，第一次由区公所提交乡民大会或镇民大会决定之，以后得由乡公所或镇公所提交乡民大会或镇民大会修正之。

调解委员违法失职时，监察委员会得先请乡公所或镇公所停止其职务，再提交乡民大会或镇民大会罢免之。

第三十四条　乡公所或镇公所应设立左列教育机关：

一、初级小学；

二、国民补习学校；

三、国民训练讲堂。

前项教育机关得联合他乡镇设立之。

第三十五条　乡公所或镇公所应使达学龄之男女均受初级小学教育,十岁至四十岁之失学男女,在四年以内均受国民补习学校或国民训练讲堂一年半之教育。

前项国民补习学校每星期至少应有十小时之课程,国民训练讲堂每星期至少应有四小时之讲演,其课程及讲演之主要科目如左:

　　　　一、中国国民党党义;

　　　　二、自治法规;

　　　　三、世界及本国大势;

　　　　四、本县详情。

第三十六条　乡长副乡长、镇长副镇长之职务,依《县组织法》第四十条及本法之规定。

乡长或镇长不能执行职务时,由副乡长或副镇长代理之,如副乡长或副镇长有二人以上时,互推一人代理之。

第三十七条　乡长副乡长、镇长副镇长任期一年,得再被选,其中途被选者,以继满原任所余之任期为限。

第三十八条　在区长民选实行时,由县长委任之乡长或镇长任期未满,亦应改选。

第三十九条　乡长或镇长应将任期内之经过情形,以书面或口头报告于乡民大会或镇民大会。

第四十条　乡长或镇长应于每年第一次乡民大会或镇民大会提出次年度预算及上年度决算,本法施行后之乡镇第一年度预算,由区长提出乡民大会或镇民大会。

第四十一条　乡镇居民有左列情事时,乡长或镇长得分别轻重缓急报由县政府或区公所处理之:

　　一、违反现行法令者；

　　二、违抗县区命令者；

　　三、违反乡镇自治公约或一切决议案者；

　　四、触犯刑法或与刑法性质相同之特别法者。

　　有前项第四款情事，乡长或镇长得先拘禁之，除分别呈报区公所及县政府外，并应即函送该管司法机关核办。

　　第四十二条　乡长或镇长于调解委员会办理本法第三十二条各款事项不能调解时，应根据调解委员会之报告，呈报区公所或函报该管司法机关。

　　第四十三条　乡长或镇长改选后，旧任乡长镇长应将图记文卷契约及一切物件分别造册移交新任，新任接收后应具接收册结报，由区公所核转县政府备案。

　　第四十四条　乡公所或镇公所得置事务员及乡丁或镇丁，其人数职务及待遇于自治公约中规定之。

　　第四十五条　乡公所或镇公所图记由县政府颁给之。

　　第四十六条　乡公所或镇公所办事通则，由县政府定之。

第四章　监察委员会

　　第四十七条　乡监察委员会或镇监察委员会之组织及职务，依《县组织法》第四十四条之规定。

　　第四十八条　监察委员会每月开会一次，如有特别事件得开临时会，均由主席召集之。

　　第四十九条　监察委员会开会时，由各委员依当选次序轮充主席，临时会主席以上次开会之主席任之。

　　第五十条　监察委员会开会，须有过半数委员出席，其决议须有过半数出席委员同意。

第五十一条　监察委员会得随时调查各该乡镇公所之账目及款产事宜。

第五十二条　乡镇财政之收支及事务之执行有不当时,监察委员会得随时呈请区公所纠正之。

第五十三条　监察委员会纠举乡长或镇长违法失职情事,得自行召集乡民大会或镇民大会。

第五十四条　监察委员会应设于各该乡镇公所所在地。

第五十五条　监察委员及候补监察委员任期一年,得再被选。

第五十六条　监察委员会委员不足法定人数无可补充时,应由乡民大会或镇民大会补选之。

第五十七条　补充或补选之监察委员以继满原任所余任期为限。

第五十八条　乡长或镇长完全民选时,监察委员亦应同时改选。

第五十九条　现任各该乡镇之自治职员,不得当选为监察委员。

第六十条　监察委员会办事细则,由该委员会自定之,其图记由县政府颁给之。

第五章　财　　政

第六十一条　乡镇财政之收入为左列各种:

一、各该乡镇公产及公款之孳息;

二、各该乡镇营业之纯利;

三、依法赋与之自治款项;

四、县区补助金;

五、特别捐。

第六十二条　乡镇募集特别捐,应由乡民大会或镇民大会议决之。

第六十三条　乡镇预算决算,由乡民大会或镇民大会通过后,应呈报区公所查核,汇转县政府备案。

前项预算决算应于开会五日前送达各该乡镇公民。

第六十四条　遇有紧急支出超过预算时,乡公所或镇公所应提交乡民大会或镇民大会追认。

第六十五条　乡镇财政之收支,应于每三个月终公布一次。

第六章　邻　闾

第六十六条　邻闾之组织,依《县组织法》第十条之规定,并各冠以第一第二等号数。

邻闾经第一次编定后,闾增至超过三十五户减至不满十五户,或邻增至超过七户减至不满三户时,应由乡公所或镇公所于每年闾长或邻长任满一个月前改编之。

闾改编后,应更正全乡或全镇各闾之号数,邻改编后,应更正全闾各邻之号数,统由乡公所或镇公所报由区公所转呈县政府备案。

第六十七条　邻闾各设居民会议,开会须有过半数居民出席,其决议须有出席居民过半数同意。

前项居民会议以各该闾邻之闾长或邻长为主席,但关于闾长邻长本身事件,其主席由到会居民推定之。

第六十八条　邻闾居民会议由闾长或邻长召集之,如有十户以上之要求,闾长应召集本闾居民会议,有二户以上之要求,邻长应召集本邻居民会议。

本法施行后之第一次各闾居民会议由乡长或镇长召集之,即以乡长或镇长为主席,第一次各邻居民会议由闾长召集之,即以闾长为主席。

第六十九条　闾长不能召集居民会议时,由乡长或镇长召集之,邻长不能召集居民会议时,由闾长召集之。

前项闾邻居民会议,以召集人为主席。

第七十条　闾邻居民会议之期间不得过一日。

第七十一条　闾邻有需用经费之必要时,以各该闾邻居民会议之决定筹集之。

第七十二条　闾长承乡长或镇长之命掌理本闾自治事务,邻长承闾长之命掌理本邻自治事务。

第七十三条　闾长依《县组织法》第四十一条之规定,襄助乡长或镇长办理主管之乡公所或镇公所事务。

第七十四条　闾长邻长之职务如左:

一、办理法令范围内一切自治事务;

二、办理县政府区公所及乡公所或镇公所交办事务。

前项第一款事务,闾长邻长应提由本闾居民会议或本邻居民会议决定之。

第七十五条　闾长应将办理事务之经过情形,随时报告本闾居民会议及乡公所或镇公所。

第七十六条　闾邻居民会议有违反法令或自治公约时,闾长或邻长得报告乡公所或镇公所核办。

第七十七条　闾长应将经费收支随时报告于本闾居民会议及乡公所或镇公所,邻长应将经费收支随时报告于本邻居民会议及闾长。

闾邻经费收支除前项报告外,每半年应公布一次。

第七十八条　闾长由到会居民七人以上之推选,邻长由到会居民三人以上之推选,经各该间邻居民会议过半数之同意,即为当选。

第七十九条 间长选举由乡长或镇长监督之,邻长选举由间长承乡长或镇长之命监督之。

第八十条 间长选举日期由乡长或镇长决定之,邻长选举日期由间长报请乡长或镇长决定之。

前项选举日期,乡长或镇长除于五日前公布外,并应报区公所察核。

第八十一条 间长选定后,由本间居民会议主席报告乡公所或镇公所,邻长选定后,由本邻居民会议主席报告间长转报乡公所或镇公所,统由乡公所或镇公所汇报区公所,转呈县政府备案。

第八十二条 间长邻长任期一年,得再被选,其违法失职者,依《县组织法》第五十条之规定,随时改选之。

第八十三条 间邻居民会议通则,由县政府定之,其图记由乡公所或镇公所颁给之。

第七章 附 则

第八十四条 本法施行日期以命令定之。

(《地方自治之理论与实际》,第95—112页。)

乡镇坊自治职员选举及罢免法

（1930 年 7 月 19 日国民政府公布）

第一章 总 则

第一条 乡镇坊自治职员之选举及罢免,除《县组织法》、《乡镇自治施行法》及《市组织法》规定者外,均依本法之规定。

第二条 本法称自治职员,谓左列各员:

一、乡长副乡长及乡监察委员;

二、镇长副镇长及镇监察委员;

三、坊长及坊监察委员。

第三条 本法称候选人员,谓依法有前条所列各自治职员候选资格者。

称当选人,谓前项候选人已足法定票数而当选为前条所列各自治职员者。

第四条 本法称大会,谓《乡镇自治施行法》规定之乡民大会、镇民大会及《市组织法》规定之坊民大会。

第五条 本法称公民,谓《乡镇自治施行法》规定之乡公民、镇公民及《市组织法》规定之市公民。

第二章　选　举

第六条　自治职员选举日期于大会之议事日程中定之,但因罢免而改选时不在此限。

前项议事日程,应于距大会开会七日前,公告或送达于各公民。

第七条　区公所应于选举前五日内派定选举监理员一人,投票管理员、开票管理员各若干人,并呈报备案。

本乡本镇或本坊之公民,不得为前项监理员或管理员。

第八条　选举监理员指导并监督管理员办理投票开票事宜。

第九条　投票管理员之职务如左:

一、掌投票瓯、投票纸及投票人名簿;

二、保持投票时之投票秩序。

第十条　开票管理员之职务如左:

一、计算投票数目;

二、检查投票纸真伪;

三、决定投票之是否合法;

四、保持开票时之开票秩序;

五、保存选举票。

第十一条　大会议事日程送达前十五日内,乡公所、镇公所或坊公所应将公民姓名公告于本公所门首;在公告后五日内,有遗漏或错误者,得由本人或关系人声请更正。

前项更正之声请,应取具凭证为之。

经更正之公民名册,应补造二份,一呈区公所,一由区公所呈县政府或市政府备案。

第十二条　经前条公告期满,乡公所、镇公所或坊公所应按照公民名册造具投票人名簿,分别记载姓名、性别、年龄及居住所。

第十三条　凡年龄或居住期间至大会开会时届满而适合于公民资格之规定者,得于公民姓名公告之前,举行公民宣誓而登记之。

第十四条　距大会开会十五日前,具有候选人资格而依《乡镇自治施行法》第十一条第二项或《市组织法》第四十八条之规定停止当选者,其停止当选之原因已不存在时,得取具凭证,声请免除停止当选之限制。

乡公所、镇公所或坊公所接受前项声请后,除公告外,应报由区公所转呈县政府或市政府核定之。

第十五条　自治职员之选举应依左列规定分次举行:

一、乡民大会,先选举乡长,次乡监察委员;

二、镇民大会,先选举镇长,次镇监察委员;

三、坊民大会,先选举坊长,次坊监察委员。

前项第一款第二款乡长镇长之选举,以得票次多数者为副乡长或副镇长。

第十六条　投票纸及投票瓯应由区公所按照定式制成,于距大会开会七日前发交乡公所、镇公所或坊公所。

投票纸应记载所有候选人姓名,其名次先后以抽签定之。

第十七条　公民于选举日领取投票纸时,应先在投票人名簿所载本人姓名下签名。

第十八条　自治职员之选举用无记名投票,按照应选出之名额于候选人姓名上加圈。

前项应选出之名额,于《县组织法》第四十五条规定之加倍人数适用之。

第十九条　自治职员之选举,以得票比较多数者为当选。

第二十条　投票时,除关于投票方法得与大会主席、选举监理员及投票管理员问答外,不得与他人接谈。

第二十一条　公民投票倘有冒替及其他违背法令情事,选举监理员得商请大会主席令其退出。

第二十二条　选举监理员于投票完毕后,应先令投票管理员退出,会同开票管理员开票,即日宣布投票结果。

第二十三条　检票时,应先将所投选举票总数与投票人名簿查对。

第二十四条　凡已当选为自治职员之一种者,不得同时当选为其他自治职员。

第二十五条　选举票有左列各款情事之一者作废:

一、所选举之人多于应选出之名额者;

二、不依式加圈或夹写其他文字或符号者;

三、不用大会所发投票纸者。

第二十六条　当选人非有左列理由之一者不得辞退:

一、久病;

二、因职业上或学业上常须出外或须长时间之旅行者;

三、年龄满七十岁者;

四、有其他正当理由,经区公所认可者。

第二十七条　大会主席与自治职员当选人确定后,除公告外,应呈由区公所递报上级机关。

第二十八条　选举有左列各款情事之一者无效:

一、投票人名簿所载公民姓名及投票纸所载候选人姓名,因舞弊而牵涉全数人员,经判决确定者;

二、办理选举违背法令,经判决确定者。

选举无效时应一律改选。

第二十九条　当选人有左列各款情事之一者,由次多数递补,无次多数时应即补选:

一、辞退;

二、死亡;

三、候选人资格不合,经判决确定者;

四、当选票数不实,经判决确定者。

第三十条　公民遇有左列情事之一时,得于当选人确定公告后十日内,向法院起诉:

一、确认大会主席、选举监理员、投票管理员或开票管理员有舞弊或其他违背法令之行为者;

二、确认当选人资格不合或票数不实者;

三、确认本人所得票数应当选而未当选者。

第三十一条　法院对于自治职员之选举诉讼,应先于其他诉讼事件审判之。

第三章　罢　　免

第三十二条　左列之二种罢免案,均应提交大会公决:

一、乡监察委员会、镇监察委员会或坊监察委员会依法纠举时;

二、有法定人数之公民签名提出罢免案,经审查无误时。

第三十三条　自治职员如有违法失职情事,由全体公民百分之三十以上人数之亲自签名,得提出罢免案。

第三十四条　乡长镇长或坊长之罢免案,由乡镇坊监察委员会审查。

乡镇坊监察委员之罢免案,由区监察委员审查。

前项审查仅限于审查罢免案有无违背前条之规定,无违背者提交大会公决。

第三十五条　罢免应于大会开会前五日内，由区公所派定罢免监理员一人，投票管理员、开票管理员各若干人，并呈报备案。

第七条第二项之规定，于前项情形准用之。

第三十六条　罢免监理员之职权，准用第八条关于选举监理员之规定。

第三十七条　投票管理员之职务，准用第九条之规定。

第三十八条　开票管理员之职务，除准用第十条第一款至第四款之规定外，并应保存罢免票。

第三十九条　第十二条、第十六条第一项、第十七条、第二十条至第二十三条之规定，于罢免准用之。

第四十条　罢免案合于第三十二条各款之规定而距大会开会期间逾二个月者，应召集临时大会。

第四十一条　提出罢免案之公民得附具理由书，被提出罢免案之自治职员亦得提出答辩书，但均以三百字为限。

前项理由书应连同罢免案于距大会开会十五日前送达各公民，答辩书应于距大会开会七日前送达各公民。

第四十二条　投票纸分白蓝二色，应记载被提出罢免案者之姓名职务，凡赞成罢免案者投白票，反对罢免案者投蓝票，均应签名于投票纸。

前项投票应设副甄，投白票者将蓝票掷入，投蓝票者将白票掷入。

第四十三条　罢免案经投票公民过半数赞成时，始为确定。

第四十四条　罢免票有左列情事之一者作废：

一、未签名或非亲自签名者；

二、夹写其他文字或符号者；

三、不用大会所发投票纸者。

第四十五条　罢免案确定后,大会主席应宣告改选,即以罢免监理员为选举监理员,罢免之投票管理员、开票管理员,为选举之投票管理员、开票管理员。

前项改选,于监察委员有候补监察委员补充时,不适用之。

第四十六条　大会主席于罢免改选确定后,除分别公告外,应呈由区公所递报上级机关。

第四十七条　罢免有左列情事之一者无效:

一、投票人名簿所载公民姓名,因舞弊而牵涉全数人员,经判决确定者;

二、提出罢免案之法定人数不实,经判决确定者;

三、办理罢免违背法令,经判决确定者;

四、罢免案赞成票数不实,经判决确定者。

罢免无效时,改选一并无效。

第四十八条　公民或被罢免者遇有左列情事之一时,得于十日内向法院起诉:

一、确认大会主席、罢免监理员、投票管理员、开票管理员有舞弊或其他违背法令之行为者;

二、确认提出罢免案之法定人数不实者;

三、确认罢免案赞成票或反对票数不实者。

第四十九条　法院对于自治职员之罢免诉讼,准用第三十一条之规定。

第五十条　刑法关于妨害选举罪之规定,于妨害罢免准用之。

第四章　附　　则

第五十一条　本法施行后之第一次选举,凡本法所定由乡公所、镇公所或坊公所办理之事项,应由区公所办理之。

　　第五十二条　本法施行细则由内政部定之。

　　第五十三条　本法施行期间,关于乡镇者,以县自治完成之日为限;关于坊者,以市自治完成之日为限。

　　第五十四条　本法施行日期以命令定之。

　　　　　　　　(《国民政府公报》,1930 年 7 月 21 日。)

区乡镇坊调解委员会权限规程

（1931 年 4 月 3 日司法院行政院会同公布）

第一条　各县之区乡镇及各市之坊所设调解委员会，除区乡镇依照《区自治施行法》第二十八条、第二十九条、第三十条、第四十条，《乡镇自治施行法》第三十二条、第三十三条、第四十二条，坊依照《市组织法》第八十一条、第八十二条、第九十六条办理外，应依本规程行之。

第二条　区调解委员会受区公所之监督，乡镇坊调解委员会受乡镇坊公所之监督，处理调解事务。

第三条　调解委员会得办理之民事调解事项应受左列限制：

一、已经法院受理之民事案件，经调解后须依法定程序向法院声请销案；

二、依《民事调解法》正在法院附设之民事调解处调解时，不得同时调解。

第四条　调解委员会得办理之刑事调解事项，以左列刑法各条之罪为限：

刑法第二百四十四条及第二百四十五条之妨害风化罪；

刑法第二百五十五条及第二百五十六条之妨害婚姻及家庭罪；

刑法第二百九十三条及第三百零一条之伤害罪；

刑法第三百十五条第一项及第三百二十条之妨害自由罪；

刑法第三百二十四条至第三百三十条之妨害名誉及信用罪；

刑法第三百三十三条至第三百三十五条之妨害秘密罪；

刑法第三百四十一条第二项之窃盗罪；

刑法第三百六十一条第二项之侵占罪；

刑法第三百六十八条第二项之诈欺及背信罪；

刑法第三百八十条、第三百八十二条至第三百八十四条之毁弃损坏罪。

前项各款之罪经告诉者，于第一审辩论终结前仍得调解，但应由告诉人向法院依法撤回其告诉。

第五条　调解委员会调解事项应以两造同区为限，但两造不同区之案件，民事得由被告所在地、刑事得由犯罪地之调解委员会调解之。

第六条　调解委员会调解事项，应于调解以前报告于区公所或乡镇坊公所，其不能调解时仍应报告于区公所或乡镇坊公所，分别依照《区自治施行法》第二十八条第二项、第四十条，《乡镇自治施行法》第四十二条，《市组织法》第九十六条办理。

其调解成立者，应叙列当事人姓名年龄籍贯及事由概要并调解成立年月日，在区报告区公所，分报县政府及该管法院，在乡镇坊报告乡镇坊公所转区公所，分报县市政府及该管法院。

第七条　调解日期民事不得逾十日，刑事不得逾五日，但民事事项当事人自请延期调解者，得再延长十日。

第八条　刑事调解事项须验伤及查勘者，得由被害人或其法定代理人、保佐人、亲属、配偶报请当地区长或乡长镇长坊长验勘，开单存查，其不愿验勘者听之。

第九条　刑事案件除第四条所列各条外，区公所应依《区自治施行法》第三十九条第二项,乡镇公所应依《乡镇自治施行法》第四十一条第二项办理,立即报送法院核办。

第十条　民事调解事项须得当事人之同意,刑事调解事项须得被告人之同意始能调解,调解委员会不得有阻止告诉及强迫调解各行为。

第十一条　办理调解事项,除对于民事当事人及刑事被害人得评定赔偿外,不得为财产上或身体上之处罚。

第十二条　办理调解事项,除查勘实费由当事人核实开支外,不得征收费用或收受报酬。

第十三条　办理调解事项违反本规程第十条、第十一条、第十二条之规定者,各依刑法本条论罪。

第十四条　调解事项有涉及调解委员本身或亲属时,应即回避。

第十五条　本规程所称法院,于兼理司法之县政府准用之。

第十六条　本规程自公布日施行。

（蔡鸿源主编:《民国法规集成》(39),
黄山书社 1999 年版,第 266－267 页。）

县参议会组织法

(1932 年 8 月 10 日国民政府公布)

第一条　县参议会之组织,除《县组织法》已有规定外,依本法之规定。

第二条　县参议会为全县人民代表机关。

第三条　县参议会有议决左列事项之权:

一、关于筹备区长民选及完成县自治事项;

二、关于县单行规则事项;

三、关于县预算决算事项;

四、关于整理县财政收入、募集县公债及其他增加县民负担事项;

五、关于经营县公有财产及公有营业事项;

六、关于县民生计及救济事项;

七、关于促进县教育及其他文化事项;

八、县公民行使创制权提交审议事项;

九、县长交议事项;

十、其他应兴应革事项。

第四条　县参议员由县公民直接选举之。

县参议员选举法另定之。

第五条　县参议员之名额,在人口未满十五万之县为十五名,超过十五万者,每人口三万应增参议员一名。

第六条　县参议员之任期二年,得再被选。

第七条　县参议员于任期内因事故去职时,由候补当选人依法递补,其任期以补足前任未满之期为限。

第八条　县参议员不得兼任本县县政府及其所属机关公务员。

第九条　县参议员为无给职,但在开会期内,得按照地方情形酌给旅费。

第十条　县参议员于一会期内无正当理由而缺席至五次以上者视为辞职,即由候补当选人递补。

第十一条　县参议员对于县政府,不得保荐人员,或有其他请托情事。

第十二条　县参议会设议长副议长各一人,由县参议员用无记名投票法互选之。

议长或副议长因事故出缺时,应依前项规定,即日补选。

第十三条　县参议会开会时议长主席,议长有事故时,副议长主席,议长副议长具有事故时,由参议员互推一人为临时主席。

第十四条　县参议会每三个月开常会一次,但经县长或县参议员五分一之请求,应即召集临时会,常会临时会之会期,均不得逾一月。

第十五条　县参议会非有过半数参议员之出席,不得开议。

议案之表决以出席参议员过半数之同意行之,可否同数时,取决于主席。

第十六条　县参议会议案与参议员本身有关系者,非经县参议会之许可,不得与议。

第十七条　县参议会会议公开之,但主席或参议员三人以上提议经会议通过时，得禁止旁听。

第十八条　县参议会开会时，得请县长局长或科长列席报告或说明。

第十九条　县参议会决议案，咨送县长分别执行，如县长延不执行或执行不当时，县参议会得呈请该管上级机关核定之。

第二十条　县长认县参议会之决议案不当时，应即详具理由，送交复议，如全体参议员三分二以上仍执前议，而县长仍认为不当时，应即提付县公民依法复决之。

第二十一条　县公民对于县参议员得依法行使罢免权。

第二十二条　县公民对于县参议会得依法行使创制权。

第二十三条　县公民对于县参议会之决议，得依法行使复决权。

第二十四条　县参议会议事规则，由内政部定之。

第二十五条　本法施行日期及其区域，以命令定之。

（《国民政府公报》，1932 年 8 月 10 日。）

县参议员选举法

（1932 年 8 月 10 日国民政府公布）

第一章 总　　则

第一条　本法依《县参议会组织法》第四条第二项之规定制定之。

第二条　县参议员之名额,依《县参议会组织法》第五条之规定。

第三条　凡依法为县公民者,有选举县参议员之权。

第四条　有前条选举权之公民,年满二十五岁,具有左列资格之一者,得被选为县参议员:

一、曾在初级中学以上学校毕业者;

二、经自治训练及格领有证书者;

三、曾任职业团体职员一年以上者;

四、曾办地方公益事务著有成绩者。

第五条　有左列情事之一者,不得有选举权及被选举权:

一、褫夺公权者;

二、禁治产者;

三、吸用鸦片或其代用品者。

第六条　左列各款人员停止其选举权及被选举权:

一、现任本县区域内之公务员；

二、现役军人或警察。

左列各款人员停止其被选举权：

一、现任小学校教职员；

二、现在学校之肄业生；

三、僧道及其他宗教师。

第七条　县参议员之选举，以原有自治区为选举区，每区应选举县参议员名额以人口比例定之。

选举区中有按人口比例不敷选出参议员一名或于选出若干名外仍有零数，致参议员名额分配困难时，应比较各选举区零数之多寡，将余额依次归零数较多之区选出之，如两区以上零数相同时，以抽签定之。

各选举区县参议员名额之分配，由县选举委员会依前二项之规定拟定，请选举监督核准公告之。

第八条　县参议员之选举，以民政厅厅长为选举监督。

第九条　县参议员之选举事务，由县选举委员会办理之。

第十条　县选举委员会以县长为委员长，各区区长为委员。

第十一条　县选举委员会之办事规则由民政厅定之。

第十二条　县参议员之选举应于星期日或例假日行之，其日期由选举委员会拟定，请选举监督核准公告之。

第十三条　县参议员之选举，各选举区应于同日行之。

第二章　选举人名册及登记

第十四条　县选举委员会应于选举期前，按选举区造具选举人名册。

第十五条　县选举委员会应于办理登记十日前，将各选举区选举人姓名榜示于各该区之乡镇公所。

乡镇居民对于前项榜示认为有错误或遗漏时,得于榜示后五日内向各该乡镇公所声明更正。

第十六条　县选举委员会于选举期三十日前,在各乡镇公所设立选举人登记事务所,办理选举人登记事务,以乡镇长为登记事务员。

第十七条　登记事务员之职务如左:

一、掌管事务所之启闭;

二、审查登记者之是否合格;

三、保管选举人名册;

四、维持事务所秩序;

五、其他与登记有关系之事项。

第十八条　县选举委员会应于开始办理选举人登记五日前,将登记程序于各乡镇广为揭示之。

登记期间以十日为限,连星期日在内。

第十九条　县公民赴选举人登记事务所登记时,经登记事务员审查合格,应给与选举证一张。

选举证由登记事务员署名。

第二十条　县公民因登记事务不服登记事务员之审查时,得于五日内声请县选举委员会决定之。

第三章　选举人投票

第二十一条　选举人投票,各以本乡镇为投票区。

第二十二条　县选举委员会于选举时,分设投票所于各乡镇公所,以乡镇长为投票所事务员。

第二十三条　投票所事务员之职务如左:

一、掌管投票所之启闭；

二、发给投票纸；

三、保管投票匦及投票人名簿；

四、维持投票所秩序；

五、选定投票监察员；

六、其他与投票有关系之事项。

第二十四条　县选举委员会应编定各选举区之投票人名簿，并按定式制成投票匦，分交于各投票所。

投票人名簿应载明选举人姓名、性别、年龄、籍贯及住所或居所。

第二十五条　县选举委员会应按照定式制成投票纸，分交于各投票所。

第二十六条　投票人以列名于其本投票区之投票人名簿者为限，但被选举人不限于本乡镇之公民。

第二十七条　投票所除投票人、投票监察员及本所事务员外，他人不得擅入。

第二十八条　投票人应亲到投票，于领投票纸时缴验选举证，并在投票人名簿所载本人姓名下签字。

第二十九条　投票人每人只领投票纸一张。

第三十条　投票用无记名连记式行之。

第三十一条　投票人于投票所内除关于投票方法得与事务员问答外，不得与他人接谈。

第三十二条　投票所事务员应于投票人投票前，将投票匦当场启示，随将匦之内层封固，非至开票时不得再启。

第三十三条　投票人之选举票应自写自投，但不能自写者，得请本投票所临时指定代书人，于投票监察员监视下代写之。

第三十四条　投票人将票投入匦后应即退出。

第三十五条　投票人倘有冒替及其他违反法令情事,投票所事务员得制止其投票,但事后应将经过情形,报告县选举委员会。

第三十六条　投票完毕时,应将投票匦之外层严加封锁。

第三十七条　每一投票区设投票监察员十人,掌理投票时一切监察事务,由投票所事务员就投票人名簿所载选举人中选定年龄最长及最幼者各五人充之。

前项监察员应尽先投票,在场监察,非至投票完毕封锁匦之外层后,不得离投票所。

第四章　开票及检票

第三十八条　各投票区于投票完毕后,即日由投票所事务员及投票监察员共同将投票匦送至各该区公所,由区长依投票匦送到之先后顺序开票,开票时各该投票监察员均应莅场监视之。

第三十九条　各区长于开票完毕后,至迟于翌日将各该选举区选举结果,连同所有选举票,送县选举委员会核对公告之。

第四十条　县选举委员会于核对各选举区选举结果时,选举监督或其代表应莅场监视之。

第四十一条　县选举委员会于检票时,应将票数与投票人名簿签到人数对照。

第四十二条　凡选举票有左列情形之一者无效:

一、写不依式者;

二、夹写他事者;

三、字迹模糊不能认识者;

四、不用制定之投票纸书写者。

第五章　当选及应选

第四十三条　当选人以在各该选举区得票较多数者定之，票数相同时以抽签定之。候补当选人应以前项次多数者充之，其名额与当选人同。

第四十四条　各选举区当选人及候补当选人确定后，县选举委员会应将当选人、候补当选人姓名及所得票数分别榜示于各区之乡镇公所，并通知各该当选人。

第四十五条　当选人愿否应选，应于接到通知五日内答复，逾期不答复者，视为不愿应选。

当选通知书交到当选人住所或居所时，视为当选人接到通知之日。

当选人愿应选者，由选举监督发给当选证书。

第六章　选举及当选无效

第四十六条　有左列情事之一时选举无效：

一、选举人名册因舞弊涉及该册选举人达三分一以上，经法庭判决确定者；

二、选举办理违法，经法庭判决确定者。

第四十七条　一选举区之选举无效，与他选举区无涉。

第四十八条　选举无效经法庭判决后，应于十日内重行依法选举。

第四十九条　有左列情事之一时当选无效：

一、死亡；

二、被选举人资格不符，经法庭判决确定者；

三、当选票数不实，经法庭判决确定者。

第五十条　当选无效或当选人不愿应选时,应以各该选举区候补当选人依次递补之。

第七章　选举诉讼

第五十一条　选举人确认办理选举人有舞弊及其他违法情事时,得于当选人姓名榜示后五日内,向该管司法机关起诉。

第五十二条　选举人确认当选人资格不符或票数不实,及落选人确认所得票数应当选而未当选时,得以前条之规定起诉。

第五十三条　选举诉讼应先于各种诉讼审判之,并以一审为止。

第五十四条　关于选举之犯罪,依刑法处断之。

第八章　附　　则

第五十五条　本法有未尽事项或发生疑义时,由县选举委员会呈请选举监督决定之。

第五十六条　县选举委员会应于选举完毕后十日内,将选举经过情形呈报选举监督,并将选举票分别有效无效附送选举监督保存之,其保存期间为二年。

第五十七条　县选举委员会应将当选人、候补当选人姓名呈报省政府,转咨内政部。

第五十八条　本法施行日期及区域以命令定之。

(《国民政府公报》,1932 年 8 月 10 日。)

乡镇坊自治职员选举及罢免法施行细则

（1932 年 8 月 15 日内政部公布）

第一章　总　则

第一条　本细则依据《乡镇坊自治职员选举及罢免法》（以下简称本法）第五十二条之规定制定之。

第二条　本法第三条称依法候选人资格，系指《乡镇自治施行法》第十一条至第十三条及《市组织法》第八十九条至第九十一条所规定者而言。

第二章　选　举

第三条　本法第七条规定之选举监理员、投票管理员及开票管理员，经区公所派定后，应在开会前向区公所领取投票录、开票录。

第四条　本法第十二条规定投票人名簿，及第十六条规定之投票纸、投票瓯，区公所均应按照本部定式制备之。

前项投票纸须盖区公所钤记，投票瓯于选举后仍缴区公所保管之。

第五条　公民于选举日领取投票纸时，除照本法第十七条规定者外，投票管理员并得按名查询，如疑为非本人时，须有其他公民为之证明。

前项证明之事实，须记载于投票录。

第六条　公民因错误污损投票纸时，得请求换给。

前项投票纸之换给，投票管理员须将其原因及该公民之姓名记载于投票录。

第七条　选举票除依本法第二十五条规定者外，其字迹舛讹或模糊不清者，亦应作废。

第八条　投票人除本法第二十一条之规定者外，有左列情形之一者，选举监理员及投票管理员得商请大会主席，令其退出：

（一）在大会内喧嚷叫嚣扰乱秩序者；

（二）在大会内于投票时窥视私语，交换投票者；

（三）携带凶器入会场者；

（四）在大会内有其他不正当行为不服制止者。

第九条　公民因前列各款被令退出者，投票管理员应收回其投票纸，将该公民姓名并退出缘故记载于投票录。

第十条　投票管理员应于投票前将投票匦当众开验，投票后即由选举监理员当众封锁，由投票管理员保管之。

第十一条　投票纸须公民自行投入投票匦，投票毕应即退出。

第十二条　选举监理员须于投票及开票时亲自临场监视，不得委托他人代理。但因特别事故缺席时，应由大会主席临时就大会中公民指派代理，并呈报备案。

前项缺席监理员及临时代理监理员姓名，应分别记载于投票录或开票录。

第十三条　公民投票时，投票管理员须有二人在投票匦侧，各记投入票数，记数完毕后，报告于选举监理员。

前项报告，选举监理员应会同投票管理员核对二人所记之总数,记载于投票录,并当众宣布之。

第十四条　投票后,应随即在大会场举行开票。但投票人数满一千人以上时,得展至次日举行。开票时刻由乡民大会、镇民大会或坊民大会主席决定宣布之。

第十五条　开票时,由保管投票瓯之投票管理员将票瓯交由开票管理员及选举监理员,当众验明封识,再行开瓯。

第十六条　开票管理员于开票完毕后,须会同选举监理员决定有效票若干,无效票若干,分别记载于开票录,并当众宣布之。

第十七条　开票管理员须会同选举监理员,将投票纸总数与投票人数分别记载于投票录。投票纸总数与投票人总数有增减时,应附记增减理由,并当众宣布之。

第十八条　开票时,开票管理员当会同选举监理员将各被选人姓名及被选职务当众宣布,并分计票数于票数计算表。

第十九条　当选人名次以得票之多寡为序。票数相同者由乡民大会、镇民大会或坊民大会主席当场抽签定之。

第二十条　当选人根据本法第二十六条各项规定之理由声请辞退者,须于选举公布后五日内提出具体证明,向区公所声请之。

第二十一条　凡同居之家属,不得同时为乡镇坊自治职员选举之当选人。其同时当选者,依左列之规定办理:

（一）当选之职务不同者,首以乡长、镇长或坊长,再以乡监察委员、镇监察委员或坊监察委员为有效;

（二）当选之职务相同者,以得票多者为有效。票数相同者,由乡民大会、镇民大会或坊民大会主席当场抽签定之。

第二十二条　当选人宣布后,由乡民大会、镇民大会或坊民大会依左列秩序,报由区公所转报县政府或市政府办理:

（一）当选之乡长、镇长或坊长,按当选秩序开具前列二

人姓名,请由县长或市长择委一人,发给委任状;

（二）当选之副乡长、副镇长或副坊长,依决定额数,按当选次序加倍开具前列当选人姓名,请由县政府或市政府照额择委,各发给委任状;

（三）当选之乡监察委员、镇监察委员或坊监察委员,依决定额数,按当选次序开具前列当选人姓名三人或五人,请由县政府或市政府备案,各发给当选证书。同时并按当选次序将次多数当选人,开具候补监察委员三人或五人,报县政府或市政府备案。

前项委任状及证书,须依照本部定式。

第三章 罢 免

第二十三条 区乡镇坊各监察委员会审查本法第三十四条规定之罢免案时,应正式召集会议,并公布会议日期及议事日程。

前项会议,应于收到罢免案三日内举行之。

第二十四条 区乡镇坊各监察委员会审查罢免案后,应即将审查结果公布,并呈报备案。

第二十五条 提出罢免案人有被压迫或冒替者,得提出书面[声请],[口头]声请无效。

前项书面声请,于区乡镇坊各监察委员会审查罢免案会议前提出,交由各该监察委员会合并审查。

第二十六条 本法第四十二条规定之罢免案投票纸,区公所应照本部定式制备之。

第二十七条 依照本法第四十六条之规定,大会主席于罢免案表决后,应照定式制成罢免案投票录、开票录,呈报上级机关。

第二十八条 罢免案投票开票一切手续,除有特殊规定者外,其他概照本细则选举各条办理之。

第四章 附 则

第二十九条 本细则自本法施行之日施行。

（姚谷孙编：《县区行政法规解释集成》上册，
上海大东书局 1936 年版，第 752—762 页。）

各县市办理地方自治人员
考核及奖惩暂行条例

（1933 年 4 月内政部公布）

第一条　各县市办理地方自治人员之奖惩，除法令别有规定外，依本条例行之。

本条例所指之地方自治人员，系指区长、乡镇坊长及保甲长等各级人员而言。

第二条　奖励分左列五种：

（一）传令嘉奖；

（二）记功；

（三）记大功；

（四）加俸或升叙；

（五）给与奖章或褒状。

第三条　惩戒分左列五种：

（一）申诚；

（二）记过；

（三）记大过；

（四）减薪或降等；

（五）停职或撤职查办。

第四条　各县市政府对于办理地方自治人员，每年考核两次，于六月底及十二月底行之。

第五条　办理地方自治人员有左列事实之一者,应查核情节,酌予奖励:

（一）宣扬党义,训练民众,指导人民团体组织,确著成效者;

（二）应用调查统计方法,斟酌人民需要,拟定地方自治实施计划,并能按照步骤逐渐推行者;

（三）办理土地测量,户口调查及人事登记,均能如期完竣,且详审精确者;

（四）办理地方保卫,协缉盗匪,全境安宁者;

（五）遇有非常事故,能临机应变,保持境内秩序者;

（六）提倡民众教育,改良私塾,使全境人民识字达百分之五十以上者;

（七）兴办农田、水利或矿务已见功效者;

（八）修筑道路、桥梁、堤岸及疏浚水道,与其他交通事项,著有成绩者;

（九）荒地开辟,各区在千亩以上,每乡在百亩以上者;

（十）改良业佃契约,并办理各种调解事务,廉明公正,舆论洽服者;

（十一）劝导植树,每乡在二千株以上,每区在二万株以上者;

（十二）提倡并指导组织各种生产、消费、运销等合作社,使人民生活改善者;

（十三）境内人民已无设立赌场及吸种鸦片或其他代用品者;

（十四）境内人民已无蓄婢、纳妾、缠足、穿耳、束胸等情事者；

（十五）境内已无淫祠、淫祀及迎神赛会等不良风俗者；

（十六）办理仓储积谷，足敷全境三个月以上之民食者；

（十七）提倡服用国货，及改良各种土产，确著成绩者；

（十八）倡办新式农、工、商业及其他公营事业，卓著成绩者；

（十九）倡办民生工场及其他救济事业，使境内无游民乞丐者；

（二十）倡导国民体育及各种卫生、清洁运动，并预防灾疫，确著成效者；

（二十一）整理公款、公产、涤除积弊，并筹集公积金，以为自治事业经费者；

（二十二）设备各种农业仓库，调剂粮价及农村金融，并使全境无高利借贷盘剥农民者；

（二十三）办理赈务异常出力，使境内灾民无流离失所者；

（二十四）热心任事，勤俭自持，且在任内无一次控案，经查明确有声誉者。

第六条　办理地方自治人员有左列事实之一者，应查核情节，酌予惩戒：

（一）违背党纲、党义，措置乖谬者；

（二）违法舞弊，查有实据者；

（三）越权罚款，或未经呈准擅自募捐者；

（四）因循敷衍，不思振作，或畏难藉故率请更调者；

（五）奉行法令不力，贻误要公者；

（六）把持地方，不洽舆情者；

（七）疏于防范，致酿成事变发生重大损害者；

（八）擅挪公款在一百元以上者；

（九）有不良嗜好者；

（十）纵容员役凌压民众，或挑唆民众感情致酿事故者；

（十一）有其他不称职情事者。

第七条　对于区长之惩奖，由市县政府详叙事实，呈报上级政府核准行之。但区长在民选实行以前，关于第三条第四第五两款惩戒处分，应依公务员惩戒法第十一条之规定办理。

对于乡镇坊或保甲长等惩奖，由区长详叙事实，呈报县市政府行之。

第八条　考核办法，按上、上中、中、中下、下五等，分别奖惩：

（一）考核上等者，记大功或加俸；

（二）连考上等者，升叙或给予褒状；

（三）考列上中等者，记功或传令嘉奖；

（四）考列中等者，留职；

（五）考列中下等者，申诫或记过；

（六）考列下等者，免职。连考中下等者，以考列下等论。

第九条　奖惩办法，除定期举行外，遇有特别事件时，亦得随时专案呈报办理。

第十条　记功三次，作为一大功；记过三次，作为一大过。传令嘉奖或申诫逾二次者，得记一功或一过，并得互相抵销。

第十一条　各级自治人员到职不满三个月者，不加考核。

第十二条　办理各级自治人员之考核表式，由内政部定之。

第十三条　本条例施行后，所有各省市单行之区长奖惩规则，及其他办理自治人员之考核或奖惩规章，凡与本条例抵触者，概不适用。

第十四条　本条例呈奉行政院核准施行。

（《县区行政法规解释集成》上册，

第 823—830 页。）

各省设立县政建设实验区办法

（1933 年 8 月 16 日内政部公布）

一 总 纲

一、各省为改进地方人民生活，实现地方建设起见，得根据本办法之规定，设立县政建设实验区（以下简称实验区）。

二、实验区之范围，原则上以县为单位，但必要时亦得扩充为数县。

三、实验区著有成效后，应随时推广及于他县，于必要时得呈准于本实验区内设立训练机关，负责训练各种建设人员，以供其他各县办理县政建设之用，其办法由各省斟酌地方情形订定之，咨报内政部查核备案。

四、各省为比较实验之效果并便于观摩起见，得就风土民情不同之地方设立两个以上之实验区。

五、实验区之选定，以具有左列条件之一者为合格：

    1. 该区情形可代表本省一般情形者；

    2. 交通便利地位适中者；

    3. 从前办理自治较有成绩者；

    4. 地方有领导人才且能出力赞助者；

    5. 实验场所有相当设备者。

六、各省实验区之选择及其计划大纲,应由省政府会议决定之。

七、各省择定实验区决定设置时,应由省政府开明实验区设置地点、管辖范围及其进行步骤,咨请内政部转呈行政院备案。

八、各省自治筹备委员会对于实验区进行事项有辅助考查之责。

二　组织及权限

九、实验区内县政府应比一般县政府之权限扩大,必要时并得设立县政建设委员会,集合专家,负调查事实、订定计划、训练人才及实地试验之责任,其委员会及县政府之组织办法,由省政府订定,咨请内政部核准备案。

十、实验区之行政,范围在一县者由县长负责,在两县以上者由各该县县长负责,于必要时得另组区公署,设区长官一人,总揽实验区内一切行政事宜。

十一、实验区内之县长或区长官,由省政府选择学识优良、经验丰富之合格人员担任之,区长官为简任职,其任用手续均依照县长任用法之规定办理。

十二、实验区内之县政府机关之改组或扩充以及区公署之组织,由省政府拟定详细办法,咨请内政部转呈行政院备案。

十三、实验区执行中央及省之法令确认为有碍难时,得斟酌变更之,但须呈转中央核准备案。

十四、实验区应事实之需要得制定各种单行规则。

十五、实验区之事权范围如左:

　　1. 依法令属于县者;

　　2. 虽非县之事权而有实验性质者;

3. 上级政府特别交办者。

十六、实验区与省之权限及国家之行政权与地方自治权均应明白划分，其办法另订之。

十七、实验区内之县应在其他各县之先依法成立人民代表机关，实行监督财政、审核法规，以树立民治之基础。

十八、实验区内之县，其自治事业已到达《建国大纲》第八条规定之程度者，是为自治完成之县，其人民有直接选举及罢免官吏之权，有创制及复决法律之权。

三 经 费

十九、实验区之经费，应就地方收入款内保留百分之五十以上充之。

前项所称地方收入，以二十年十一月二日国民政府公布之办理预算收支分类标准案内列举之地方收入各项为限。

二十、实验区之经费除前条规定之收入外，如有不足时应呈请省政府酌量由省库补助，其原有之一切附加及苛捐杂税应分别蠲免或整理之。

二十一、凡属于省经营之事业或具有全省一致性质之试验事业，其经费应由省库筹拨。

二十二、实验区应注意公营事业，以其收益办理地方公共事业。

二十三、实验区之一切公有财产，另组地方产款委员会保管之。

二十四、实验区应实行预算制度，按期编制预算及决算书，送请省政府审定之。

二十五、实验区之财政应实行公开，并厉行统收统支办法，绝对不许各机关任意分割或挪用。

四　实施之方式与程序

二十六、实验区之县政实施程序应分为以下两个时期：

　　1.行政整理时期　如财务行政、公安行政、教育行政之整理等；

　　2.地方建设时期　如测量土地、修筑道路、改良农事、提倡合作、添设学校、普及教育及医疗救济设备等。

以上两时期之工作必须循序举办，在第一时期应以整饬吏治、涤除积弊为中心之工作，并须特别注重整理财务行政及公安行政。

二十七、实验区得按交通、文化、物产及社会组织之状况将全境划分为几个不同性质之区域，在每一区域中选择适合于当地人民需要之中心事业从事实验。

二十八、实验区之县政设计及实施事项，应注意下列各原则：

　　1.一切设施须根据现实环境之需要与当地人民之程度定之，勿重形式，勿求速效；

　　2.实施计划应先就已推行之事项加以整理，排除消极之障碍，避免不必要之纷更；

　　3.随时随地与其他各种专门团体及机关分工合作，联络进行；

　　4.从各种实验事业中训练人民、培养专才；

　　5.办理地方行政及自治人员，对于书面报告、表式填写以及不切实际之标语口号，宜力求减少，务须深入农村，设法解除农民痛苦；

　　6.注意人民团体组织，辅导人民实行自治；

　　7.采取"政""教""富""卫"合一办法，以适当之步骤实

现整个之计划,谋农村之兴复;

8.办法力求简易与普及,以期减少人民负担,并为大多数人口谋利益;

9.一切事业之进行须具有实验之精神,以便将来得根据行于他县。

五　附　项

二十九、本办法如有未尽事宜,得由内政部随时提出修订之。

三十、本办法由行政院核准后施行。

三十一、本办法施行前各省已有类似县政建设实验区之组织,其原定名称办法及其关系章则如不便更改时,均得暂准适用。

但应由省政府开明办理经过及组织情形,并检同该项办法章则,咨送内政部转呈行政院备案。

（徐百齐编:《中华民国法规大全》(一),
商务印书馆 1936 年版,第 542—543 页。）

改进地方自治原则

（1934 年 2 月内政部公布，同年 8 月修正第二项条文）

一、确定县与市为地方自治单位。

县为一级，县以下之乡镇村等各自治团体均为一级，直接受县政府之指挥监督。

市为一级，市以下如有乡镇村则均为一级，其组织与县同。

在地域人口经济文化等情况特殊之处，得立为特例，设区为自治行政区域。

二、地方自治之进行分为三期如左：

（一）扶植自治时期。

县市长依法由政府任命；

设县市参议会，得由县市长聘任一部分专家为议员；

乡镇村长等由各乡镇村人民选举三人，由县市长择一委任。

（二）自治开始时期。

县市长依法由政府任命；

县市议会由人民选举；

乡镇村长等由人民选举。

（三）自治完成时期。

县市长民选；

县市议会民选；

乡镇村长等民选；

人民开始实行罢免创制复决各权。

以上三期之进行程序由各省市政府决定，报经内政部核准备案。

三、推行地方自治之程序及方式。

推行自治应因时因地而有不同，中央只宜作大体及富有弹性之规定，在各县及隶属省政府之市由省政府分别拟定程式咨请内政部核准行之，在各直属市由内政部分别拟定程式呈请行政院核准行之，为适合各地方之特殊情形及便利推行政令起见，每省至少应设置县政建设实验区一处或分区设置实验县若干处，统一"政""教""富""卫"各种组织与事业，以为研究及实验之中心，而期达到政治社会化、行政科学化之目的。

（《中华民国法规大全》（一），第 584—585 页。）

各省县市地方自治改进办法大纲

（1934 年 3 月 3 日内政部咨各省政府）

一、确定县市为自治单位，在训政时期，县市政府所有设施应注重由上而下实行训政，县市行政与自治须打成一片，不可勉强分开。

二、切实整理县市行政，充实县市政府之组织与职权，增进行政上之效率，以为实施地方自治之初步。

三、在训政时期之区公所，应认为县市以下之佐治机关，其一切进行事业均须受县市长之指挥监督，在此时期区长及其他自治职员之选举应暂缓举行。

四、区乡镇坊划分过细者应酌量合并之，其划分区域并宜与警区学区一致，以便联络办事，各乡镇坊公所为办理特种事务时并得联合组织。

五、区乡镇公所应酌置专门人员，以办理各种地方建设事业，县政府应随时指派得力人员至区乡镇公所指导督促，必要时并得分区设置乡村建设办事处以谋乡村事业之发展，各乡镇公所为事业上之需要亦得随时请求县政府或区公所派遣专门人员指导进行，不另支薪，如在人才缺乏之地方，县政府及区公所得分区分期指导之。

六、各县市区长之委用，除已受训练者外，得择用当地负有声望而热心办事之人员,其办法由省政府另订之。

七、现在立法院正在修订各项自治法规,在新法规未公布施行以前,民选乡镇坊长副及监察委员、调解委员等任期得酌量延长一年,其成绩不良者不在此限,其尚未民选乡镇坊长之地方应一律暂缓选举,以免将来多所纷更。

八、县市政府应于最短期内切实指导并督促各区乡镇坊公所办竣下列各种事项:

  1.办理社会调查及统计;

  2.严密保卫组织;

  3.实施民众教育;

  4.发展社会经济,改进民众生活(县市政府须指导农民组织各种合作社,筹设各县农民银行或分行,设立借贷所、农业生产储蓄会,改良农具及农产品、修筑堤坝水闸河流道路、造林及举办农业仓库、实施卫生检查等);

  5.指导并协助民众组织各种社会团体(特别注意人民固有之组织,其不善者应改进之,利用人民固有团体之组织与经费发展地方事业,并藉此养成人民互助合作之习惯,训练四权之行使)。

九、每一自治公所至少应办一种地方事业(应按照第八条第四项列举各种事业择一办理,以引起人民对自治之信仰)。

十、县市行政经费与自治经费不能勉强分开,惟应确定预算,注重事业费,各项办公费须尽量减少,如经费困难,在农隙时得督促各乡镇实施义务劳力制度,以举办各种地方事业(其不能劳力者得以相当代价免除之)。

十一、举办各种事业,须酌量地方实际情形分别先后次第实施,不可一律限期完成,徒重形式。

十二、在乡镇坊长副已为民选之地方，仍须兼用行政监督权实行监督（现在人民之训练尚未达相当时期，人民之罢免权尚难行使，亦不宜轻用，故行政监督权甚为重要）。

十三、此后训练自治人员应选取各当地之成年而有相当资格者加以训练，并特别注意民众教育、合作组织、公共卫生、农业改良、人民自卫等课程，以造成专门事业人才为目的，同时亦须按照区乡镇现任自治人员训练所章程之规定，训练区乡镇坊现任自治人员。

十四、本办法大纲由各省政府参酌地方情形分别拟订实施办法，咨报内政部备案。

十五、本办法大纲由内政部呈请行政院备案。

（《中华民国法规大全》（一），第589－590页。）

改进地方自治原则要点之解释

（1934 年 3 月内政部令）

一、《改进地方自治原则》为一切自治法规之最高原则，现行自治法规及最近颁行之改进地方自治办法大纲不违本原则者仍旧适用，如与本原则冲突者，应以本原则之规定为准。

二、现在各级自治组织如与《改进地方自治原则》不符而不急须改革者，得俟立法院修订法规公布后再行办理，以免多所纷更。

三、地方自治团体组织系统。

县为一级，乡镇村为一级，系两级制，在情形特殊之处可立特例，设区于县与乡镇村之间，为自治行政区域，其系统图如下：

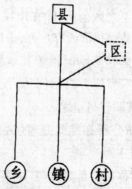

市为一级，系采用一级制，但市以下如有乡镇村者得为一级，

此为变例,非必须设立者,其图如下:

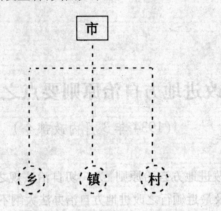

四、乡与村之区别。凡地方人民联合数村而成一自治团体者为乡,聚居同一之村庄独成立自治团体者为村。

五、乡镇村自治团体得依人口、区域等状况分为若干等级,依等级而定其组织范围之大小,但其自治权限则不因等级而有差异。

六、现有乡、镇、坊以下之闾、邻组织,得由地方政府斟酌情形变通办理,不为固定的统一的制度,亦在本原则内不加规定。

七、现有县市以下之区公所,除在地域、人口、经济、文化等情况特殊之处,得立为特例仍继续存在外,余均一律取消。如有必要时,得由县市政府斟酌情形临时设置其他相当之组织(如乡村建设办事处之类),但不为地方自治团体,仅为辅佐县市政府之机关。其组织方法及其职权另定之。

现有市以下之坊公所亦准此办理(区长或坊长原由民选者,可存续至任满时为止)。

八、《原则》上所称扶植自治时期,即实行训政之时期,在此时期,政府须运用其行政权,由上而下完成训政时期初步之工作——

如成立自治机关、办理户口调查、公民登记及训练民众等。

九、扶植自治时期之县市参议会，《原则》上规定得由县市长聘任一部分专家为议员，其聘任之成分及其产生之方法，在法律未经规定以前，可由各省政府及直辖市政府分别拟定办法，报经内政部核准行之。

十、《原则》上所称自治开始时期，即官督民治之时期，在此时期，人民之智识能力尚属幼稚，政府仍须实施行政监督权，以期完成训政。故在此时期，人民虽有选举［县］市参议员及选举乡镇村长之权，而议员及乡镇村长等免职及违法失职处分之权，仍归政府依法办理

十一、《原则》上所称自治完成时期，即宪政开始之时期，在此时期，《建国大纲》第八条所规定之条件业已备具，训政所应有之工作业告完成，故政府实行归政于民。

十二、关于省以下各县市之自治进行程序（如某县市已达自治开始时期，某县市尚在扶植自治时期，以及由扶植时期进至开始时期、由开始时期进至完成自治时期所需经过之时间等）由各省政府根据各县市进行实况拟定，报经内政部核准备案后行之。

十三、推行自治之程序及方式——如各期进行之事项及其进行之办法等——在隶属各省之县市，由各省政府拟定，报由内政部核准办理；在直属行政院之市，由各市政府先行拟定，报由内政部核转行政院决定办理。

（《县区行政法规解释集成》上册，第634—638页。）

修正改进地方自治原则要点之解释

（1934 年 5 月内政部咨各省政府）

一、《改进地方自治原则》为一切自治法规之最高原则，现行自治法规及最近颁行之《地方自治改进办法大纲》不违背本原则者仍旧适用，如与本原则冲突者，在未经修订前应暂以本原则之规定为准。

二、现在各级自治组织如与本原则规定不符而不急须改革者，得俟立法院修订法规公布后再行办理，以免多所纷更。

三、地方自治团体组织系统。

县为一级，乡镇村为一级，系两级制，在情形特殊之处可立特例，设区于县与乡镇村之间，为自治行政区域，其系统图如下：

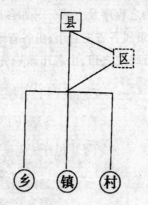

市为一级,系采用一级制,但市以下如有乡镇村者得为一级,此为变例,非必须设立者,其图如下:

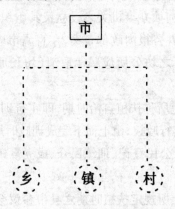

四、乡与村之区别。凡聚居同一之村庄独自成立自治团体者为村,其不能独自成立自治团体之小村落并入邻近之村或联合邻近之若干小村而为自治团体者为乡。

五、乡镇村自治团体地位相等,但得[依]人口、区域等状况分为若干等次,依等次而定其组织范围之大小,但其权限不因等次而有差异。

六、现有乡镇坊以下之间邻组织等,由地方政府斟酌情形变通办理,因其非为自治团体,且不为固定的统一制度,故在本原则内不加规定。

七、现有县以下之区公所,在地域、人口、经济、文化等特殊情形之处,县政府对于所属乡村有统治上之困难而其地方已有相当之自治基础者,得省政府核准,报由内政部备案,立为特例,仍继续存在,成为自治团体。

八、现有各区公所,除前条规定者外,县市政府为便利行政管理及促进地方建设起见,亦得因其必要,酌量保留或改组之,但均为辅佐县市政府之办事机关(如青岛市之乡村建设办事处),不为地方自治团体。前项办事机关之设立及其组织办法,在各县市应呈请省政府核准并咨报内政部备案,在直属市应咨报内政部查核备案,现有市以下之坊公所应一律取消(坊长原由民选者可存届至任满为止)。

九、《原则》上所称扶植自治时期,即实行训政之时期,在此时期,政府须运用其行政权,由上而下完成训政时期初步之工作——如办理户口调查、公民登记、训练民众、成立乡镇村及县市参议会自治组织等。

十、《原则》上所规定扶植时期之县市参议会与现行法规所称之县市参议会性质不同,以产生方法而言,现行法之县市参议会相当于新颁《原则》之县议会。

十一、在县参议会成立以前,应先行完成乡镇村之自治组织,乡镇村长以外仍可设副乡镇长,均应各选三人,报请县长分别择委。

十二、扶植自治时期之县市参议会议员,其名额仍依现行县市参议会组织法之规定,县市长聘任之专家议员名额不得超过规定议员全额之半数。

十三、聘任议员之资格,在法律未经规定以前,以具左列条例之一者为合格:

  1. 对自治制度有研究者;

  2. 办理地方自治有经验者;

  3. 从事地方公益及生产事业著有成绩,且对地方自治有深切之了解者。

十四、聘任议员之成分及产生方法,暂由各省政府及直属市政府拟定,报经内政部核准行之,其余一部分议员应依照现行县市参议员选举法选举之。

十五、凡县市之下级组织已经完成,而训政之初步工作并经办到者,即行依照《原则》第二项第二款之规定办理。

十六、《原则》上所称自治开始时期,即官督民治时期,在此时期,人民之智识能力尚属幼稚,政府仍须实施行政监督权,以期完成训政。故在此期内,人民虽有选举县市参议员及选举乡[镇]村长之权,而议员及乡镇村长等免职及违法失职处分之权,仍归政府依法办理。

十七、各县市依本《原则》第二项第二款成立县市议会者,可即称为县议会或市议会,在县市议会组织法及县市议员选举法未颁布以前,现行县市参议会组织法及选举法仍旧适用。

十八、《原则》上所称自治完成时期,即宪政开始之时期,在此时期,《建国大纲》第八条所规定之条件业已备具,训政时期应有之工作业告完成,故政府实行归政于民。

十九、一省以内之各县,得根据其自治进展之实况而分别成立县参议会(扶植自治时期)或县议会(自治开始时期),不必勉强画一。

二十、实验区或实验县之自治组织及其办法既属实验性质,得不适用本《原则》之规定。

二十一、关于省以下各县市之自治进行程序(如某县市已达自治开始时期,某县市尚在扶植自治时期,以及由扶植时期进至开始时期、由开始时期进至完成自治时期所需经过之时间等)由各省政府根据各县市进行实况拟定,报经内政部核准备案后行之。

二十二、推行自治之程序及方式(如各期进行之事项及其进行之办法等),在隶属各省之县市由各省政府拟定,报由内政部核准办理,在直属行政院之市由各市政府先行拟定,报由内政部核转行政院决定办理。

（《中华民国法规大全》(一),第 585—587 页。）

扶植自治时期县市参议会暂行组织办法

（1934 年 8 月 11 日行政院公布）

一、本办法根据《改进地方自治原则》及《修正改进地方自治原则要点之解释》制定之。

二、扶植自治时期县市参议员（以下简称参议员）之名额依现行县市参议会组织法之规定，但在人口稀少人选困难县分，得由省政府拟定名额，咨请内政部核定之。

三、聘任参议员名额及资格，依解释第十二及第十三项之规定。

四、民选参议员应依现行县市参议员选举法选举之，其有特殊情形须变通办理者，应详叙理由，报请内政部核准行之。

五、参议员任期一年。

六、民选参议员于任期内因故去职时，由候补当选人依次递补；聘任参议员因故去职时，由县市长另聘，均以补足前任未满之期为限。

七、扶植时期县市参议会（以下简称参议会）之职权依现行县市参议会组织法第三条之规定。

八、县市参议会之经费预算由参议会拟定，函请县市政府转呈民政厅核准，由县市政府地方款项下拨给，在直属市应由参议会拟定，函请市政府转咨内政部核准，由市政府拨给。

九、现行市县参议会组织法第八至第二十条之规定,扶植时期县市参议会适用之,但第二十条内"提供市县公民依法复决之"应代以"呈请该管上级机关核定之"。

十、县市参议会对县市长交议案件应提前审议,如延不审议,县市长得于本届会议闭会后呈上级机关核准行之,但在闭会前一星期内交议者不在此限。

十一、参议会因审查提案之便利,得分为法制、社会、教育、建设、财政、警卫、地政等组。

前项各组之设置及人员之推选由参议会议决定之。

十二、县市参议会设书记长一人,书记一人至三人,并依事务之繁简得酌用雇员,其名额由县市政府拟定,报请上级机关核定之。书记长由议长副议长提请县市参议会议决任用之,书记雇员由议长副议长委任之,并函县市政府转报上级政府机关备案,但均不得由参议员兼任。

十三、议长副议长掌理日常事务,并指挥监督会内各职员。

十四、议长副议长如有放弃职守情事,得由县市参议员三分之一以上之提出,经参议会之议决,函县市政府转请上级监督机关核准改选之。

十五、县市参议会议决案,应于每次会毕后呈民政厅备案,在直属市应送内政部备案。

十六、县市参议会议长副议长选举及改选,应连同选举票函由县市政府报请民政厅查核备案,在直属市函由市政府报请内政部查核备案。

十七、市参议员不得按月支定额公费。

十八、县参议员缺席次数至每届会期开会次数三分一以上者,不得支领旅费。

十九、县市参议会开会由议长副议长召集,但在议长副议长未选定前,由县市长召集之。

二十、县市参议会定期开会时,应函由县市政府转报上级监督机关备案。

二十一、市参议会常会会期不得逾三星期,临时会会期不得逾二星期。

二十二、县市参议会议事规则及办事细则由县市参议会自行拟订,函由县市政府呈请民政厅备案,在直属市函由市政府送请内政部备案。

二十三、本办法呈行政院核准公布后施行。

（《中华民国法规大全》(一),第 636—637 页。）

区乡镇坊调解委员会权限规程

(1935 年 11 月 8 日修正公布)

第一条　各县之区乡镇及各市之坊所设调解委员会,除区乡镇依照《区自治施行法》第二十八条、第二十九条、第三十条、第四十条,《乡镇自治施行法》第三十二条、第三十三条、第四十二条,坊依照《市组织法》第八十一条、第八十二条、第九十六条办理外,应依本规程行之。

第二条　区调解委员会受区公所之监督,乡镇坊调解委员会受乡镇坊公所之监督,处理调解事务。

第三条　调解委员会得办理之民事调解事项应受左列限制:

一、已经法院受理之民事案件,经调解后须依法定程序向法院声请销案;

二、依民事调解法正在法院调解者,不得同时调解。

第四条　调解委员会得办理之刑事调解事项,以左列刑法各条之罪为限:

刑法第二百二十九条及第二百三十条之妨害风化罪;

刑法第二百三十八条及第二百三十九条之妨害婚姻及家庭罪;

刑法第二百七十七条第一项、第二百八十一条及第二百八十四条之伤害罪;

刑法第二百九十八条第一项及第三百零六条之妨害自由罪；

刑法第三百零九条第一项及第三百一十条、第三百一十二条、第三百一十三条之妨害名誉及信用罪；

刑法第三百一十五条至第三百一十八条之妨害秘密罪；

刑法第三百二十四条第二项之窃盗罪；

刑法第三百三十八条准用第三百二十四条第二项规定之侵占罪；

刑法第三百四十三条准用第三百二十四条第二项规定之诈欺背信罪；

刑法第三百五十二条及第三百五十四条至第三百五十六条之毁弃损坏罪。

前项各款之罪经告诉者，于第一审辩论终结前仍得调解，但应由告诉人向法院依法撤回其告诉。

第五条　调解委员会调解事项应以两造同区为限，但两造不同区之案件，民事得由被告所在地，刑事得由犯罪地之调解委员会调解之。

第六条　调解委员会调解事项，应于调解以前报告于区公所或乡镇坊公所，其不能调解时仍应报告于区公所或乡镇坊公所，分别依照《区自治施行法》第二十八条第二项、第四十条，《乡镇自治施行法》第四十二条，《市组织法》第九十六条办理。

其调解成立者，应叙列当事人姓名年龄籍贯及事由概要并调解成立年月日，在区报告区公所，分报县政府及该管法院，在乡镇坊报告乡镇坊公所，转区公所分报县市政府及该管法院。

第七条　调解日期民事不得逾十日，刑事不得逾五日，但民事事项当事人自请延期调解者得再延长十日。

第八条　刑事调解事项须验伤及查勘者，得由被害人或其法定代理人、保佐人、亲属、配偶报请当地区长或乡长镇长坊长验勘，开单存查，其不愿验勘者听之。

第九条　刑事案件除第四条所列各条外，区公所应依《区自治施行法》第三十九条第二项，乡镇公所应依《乡镇自治施行法》第四十一条第二项办理，立即报送法院核办。

第十条　民事调解事项须得当事人之同意，刑事调解事项须得被告人之同意始能调解，调解委员会不得有阻止告诉及强迫调解各行为。

第十一条　办理调解事项，除对于民事当事人及刑事被害人得评定赔偿外，不得为财产上或身体上之处罚。

第十二条　办理调解事项，除查勘实费由当事人核实开支外，不得征收费用或收受报酬。

第十三条　办理调解事项违反本规程第十条、第十一条、第十二条之规定者，各依刑法本条论罪。

第十四条　调解事项有涉及调解委员本身或亲属时，应即回避。

第十五条　本规程所称法院，于兼理司法之县政府准用之。

第十六条　本规程自公布日施行。

（《民国法规集成》(39)，
第267—268页。）

县各级组织纲要

（1939 年 9 月 26 日行政院公布）

甲 总 则

一、县为地方自治单位，其区域依其现有之区域。县之废置，及区域之变更，应经国民政府核准。

二、县按面积、人口、经济、文化、交通等状况，分为三等至六等；由各省政府划分，报内政部核定之。

三、地方自治之实施办法，以命令定之。

四、县以下为乡（镇），乡镇内之编制为保甲。县之面积过大，或有特殊情形者，得分区设署。

凡教育、警察、卫生、合作、征收等区域，应与前项区域合一。

五、县为法人，乡（镇）为法人。

六、中华民国人民，无论男女，在县区域内居住六个月以上，或有住所达一年以上，年满二十岁者，为县公民，有依法行使选举、罢免、创制、复决之权。

有下列情形之一者，不得有公民资格：（一）褫夺公权者；（二）亏欠公款者；（三）曾因赃私处罚有案者；（四）禁治产者；（五）吸食鸦片或其代用品者。

乙　县政府

七、县设县政府，置县长一人，其职权如左：

　　1、受省政府之监督，办理全县自治事项；

　　2、受省政府之指挥，执行中央及省委办事项。

前项执行中央及省委办事项，应于公文纸上注明之。

八、县政府设民政、财政、教育、建设、军事、地政、社会各科。设置之多寡，及其职掌分配，由各省政府依县之等次及实际需要拟订，报内政部备案。

九、县政府置秘书、科长、指导员（督学）、警佐、科员、技士、技佐、事务员、巡官，其名额、官等、俸级及编制，由省政府依县之等次及实际需要拟订，报内政部核定之。

十、县长、县行政人员之考试、甄审、训练、任用、考核、罢免，依法律之规定。

十一、县政府设县政会议，每两星期开会一次，议决左列事项：

　　1、提出于县参议会之案件；

　　2、其他有关县政之重大事项。

县政会议规则，由内政部定之。

十二、县行政会议，在县参议会未成立前，仍得举行。

十三、县政府组织规程，由各省省政府订定，报内政部，转呈行政院核定。县政府组织规程所无之机关，不得设置。

十四、县政府办事规则，由各省省政府定之，报内政部备案。

丙　县参议会

十五、县设县参议会，由乡（镇）民代表会选举县参议员组织之。每乡（镇）选举一人，并得酌加依法成立之职业团体代表为县参议员,但不得超过总额十分之三。

十六、县参议会暂不选举县长。县参议会之议长,以由县参议会自选为原则。

十七、县参议会之组织、职权及选举方法另定之。

丁 县财政

十八、左列各款为县收入:

1、土地税之一部(在《土地法》未实施之县,各种属于县有之田赋附加全额);

2、土地陈报后,正附溢额田赋之全部;

3、中央划拨补充县地方之印花税三成;

4、土地改良物税(在《土地法》未实施之县为房捐);

5、营业税之一部(在未依《营业税法》改定税率以前,为屠宰税全额,及其他营业税百分之二十以上);

6、县公产收入;

7、县公营业收入;

8、其他依法许可之税捐。

十九、所有国家事务及省事务之经费,应由国库及省库支给,不得责令县政府就地筹款开支。

凡经费足以自给之县,其行政费及事业费,由县库支给。收入不敷之县,由省库酌量补助。人口稀少、土地尚未开辟之县,其所需开发经费,除省库拨付外,不足之数,由国库补助。

二十、县政府应建设上之需要,经县参议会之决议及省政府之核准,得依法募集县公债。

二十一、县之财政,均由县政府统收统支。

二十二、在县参议会未成立时,县预算及决算应先经县行政会议审定,再由县长呈送省政府核准。

在参议会成立后,县预算及决算应先送交县参议会议决,再由县长呈送省政府核定之。但有必要时,得由县长先呈送省政府核准施行,再送县参议会。

二十三、县金库之设置及会计、稽核,依法令之规定办理之。

戊　区

二十四、区之划分,以十五乡(镇)至三十乡(镇)为原则。

二十五、区署为县政府辅助机关,代表县政府督导各乡(镇)办理各项行政及自治事务。

在未设区署之区,由县政府派员指导。

二十六、区署设区长一人,指导员二人至五人,分掌民政、财政、建设、教育、军事等事项,均为有给职。非甄选训练合格人员,不得委用。

二十七、区署所在地得设警察所,受区长之指挥,执行地方警察任务。

二十八、区得设建设委员会,聘请区内声誉素著之人士担任委员,为区内乡村建设之研究、设计、协助、建议之机关,由区长担任主席。

己　乡　镇

二十九、乡(镇)之划分,以十保为原则,不得少于六保,多于十五保。

三十、乡(镇)之划分,及保甲之编制,由县政府拟定,呈请省政府核准施行,汇报内政部备案。

三十一、乡(镇)设乡(镇)公所,置乡(镇)长一人,副乡(镇)

长一人至二也［人］，由乡（镇）民代表会就公民中具有左列资格之一者选举之：

　　　　1、经自治训练及格者；

　　　　2、普通考试及格者；

　　　　3、曾任委任职以上者；

　　　　4、师范学校或初中以上学校毕业者；

　　　　5、曾办地方公益事务著有成绩者。

　　乡（镇）长选举实施日期，另以命令定之。

　　三十二、乡（镇）公所设民政、警卫、经济、文化四股，各股设主任一人，干事若干人，须有一人专办户籍，由副乡（镇）长及乡（镇）中心学校教员分别担任，并应酌设专任之事务员。

　　经费不充裕地方，各股得酌量合并，或仅设干事。

　　三十三、乡（镇）长、副乡（镇）长之任期为二年，连选得连任。

　　三十四、乡（镇）长、乡（镇）中心学校校长及乡（镇）壮丁队队长，暂以一人兼任之。

　　在经济、教育发达之区域，乡（镇）中心学校校长以专任为原则。

　　三十五、乡（镇）自行举办之事项，应经乡（镇）务会议议决，方得施行。

　　三十六、乡（镇）务会议由乡（镇）长主席，各股主任干事均应出席，与所议事项有关之保长得列席。

　　三十七、乡（镇）长、副乡（镇）长及乡（镇）公所职员之训练办法另定之。

庚　乡（镇）民代表会

　　三十八、乡（镇）民代表会之代表，由保民大会选举之，每保代

表二人。

三十九、乡(镇)民代表会之主席,如乡(镇)长由乡(镇)民代表会选出者,得由乡(镇)长兼任之。

四十、乡(镇)民代表会之组织、职权及代表之选举方法另定之。

辛　乡(镇)财政

四十一、乡(镇)财政收入如左:

　　1、依法赋与之收入;

　　2、乡(镇)公有财产之收入;

　　3、乡(镇)公营事业之收入;

　　4、补助金;

　　5、经乡(镇)民代表会决议征收之临时收入,但须经县政府之核准。

四十二、乡(镇)应兴办造产事业,其办法另定之。

四十三、乡(镇)设乡(镇)财产保管委员会,其章程另定之。

四十四、乡(镇)财政之收支,由乡(镇)公所编制概算,呈由县政府审核,编入县概算。

壬　保　甲

四十五、保之编制,以十甲为原则,不得少于六甲,多于十五甲。

四十六、在人口稠密地方,如一村或一街为自然单位不可分离时,得就二保或三保联合设立国民学校、合作社及仓储等机关,推举保长一人为首席保长,以总其成。但壮丁队仍须分保编队训练。

四十七、保设保长办公处,置保长一人、副保长一人,由保民大

会就公民中具有左列资格之一者选举,由乡(镇)公所报告县政府备案:

1、师范学校或初级中学毕业,或有同等之学力者;

2、曾任公务员,或在教育文化机关服务一年以上,著有成绩者;

3、曾经训练及格者;

4、曾办地方公益事务者。

在未办理选举以前,保长、副保长由乡(镇)公所推定,呈请县政府委任。

四十八、保长、副保长任期为二年,连选得连任。

四十九、保长、保国民学校校长、保壮丁队长,暂以一人兼任之。

在经济、教育发达之区域,国民学校校长以专任为原则。

乡(镇)中心小学、保国民学校之名称,得沿用现行法令之规定。

五十、保办公处设干事二人至四人,分掌民政、警卫、经济、文化等事务,由副保长及国民学校教员分别担任之。

在经费不充裕区域,得仅设干事一人。

五十一、保长、副保长及保办公处职员之训练办法另定之。

五十二、保民大会,每户出席一人,其组织及职权另定之。

五十三、甲之编制,以十户为原则,不得少于六户,多于十五户。

五十四、甲置甲长一人,由户长会议选举,由保办公处报告乡(镇)公所备案。甲长之训练办法另定之。

五十五、甲设户长会议,必要时并得举行居民会议。

五十六、保之编制,原有名称为村、街、墟、场等者,得仍其旧。

但应逐渐改称为保,以归划一。

五十七、关于保甲之各种章则另定之。

五十八、保甲户口之编查另定之。

癸 附 则

五十九、本纲要自公布之日施行。

六十、本纲要施行后,各项法令与本纲要抵触之部分,暂行停止适用。

(四川省政府民政厅编印:《县各级组织纲要》,

出版年不详,第1—9页。)

县参议会组织暂行条例

（1941 年 8 月 9 日国民政府公布）

第一条　县参议会为全县人民代表机关。

第二条　县参议会之职权如左：

一、议决完成地方自治各事项；

二、议决县预算、审核县决算事项；

三、议决县单行规章事项；

四、议决县税县公债及其他增加县库负担事项；

五、议决县有财产之经管及处分事项；

六、议决县长交议事项；

七、建议县政兴革事项；

八、听取县政府施政报告及向县政府提出询问事项；

九、接受人民请愿事项；

十、其他法律赋予之职权。

县参议会议决之预算及有关人民权利义务之单行规章，应报省政府备案，其审核之决算亦同。

第三条　县参议会议决事项与中央法令抵触者无效。

第四条　县参议会由乡镇民代表会选举县参议员组织之，并得加选依法成立之职业团体代表为县参议员。

第五条　县参议员由乡镇民代表会选举者，除选举条例另有规定外,每乡镇一人,其未满七乡镇之县,仍应选出县参议员七人;由职业团体选举者,其名额不得超过总额十分之三。

第六条　县参议员任期二年,连选得连任。

第七条　县参议员得由原选举之乡镇民代表会代表或职业团体会员过半数之出席人数三分之二议决罢免之。

第八条　县参议员于任期内因事故去职时,由该乡镇或该团体候补当选人依次递补,其任期以补足前任未满之期为限。

第九条　县参议员于一会期内均未出席而无正当理由者视为辞职,由该乡镇或该团体候补当选人递补。

第十条　县参议会置议长副议长各一人,由县参议员用无记名投票互选之,议长或副议长因故去职时依前项规定补选。

第十一条　县参议会每三个月开会一次,每次会期三日至七日,必要时得延长之。

第十二条　县参议会开会由议长召集,第一次开会由县长召集之。

第十三条　县参议会开会时,议长主席,议长有事故时副议长主席,议长副议长均有事故时,由参议员互推一人为临时主席。

第十四条　县参议会非有全体参议员过半数之出席不得开议,议案之表决以出席参议员过半数之同意行之,可否同数时取决于主席。

第十五条　县参议员对于本身有利害关系之议案不得参与表决。

第十六条　县参议会开会时得请县长、县政府秘书科长或其他负责职员列席报告或说明。

第十七条　县参议会会议公开之,但主席或参议员三人以上提议经会议通过时,得禁止旁听。

第十八条　县参议员为无给职,但在开会期内得按照地方情形酌给膳宿及交通费。

第十九条　县参议员在会议时所为之言论及表决,对外不负责任。

第二十条　县参议员除现行犯外,在会议期内非经县参议会之许可,不得逮捕或拘禁。

第二十一条　县参议会决议案咨送县长分别执行,如县长延不执行或执行不当,得请其说明理由,如仍认为不满意时,得报请省政府核办。

第二十二条　县长对于县参议会之决议案如认为不当时,得附理由送请复议,对于复议结果如仍认为不当时,得呈请省政府核办。

第二十三条　省政府对于县参议会之决议案认为有违反三民主义或国策情事者,得开明事实,咨由内政部转呈行政院核准后,予以解散重选。

第二十四条　县参议会置秘书一人,由省政府遴委,事务员、书记各三人至五人,由议长派充之。

第二十五条　县参议会在开会期内得向县政府调用人员。

第二十六条　县参议会议事规则由内政部定之。

第二十七条　省辖市参议会之组织,准用本条例之规定。

第二十八条　本条例施行日期以命令定之。

(《国民政府公报》,1941 年 8 月 9 日。)

县参议员选举条例

（1941 年 8 月 9 日国民政府公布）

第一章　总　　则

第一条　县公民年满二十五岁，经县参议员候选人试验或检考及格者，得被选为县参议员。

第二条　左列各款人员停止其被选举权：

　　一、现在本县区域内之公务员；

　　二、现役军人或警察；

　　三、现在学校之肄业生。

第三条　县参议员之选举，以民政厅厅长为选举监督。

第四条　于区域选举、职业选举均有选举权或被选举权者，应参加区域选举。

于职业选举有二个以上选举权或被选举权者，应由本人于县政府开始编制选举人名簿之日以前，择定其愿参加之一个团体，逾期由县政府指定之。

前项名簿开始编制之日期，应于十日前公告之。

第五条　县参议员选举事务，由县政府办理之。

第六条　县参议员之选举，全县各乡镇及各职业团体，应于星期日或例假日同时举行。

前项举行日期,由县政府决定,于十五日前公告之。

第二章　区域选举及职业选举

第七条　区域选举,由每一乡镇民代表会选出县参议员一人,但乡镇数超过一百之县,得由数乡镇合选参议员一人,未满七乡镇之县,仍应选出县参议员七人。其名额分配办法,由省政府斟酌当地人口交通等情形定之,并报内政部备案。

第八条　乡镇民代表会选举县参议员,以乡镇公所为投票所,用集会之方式行之,以得出席代表总额过半数之投票者为当选,选举结果无人当选时,应举行再选,以得票较多者为当选。

第九条　关于县参议员选举投票开票之事务,由乡镇公所职员任之,并由出席之代表互推三人至五人为监察员,在场监视。

第十条　职业团体应出县参议员之名额,不得超过总额十分之三,以每一职业团体为一单位,各自由职业团体合为一单位,按会员多寡比照分配其应出之名额,但至少每一单位应分配一名,名额不足分配时,由各单位分别选出初选人,会同复选之,各单位初选人名额,比照其会员人数定之。

第十一条　参加职业选举,以在选举前依法成立之各职业团体之会员而实际从事该项职业三年以上者为限。

第十二条　职业选举,应由县政府编定各团体选举人名簿,呈经选举监督核定,于选举十五日前公告之。

第十三条　职业团体之选举,依左列之规定:

一、农会之选举采复选制,每一乡农会选出三人为初选人,会同复选之。但一县仅有一乡农会时,由会员直接选举之。

二、渔会之选举采直接选举制,由会员直接选举之。

三、工会之选举采复选制,每一工会选出三人为初选人,会同复选之。但一县仅有一工会时,由会员直接选举之。

四、商会之选举采复选制,每一公会会员选出三人,并由非公会会员合选三人为初选人,会同复选之。一县有二个以上商会时,由各该商会之初选人会同复选之。

五、教育会之选举采直接选举制,由会员直接选举之。

六、自由职业团体之选举采复选制,每一个团体选出三人为初选人,会同复选之。但一县仅有一自由职业团体时,由会员直接选举之。

第十四条　职业团体之初选人,以得票较多者为当选。

职业团体选举县参议员由初选人复选者,以得有初选人过半数之投票者为当选,选举结果无人当选时,应举行再选,以得票较多者为当选。由选举人直接选举者,以得票较多者为当选。

第十五条　职业选举,应由县政府就各该团体会所设投票所,并于各该团体代表中指定一人为投票所事务主任,其他职员为事务员,分任关于投票开票之事务。

每一投票所设监察员三人至五人,在场监视,由初选人推选之。直接选举者由县政府就该团体选举人中指派之。

第三章　选举人投票

第十六条　全县区域选举、职业选举应出之县参议员名额,由政府于选举二十日以前公告,并制选举票,分发各乡镇及各团体具领。

第十七条　投票时,除投票人及投票所职员外,他人不得擅入投票场所。

第十八条　票匦应当场启示,再将内层封固。

第十九条　票瓯外层应于投票完毕后严加封锁。

第二十条　投票人领取选举票,应在选举人名簿本人姓名下签字或盖章。

第二十一条　投票用无记名单记法行之。

第二十二条　投票人于投票场所内,除关于投票方法得与事务人员问答外,不得与他人接谈。

第四章　开票及检票

第二十三条　投票完毕,应即日开票,监察员应监视之。

第二十四条　检查票数,应与到场投票人名簿核对有无错误。

第二十五条　选举结果,应由各乡镇民代表会及各职业团体投票所,连同选举票,报送县政府查核。

第二十六条　县政府查核选举结果时,选举监督或其代表应莅场监视。

第二十七条　选举票有左列情形之一者无效:

一、写不依式者;

二、夹写他事者;

三、字迹模糊不能认识者;

四、不用制发之选举票纸书写者。

第五章　当选及应选

第二十八条　区域选举之当选人,以本乡镇内之公民为限,其由数乡镇合选参议员一人时,以参加选举各乡镇内之公民为限。

职业团体之当选人,以各该团体之会员为限,会同复选时,以参加复选各团体之会员为限。

第二十九条　候补当选人以得票次多数者定之,其名额与当选人同,票数相同时以抽签定之。

第三十条 当选人及候补当选人姓名,应由县政府分别揭示于各该乡镇公所及各团体事务所,并通知各该当选人。

第三十一条 当选人愿否应选,应于接到县政府通知后七日内答复,逾期不答复者视为愿应选,当选人愿应选者,由选举监督发给当选证书。

第六章 选举无效、当选无效及诉讼

第三十二条 有左列情事之一时,选举无效:

一、选举舞弊涉及选举人名簿之人数达三分一以上,经法院判决确定者;

二、办理选举违法,经法院判决确定者。

第三十三条 有左列情事之一时,当选无效:

一、死亡;

二、被选举人资格不符,经法院判决确定者;

三、当选票数不实,经法院判决确定者。

第三十四条 选举无效经法院判决后,应于十日内重行选举。

第三十五条 选举人确认为选举舞弊或当选资格不符,或落选人认为应当选者,得提起诉讼。但应于选举结果揭示后七日内为之。

第三十六条 选举诉讼应先于他种诉讼审判,并以一审终结。

第七章 附 则

第三十七条 本条例之解释权,属于选举监督。

第三十八条 县政府应于选举完毕后十日内,将当选人、候补当选人姓名及选举经过情形呈报选举监督,并将有效无效之选举票保存之,保存期间为六个月。

选举监督应将当选人、候补当选人姓名呈省政府转报内政部备案。

第三十九条　省辖市市参议员之选举,准用本条例之规定。

第四十条　本条例施行日期以命令定之。

（《国民政府公报》,1941 年 8 月 9 日。）

乡镇组织暂行条例

（1941 年 8 月 9 日国民政府公布）

第一章 总 纲

第一条 乡镇内之编制为保甲,每乡镇以十保为原则,不得少于六保,多于十五保;每保以十甲为原则,不得少于六甲,多于十五甲;每甲以十户为原则,不得少于六户,多于十五户。

第二条 乡镇之划分以人口、经济、文化、交通等状况为标准,由县政府拟订,绘具图说,呈请省政府核准施行,汇报内政部备案。

现有之乡镇区划,如因历史关系及自然条件不适于依前条规定编制时,得由县政府酌量变通拟订,绘具图说,呈请省政府核准施行,报由内政部备案。

第三条 乡镇区域发生争议时,由县长召集有关之乡镇长协商解决之。

第四条 凡二个乡镇以上或乡与镇间有共同利益之事项,得订立公约联合办理之。

前项公约之订立及解除,由乡镇公所提交乡镇民代表会议决,在代表会未成立前,呈请县长核准,但仍应提交乡镇民代表会追认。

第五条 凡县公民,应赴本乡镇公所举行宣誓,经登记后,有依本条例及其他法令所定,行使选举罢免创制复决之权。

誓词如左:

　　　　○○○誓以至诚,奉行三民主义,拥护国民政府,服从最高统帅,履行公民应尽之义务,分担抗战建国之大业,谨誓。

　　　　中华民国　　年　　月　　日　○○○立誓

第六条　县公民宣誓后,经乡镇公所登记于公民宣誓名册,连同誓词汇呈县政府备案。

第二章　乡镇民代表会

第七条　乡镇民代表会由本乡镇之保民大会各选举代表二人组织之。

第八条　乡镇民代表会之职权如左:

　　一、议决乡镇概算、审核乡镇决算事项;

　　二、议决乡镇公有财产及公营事业之经营与处分事项;

　　三、议决乡镇自治规约;

　　四、议决本乡镇与他乡镇间相互之公约;

　　五、议决乡镇长交议及本乡镇内公民建议事项;

　　六、选举或罢免乡镇长;

　　七、选举或罢免本乡镇之县参议员;

　　八、听取乡镇公所工作报告及向乡镇公所提出询问事项;

　　九、其他有关乡镇重要兴革事项。

乡镇民代表会议决之概算,应经县政府核准并编入县概算,其审核之决算,应经县政府复核并公布之。

第九条　乡镇民代表任期二年,连选得连任。

乡镇民代表违法或失职,由保民大会罢免之。

第十条　乡镇民代表于任期内因事故去职或被罢免时,由该保候补当选人依次递补,无候补当选人时依法另选,其任期以补足前任未满之期为限。

乡镇民代表如于一会期内均未出席而无正当理由者,视为辞职,依前项之规定办理。

第十一条 乡镇民代表为无给职,但在开会期内得酌给膳宿费。

第十二条 乡镇民代表会置主席一人,由乡镇民代表互选之。

乡镇民代表会开会时,主席对于与本身有利害关系之事件,应行回避。

第十三条 乡镇民代表会主席缺席或依前条第二项之规定回避时,由出席乡镇民代表互推一人为临时主席。

第十四条 乡镇民代表会议场设在本乡镇公所或其所在地。

第十五条 乡镇民代表会每三个月开会一次,由主席召集之,如遇特别事故或乡镇民代表三分一以上请求时,得举行临时会议,会期均不得逾三日。

第十六条 乡镇民代表会非有本乡镇全体乡镇民代表过半数之出席,不得开议。

议案之表决以出席代表过半数之同意行之,可否同数取决于主席。

罢免案之成立,应有出席代表三分二以上之同意。

第十七条 乡镇民代表对于与本身有利害关系之议案,不得参与表决。

第十八条 乡镇民代表会会议公开之。

第十九条 乡镇民代表提案以书面行之,但开会时遇有必要事件得为临时动议。

第二十条 乡镇长提交乡镇民代表会之案件以书面行之。

第二十一条　本乡镇内公民向乡镇民代表会建议时,应有十人以上之连署。

第二十二条　乡镇长对于乡镇民代表会负左列各任务:

一、布置议场及办理会议纪录;

二、报告经办事项;

三、答复乡镇民代表之询问。

前项会议纪录,得就乡镇公所职员中调派兼办之。

第二十三条　乡镇民代表会决议事项与现行法令抵触者无效。

第二十四条　乡镇民代表会决议案送请乡镇长分别执行,如乡镇长延不执行或执行不当,得请其说明理由,如认为不满意时得报请县政府核办。

第二十五条　乡镇长对于乡镇民代表会之决议案如认为不当,得附理由送请复议,对于复议结果如仍认为不当时,得呈请县政府核办。

第二十六条　县政府对于乡镇民代表会之决议认为有违反三民主义或国策情事者,得开明事实,呈请省政府核准后予以解散重选,并补报内政部备案。

第三章　乡镇公所

第二十七条　乡镇设乡镇公所,置乡镇长一人,受县政府之监督指挥,办理本乡镇自治事项及执行县政府委办事项,置副乡镇长一人或二人襄助之。

第二十八条　乡镇长兼任乡镇中心学校校长及乡镇国民兵队队长,在经济教育发达之区域得不兼任乡镇中心学校校长。

乡镇长不得兼任保长或甲长。

第二十九条　乡镇长副乡镇长由乡镇民代表会就公民中具有左列资格之一者选举之，任期二年，连选得连任：

一、经自治训练及格者；

二、普通考试及格者；

三、曾任委任职以上者；

四、师范学校或初级中学以上学校毕业者；

五、曾办地方公益事务著有成绩者。

乡镇长选举实施日期由省政府定之。

第三十条　乡镇长副乡镇长由乡镇民代表会选出后，呈报县政府汇报省政府备案。

选举乡镇长副乡镇长时由县长或其代表莅场监督。

第三十一条　乡镇长副乡镇长被罢免时，应即由乡镇民代表会依法改选。

第三十二条　在未定选举实施日期之地方，其乡镇长副乡镇长得由县政府遴选合格人员委任之，报省政府备案。

前项乡镇长副乡镇长违法或失职时由县政府撤职另委。

第三十三条　乡镇公所设民政、警卫、经济、文化四股，每股各设主任一人，民政股、文化股、经济股各主任得由乡镇长、副乡镇长及中心学校教员分别兼任，如事实上不能兼任时由乡镇长遴聘，警卫股主任应由乡镇国民兵队队附兼任。

前项各股所属之事务，由省政府按照完成地方自治条件各乡镇应办事务及县政府委办事务分别分配规定之，报内政部备案。

第三十四条　乡镇公所各股视主管事务之繁简及地方实际之需要酌置干事，除户籍应有一人专办外，得由中心学校教员分别兼任，并置专任事务员一人或二人，经费不充裕地方各股得酌量合并或仅设干事。

第三十五条　乡镇公所办理公共利益事项需用人力工作时，经乡镇民代表会之议决，得召集各保甲长按保按甲征调各户居民共同办理之。

第三十六条　乡镇公所办理公共利益事项需用物资时应编制计划及概算，由乡镇民代表会议决，呈准县政府列入县概算，由乡镇公款开支。

第四章　乡镇务会议

第三十七条　乡镇务会议由左列人员组织之：

一、乡镇长副乡镇长；

二、乡镇中心学校校长；

三、乡镇国民兵队队长队附；

四、民政警卫文化经济各股主任及干事；

五、专任事务员。

前项会议本乡镇内与所议事项有关之保长得列席。

第三十八条　乡镇务会议之事项如左：

一、乡镇自行举办之事项；

二、关于乡镇中心工作之实施事项；

三、县政府委办事件之执行；

四、乡镇民代表会议决案之执行；

五、提交乡镇民代表会之议案；

六、出席人员之提案；

七、本乡镇内公民七人以上之提议。

第三十九条　乡镇务会议由乡镇长召集，开会时乡镇长主席，乡镇长有事故时由副乡镇长代理之。

第四十条　乡镇务会议每月开会一次，必要时得召集临时会议。

第五章 保民大会

第四十一条 保民大会由本保每户推出一人组织之,其职权为左:

    一、议决本保甲规约;

    二、议决本保与他保间相互之公约;

    三、议决本保人工征募事项;

    四、议决保长交议及本保内公民五人以上提议事项;

    五、选举或罢免保长副保长;

    六、选举或罢免乡镇民代表会代表;

    七、听取保办公处工作报告及向保办公处提出询问事项;

    八、其他有关本保重要兴革事项。

第四十二条 保民大会每月开会一次,由保长召集之,遇有特别事故,由保长或本保二十户以上之请求召集临时会议。

第四十三条 保民大会非有本保各户出席人数过半数之开会,不得开议。

议案之表决以出席人过半数之同意行之,可否同数时取决于主席。

罢免案之成立应有出席人三分之二以上之同意。

第四十四条 保民大会出席人对于与本身有利害关系之议案不得参与表决。

第四十五条 保民大会开会时,保长主席,保长有事故时副保长主席,保长副保长俱有事故时由大会推举一人主席。

第四十六条 保民大会开会时,保长副保长对于与本身有利害关系之事件应行回避,由大会推举临时主席。

第四十七条　保长对于保民大会负左列各任务：

一、布置议场及办理会议纪录；

二、报告经办事项；

三、答复出席人之询问；

四、整理议决案件；

五、公布大会决议案。

第四十八条　保民大会决议事项与现行法令抵触者无效。

第四十九条　保民大会决议案送请保长分别执行，如保长延不执行或执行不当，得请其说明理由，如仍为不满意时，得报请乡镇公所转呈县政府核办。

第五十条　保长对于保民大会之决议案如认为不当，得附理由送请复议，对于复议结果如仍认为不当时，得呈报乡镇公所转呈县政府核办。

第五十一条　乡镇公所对于保民大会之决议案，认为有违反三民主义或国策情事者，得开明事实，呈请县政府核准后予以解散，另行召集，并由县政府呈报省政府备案。

第六章　保办公处

第五十二条　保设保办公处，置保长一人，受乡镇长之监督指挥，办理本保自治事项及执行县政府委办事项，并置副保长一人襄助之。

保办公处应冠以所属乡镇名称。

第五十三条　保长兼任国民学校校长及保国民兵队队长，在经济教育发达之区域得不兼任保国民学校校长。保长不得兼任甲长。

第五十四条　保长副保长由保民大会就公民中具有左列资格

之一者选举之,任期二年,连选得连任:

　　一、师范学校或初级中学毕业或有同等之学力者;

　　二、曾任公务人员或在教育文化机关服务一年以上,著有成绩者;

　　三、曾经训练及格者;

　　四、曾办地方公益事务者。

在未办理选举以前,保长副保长由乡镇公所推定,呈请县政府委任。

第五十五条　选举保长副保长时由乡镇长副乡镇长或其代表莅场监督。

第五十六条　保长副保长被罢免时,应即由保民大会依法改选委任之,保长副保长违法或失职时,由县政府撤职另委。

第五十七条　保办公处设民政、警卫、经济、文化干事各一人,民政干事得由副保长担任,警卫干事由保国民兵队队附兼任,经济或文化干事得由保国民学校教员担任之。

前项干事若无相当人员时,得由一人兼任二职,在经费不充裕区域得仅设干事一人,均由保长延聘或由乡镇长商同保长延聘之。

第五十八条　保办公处办理本保公共利益事项需要人力工作时,应召集各甲长按甲召集各户居民共同办理之。

第七章　保务会议

第五十九条　保务会议由左列人员组织之:

　　一、保长副保长;

　　二、保国民学校校长;

　　三、保国民兵队队长队附;

　　四、保民政警卫经济文化各干事。

前项会议,本保内与所议事项有关之甲长得列席。

第六十条　保务会议之事项如左:

一、议订保甲规约;

二、保民大会决议案件之执行;

三、提交保民大会之议案;

四、出席人员之提案;

五、本保内公民五人以上之提议。

第六十一条　保务会议由保长召集,开会时保长主席,保长有事故时由副保长代理之。

第六十二条　保务会议每月开会一次,于保民大会开会前五日召集之,必要时得召集临时会议。

第八章　户长会议

第六十三条　甲设户长会议,由本甲各户之户长组织之。

户长有事故不能出席时应派代表出席。

第六十四条　户长会议之职权如左:

一、选举或罢免甲长;

二、政令之执行事项;

三、本甲内户口之稽查填报事项;

四、本甲内之清洁卫生事项;

五、本甲内应兴应革事项。

前项第一款甲长之选举或罢免由保办公处报乡镇公所备案。

第六十五条　户长会议由甲长召集之,每月开会一次,必要时经甲长或三户以上之请求得举行临时会议,开会时甲长主席,甲长有事故或所议事项与甲长本身有利害关系时,由出席人推举一人主席。

前项会议在甲长住宅或保办公处举行。

第六十六条　户长会议非有本甲户长过半数之出席,不得开议。

议案之表决,以出席人过半数之同意行之,可否同数时取决于主席。

第六十七条　户长会议决议案由甲长执行之。

第六十八条　甲长认为必要或有本甲十人以上之连名请求时,举行甲居民会议,讨论议决有关本甲重要兴革事项。

第九章　附　　则

第六十九条　乡镇应办事项、乡镇民代表会议事规则、保应办事项、保民大会议事规则及乡镇保各项图记式样均由内政部定之。

第七十条　本条例自公布日施行。

（《国民政府公报》,1941 年 8 月 9 日。）

乡镇民代表选举条例

（1941 年 8 月 9 日国民政府公布）

第一条　乡镇民年满二十五岁，经乡镇民代表候选人试验或检考及格者，得被选为乡镇民代表会代表。

第二条　左列各款人员停止其被选举权：

一、现任本乡镇区域内之公职人员；

二、现役军人或警察；

三、现在学校之肄业生。

第三条　乡镇民代表之选举，由各保保长在本保召集保民大会举行之。

第四条　选举事务，由本乡镇公所指导各保保长办理之。

第五条　各保选举日期及时间，应于选举前五日由乡镇长分别在各该保保办公处公告之。

第六条　选举票应由乡镇公所指定，并加盖乡镇公所图记分发各保备用，其式样依附表之所定。

各保选举人到选举场所后，应签名于选举人名簿，按签名人数发给选举票。

第七条　选举用无记名单记式。

第八条　投票完毕后，应即当场开票。

第九条　当选人以得票数较多者定之，票数相同以抽签定之。

候补当选人应以前项次多数者充之，其名额与当选人同。

第十条 选举完毕后，应由乡镇公所指导保长将当选人姓名、年龄、资历、所得票数，连同选举人名簿、选举票、选举经过，送请乡镇长汇报县政府，由县长确定各保当选人、候补当选人后，公布其姓名及所得票数，并通知当选人、候补当选人。

第十一条 当选人愿否应选，应于接到通知书三日内答复，逾期不答复视为愿应选。

当选人不愿应选时，即以得票次多数之候补当选人递补。

第十二条 当选人愿应选后，应由县政府将当选人姓名列册汇报省政府备案。

第十三条 当选人证书由县政府发给，其式样依附表之所定。

第十四条 本条例施行日期以命令定之。

（《国民政府公报》，1941 年 8 月 9 日。）

地方自治实施方案

（1941 年 10 月 5 日行政院公布）

甲、地方自治条件及其完成标准

一、编查户口

 1. 原有户籍及第一次人事登记办理完竣；

 2. 继续办理户口异动登记。

二、规定地价

 1. 全县土地经过测量及登记，造有正式地籍图册，并经依法规定地价，征收地价税及土地增值税；

 2. 在未能如期办完土地测量及土地登记之县，办理土地陈报，造具临时地籍册，全县土地分乡分段，大体规定其地价，并将原有土地赋税加以厘整。

三、开垦荒地

 1. 全县公私所有荒地荒山调查完竣，造具清册；

 2. 公有荒地荒山由各乡（镇）公所按其性质分别利用及管理；

 3. 私有荒地荒山由各乡（镇）公所督饬土地所有人限期施垦及造林（其无力施垦或逾限不垦者由县依最低地价加以征收，转放于需要土地之人民，其地价得分期分给之；其无力造林或逾限不造林者,依《森林法》第四十五条之规定办理)。

四、实行造产

1.乡(镇)及保因时因地并依照现行有关之法令规定,利用当地民力财力从事公共造产,其收益充作办理地方自治事业之用¦造产事业举列如下:(1)农林;(2)水利;(3)渔盐;(4)畜牧;(5)蚕桑;(6)纺织;(7)小矿业;(8)其他公共生产事业如砖瓦窑石灰窑炭窑水碾等¦;

2.应视造产性质每年酌令成年男女参加公共造产工作若干日;

3.造产收益应订定至少百分之五十拨充地方国民教育经费之用。

五、整理财政

1.确立财务行政制度(公库、会计、预算、决算及审核制度,依照规定办理);

2.整理地方收入(各项依法之收入由县政府整理,达到规定之程度);

3.确立人民监督地方财政之制度。

六、健全机构

1.县政府、乡(镇)公所及保办公处依照《县各级组织纲要》之规定组织健全;

2.县参议会、乡(镇)民代表会、保民大会依法成立;

3.完成各业组织。

七、组训民众

1.县各级组织干部人员全部经过训练;

2.民众有参加保民大会一年以上之经验;

3.充分训练民众使用四权;

4. 县公民完毕其兵役、工役、纳税及受教育之义务；

5. 县公民依照规定举行公民宣誓,领有公民证；

6. 县公民分别参加组织职业团体或社会团体；

7. 完成职业团体及社会团体干部与会员之训练；

8. 在非常时期各乡(镇)保厉行精神总动员,按照规定举行国民月会。

八、开辟交通

1. 县与毗邻各县间之县道,依照规定宽度标准修筑完成,以与省道衔接；

2. 县与乡(镇)间及乡(镇)与毗连乡(镇)间之乡(镇)道路,依照规定宽度标准修筑完成；

3. 县与县间、县与乡(镇)间及乡(镇)与乡(镇)间之电话网及与省长途电话联络,皆应依照现行法令规定办理并完成之；

4. 全县养路组织之设置。

九、设立学校

1. 每保设一国民学校(于必要时得联合二保或三保设立之)；

2. 每乡(镇)设一中心学校；

3. 保国民学校附近、乡(镇)中心学校附近均设有民众训练、运动、娱乐、游戏场所；

4. 学龄儿童入学者至少达全数百分之五十以上；

5. 失学男女成年人入学者至少达全数百分之四十以上。

十、推行合作

1. 每保设有保合作社或保合作分社(于必要时得联合二保或三保设立之)；

2. 每乡(镇)设有乡(镇)合作社|保合作社得加入乡

（镇）合作社为社员，于必要时乡（镇）合作社得设保分社｝；

　　3.每县设有合作社联合社｝于必要时二或二以上之乡（镇）合作社亦得设立联合社｝；

　　4.各级合作社附设简易农仓或正式仓库，办理储押，流通金融，调剂民食；

　　5.发展生产、运销、消费、保险、信用等各种合作事业，并以合作方式从事公共造产（于必要时得成立专以经营某种事务为组织范围之合作社及联合社）；

　　6.确立县合作指导制度，并提高合作指导人员之知识技能及职权。

十一、办理警卫

　　1.警保联系办理完成；

　　2.每乡（镇）国民兵队、每保国民兵队训练完成；

　　3.县境内治安良好。

十二、推进卫生

　　1.依《县各级卫生组织大纲》之规定，于县政府所在地设立卫生院，如人力财力确属困难者，得比照卫生分院之编制设置，仍应按期充实，以期达到卫生院之标准；

　　2.区署所在地或将适当地点设立卫生分院；

　　3.每乡（镇）设立卫生所，但以一时人力财力物力不充裕时应先择重要乡（镇）或联合数乡（镇）设置之；

　　4.每保应设卫生员及设置保健药箱，如保卫生员尚无相当人员派充时，应先就有国民学校之各保尽先设立之；

　　5.卫生院及分院、所员工之工作，应按照《县各级卫生组织大纲》及《县卫生工作实施纲领》按步实施之；

　　6.每县、乡（镇）、保应筹有卫生事业基金。

十三、实施救恤

1. 所有老弱残废、鳏寡孤独、伤病妇孺无所归宿者,由本地方之乡(镇)或保负责收容安置,妥为管理,不使游荡流落;

2. 死亡掩埋、疾病医疗等事无亲属处理者,由保办公处或乡(镇)公所负责办理;

3. 统一并改善县及乡(镇)之救济或慈善机关;

4. 监督并改善各地寺庙祠宇产业,使兴办各种社会福利事业;

5. 县成立儿童教养所,乡(镇)并酌设教养分所;

6. 救恤经费应妥筹之。

十四、厉行新生活

1. 烟赌禁绝;

2. 改良风俗,革除陋习;

3. 奖励节约及储蓄;

4. 使人民生活在食衣住行育乐中合理化、纪律化,明礼义、知廉耻;

5. 调解纷争,和邻睦族。

乙、实施及考核

关于地方自治实施成绩之考核,应切实依照各省实施县各级组织纲要督导考核方案之规定办理,各省政府及内政部并应将考核结果依照党政工作考核办法第四、第五两条所规定之考核程序,逐级呈核。

(浙江省民政厅编印:《县各级组织纲要浙江省实施总报告》,
1943 年,第 112—115 页。)

保民大会议事规则

（1942 年 5 月 6 日内政部公布）

第一条　本规则依《乡镇组织暂行条例》第六十九条之规定制定之。

第二条　保民大会会议除依照《乡镇组织暂行条例》办理外，悉依本规则之规定。

第三条　保民大会之会场设本保办公处。

第四条　保民大会开会前五日由保长召集保务会议，将本月开会应行讨论各事项先行审查，拟具办法，提交大会讨论。

第五条　保民大会开会之日期、时间及讨论事项，由保长于开会前三日通知各甲长遵行通知各户，并在保办公处门前以大字通告。

第六条　保民大会于开会前二十分钟先摇预备铃一次，届开会时再摇一次。

第七条　各甲长闻开会铃应即从速率同本甲内各户出席人员到会出席，不得迟到，主席未宣告散会前，未经主席许可不得先行退席。

第八条　各户代表如有特殊原因，非经报由甲长转报保长许可后不得缺席。

第九条　保民大会出席人员之席次由保办公处于开会前须[预]先排定，开会时依次入座。

第十条　保民大会开会时应备置保民大会出席簿，出席人除签名外，并应注明本人所属之甲数及户主姓名。

第十一条　每次开会由主席查点各甲出席人数是否与出席簿出席代表相符，于最后之出席人数栏填明出席人数，签名或盖章以备查核。

第十二条　开会前主席对应行讨论事项应先编议程张贴议场。

第十三条　开会之程序如左：

一、摇铃开会；

二、全体肃立；

三、向党国旗及国父遗像行三鞠躬礼；

四、主席恭读总理遗嘱；

五、主席宣布开会，报告各甲缺席人数及全保到会人数，并报告上次决议案及办理经过情形；

六、进行讨论。

第十四条　保民大会每次开会以二小时为限，如有延长必要时由主席决定之。

第十五条　出席人有左列情事之一者，主席得令其退席：

一、携带武器者；

二、饮酒昏乱者；

三、喧扰会场不服制止者。

第十六条　保民大会开会时由主席指定副保长或保国民学校教职员一人负责纪录，此项纪录由主席及纪录签名或盖章后交由保办公处妥为保存。

第十七条　保民大会会议纪录应载之事项如左：

一、开会之日期及地点；

二、出席、缺席人员姓名；

三、主席及纪录人姓名；

四、报告事项；

五、讨论事项；

六、决议事项；

七、临时动议；

八、散会。

第十八条 凡讨论事项，须一事完毕，再及他事，不得杂乱。

第十九条 议程所列应行讨论事项讨论完毕后，出席人如有动议，得临时提出讨论之。

第二十条 开会讨论议案时，主席须先说明每一议案之要旨，得提供各种不同之解决办法。

第二十一条 会议时不得二人同时发言，欲发言时须先起立报告席次，经主席许可后始得发言，如同时有二人以上起立报告席次者，由主席指定先后，依次发言。

第二十二条 同一议案每人发言不得过二次，每次不得逾五分钟，但经主席特别许可者不在此限。

第二十三条 会议时主席得宣告讨论终结，必要时并得宣告中止讨论。

第二十四条 每次会议完毕后，保长应将议决各案整理公布。

第二十五条 本规则有未规定者，得适用《民权初步》办理。

第二十六条 本规则自公布之日施行。

（国民政府内政部编印：《地方自治法规选辑》，

1946 年，第 156—157 页。）

乡（镇）保应办事项

（1942 年 7 月 1 日内政部咨）

乡镇保除执行上级官署之委办事项外，其应办之主要事项如左：

一、办理户口调查及户籍人事登记。

二、编组训练国民兵队。

三、维护地方治安。

四、预防天灾人祸。

五、赈灾济贫，育幼养老。

六、办理国民学校及中心学校。

七、调查登记学龄儿童及失学儿童。

八、办理成人补习教育及职业训练。

九、办理民众教育馆、体育馆及其他民众娱乐场所。

十、筹集国民教育基金。

十一、调查整理地方公有款产。

十二、调查登记公私荒山荒地。

十三、改进渔林畜牧。

十四、办理农产品改良运销。

十五、改进手工业。

十六、举办农工产品比赛。

十七、兴办其他各种造产事业。

十八、兴修桥梁河堤堰闸池塘。

十九、修筑保护四境道路。

二十、修筑街市。

二十一、架设保护乡村电话。

二十二、创立合作社经营各种合作事业。

二十三、协助调查地价。

二十四、设立卫生所及保健药箱。

二十五、提倡灭蚊灭蝇运动。

二十六、取缔不洁饮食品。

二十七、设置公墓。

二十八、掩埋露尸露骨。

二十九、禁烟禁赌，取缔游惰。

三十、改良风俗革除陋习。

三十一、奖励节约储蓄。

三十二、调解纷争。

三十三、保护名胜古迹。

三十四、其他乡镇保认为应行举办的事项。

（《县各级组织纲要浙江省实施总报告》，附编第 126—128 页。）

县参议会议事规则

（1943 年 6 月 24 日内政部公布）

第一条　本规则依《县参议会组织暂行条例》第二十六条之规定制定之。

第二条　县参议会之会议除依《县参议会组织暂行条例》之规定外，依本规则行之。

第三条　县参议会之开会、休会及散会由主席宣告之。

第四条　县参议员在会场之席次依抽签定之，其他列席人之座位由主席定之。

第五条　出席列席人员均应分别签名于签到簿，开议时主席并应报告出席列席人数。

第六条　县参议会之会议公开之，但有必要时得由主席宣告改开秘密会。

第七条　出席人员如届开会时间不足法定人数时，主席得宣告延会或改为谈话会。

第八条　出席人员非经主席之许可不得退席。

第九条　开会之前须将议事日程表编定，详列应议事件及会议日期。

前项议事日程应于开会前三日分发出席人员。

第十条　议事日程之编定顺序如左：

　　甲、报告事项。

乙、讨论事项：

　　一、　奉行中央法令及省法令须经会议之事项；

　　二、　县长交议事项；

　　三、　县参议员提议事项；

　　四、　县公民建议或请愿事项。

丙、临时动议。

第十一条　开会时县长应将上届议决各案执行之经过及闭会期间施政情形提出报告。

第十二条　开会应依照议事日程所排定之程序进行，但于必要时得以主席之决定或出席人员一人之提议四人之附议经大会表决变更之。

第十三条　议案之提出须以书面行之，并须有出席人员二人以上之连署。

第十四条　出席人员得为口头临时提议，但须有出席人员四人之附议始能成立。

第十五条　议案须附[付]审查者，得由大会推举出主[席]人员若干人组织审查委员会审查之。

审查委员会开会时不因出席人未过半数而延会，其决议即以出席人过半数之同意行之。

审查委员会须将审查结果编为审查报告提会讨论，原提案人如对审查报告认为理由不充分时，得再声述其旨趣。

第十六条　议案未甚[付]讨论前，原提案人如愿将原提案取消或修正者，得申请撤回或修正之。

第十七条　出席人员发言时须先报明席次号数，若同时有二人以上之发言表示时，由主席指定其先后。

第十八条　对每一议案之发言，一人不得超过二次，每次不得过十分钟,但经主席特别许可者不在此限。

第十九条　议案之表决方式采无记名投票,但亦得采取举手或起立之方式。

前项表决可否之人数及议案之通过或否决,均须即时详记,并用[由]主席当场宣布。

第二十条　议案被否决后,在同一会场内不得作二次之提出。

第二十一条　议案与主席有关者主席应即回避。

第二十二条　县政府之施政报告得提出书面或口头为之,县参议员如认有疑义,得经主席许可为简要之发问。

第二十三条　县参议员对县政府有所询问时,应以书面详叙事由,向主席提出,由主席道[报]请县政府答复。

后[前]项询问案除因公众利益应守秘密者外,县政府应为书面口头之答复。

第二十四条　每次会议完毕后须编造议事录,于下次会议前分致各出席列席人员。

第二十五条　闭会后议长须函由县长将各种决议案报省政府备查。

第二十六条　每一会期议决之议案须制成报告书并保存之。

第二十七条　参议会之议案、询问案及其他文件,非经主席核准不得发表。

第二十八条　出席列席人员有共同维护会场秩序之责任。

出席列席人员如有违反本规则及其他妨害秩序情事,主席得予警告或制止之,其情节重大者得令其退席。

第二十九条　本规则自公布之日施行。

(《地方自治法规选辑》,第153－154页。)

乡镇民代表会议规则

（1943 年 6 月 24 日内政部公布）

第一条　本规则依《乡镇组织暂行条例》第六十九条之规定制定之。

第二条　本会议事除依《乡镇组织暂行条例》办理外，悉依本规则之规定。

第三条　乡镇民代表会开会前五日由乡镇长召集乡镇务会议，将本次开会应行讨论各事项先行审查，拟具办法，提交乡镇民代表讨论。

第四条　代表出席须按照抽签所定之席次入座。

第五条　会议前须将出席及缺席姓名人数分记于每次出席簿内，由主席报告之。

出席人足法定人数后，主席应依时宣告开议，如届开议时间仍不足法定人数时，主席得宣告延会或改为谈话会。

第六条　出席人非经主席许可不得退席。

第七条　出席人有左列情事之一者，主席得令其退席：

　　甲、携带凶器者；

　　乙、饮酒昏乱者；

　　丙、喧扰会场不服［制］止者。

第八条　每届开会时，乡镇长先将上届议决各案执行之经过及闭会期间施政之情形提出报告。

第九条　开会前二日须将议事日程编定,详列所议事项及会议日期、时间,并于开会前分送各代表。

第十条　议事日程之编制,除首列报告事项外,其讨论事项之顺序如左:

甲、奉行省及县法令应经会议讨论实施办法之事项;

乙、乡镇长提交事项;

丙、建议或请愿于省县政府及省县参议会事项;

丁、代表提议事项;

戊、乡镇属内人民之建议及请愿事项;

已、选举或罢免事项。

第十一条　代表之提案须二人以上之联署。

第十二条　人民之建议及请愿须有出席代表二人以上之介绍。

第十三条　会议进行时须按照议事日程之顺序,但于必要时由主席之决定或出席代表一人之提议二人之附议经会议议决变更之。

第十四条　临时动议须有代表一人以上之附议。

第十五条　议案未付讨论前,原提案人如愿将原案取消或修正者,得申请撤回或修正之。

第十六条　代表欲发言时须先报明席次号数,但同时有二人以上为发言之表示时,由主席指定次序,先后发言。

第十七条　代表对每一议题之发言不得过二次,每次不得过十分钟,但经主席特别许可者不在此限。

第十八条　提案人之说明除得主席特别许可者外,以十五分钟为限,其答辩之次数不得超过二次。

第十九条　乡镇民代表在会内发言,对外不负责任。

第二十条　议案须付审查者,由主席于出席代表中指定若干人组织委员会审查之。

第二十一条　审查委员会得就原案参加意见,制成审查报告,并于会议时说明之。

第二十二条　议案表决之方式如左:

甲、举手或起立;

乙、无记名投票。

第二十三条　议案被否决后,在同一会期内不得再行提出。

第二十四条　每次会议完毕,所有议决各案除送交乡镇公所执行外,并须缮正一份张贴于乡镇公所门首。

第二十五条　每次会议纪录由主席及纪录签名盖章后交由乡镇公所妥为保存,议决各案并应摘要列表报县政府备案。

第二十六条　会议纪录应记明左列各事项:

甲、开会次数;

乙、开会地点;

丙、出席人姓名及数目;

丁、主席之姓名;

戊、纪录员之姓名;

己、报告事项;

庚、讨论事项;

辛、其他临时动议及审查事项;

壬、表决方法及可否之人数。

第二十七条　本规则自公布日施行。

（《地方自治法规选辑》,第 155－156 页。）

县参议员选举条例

（1944 年 10 月 4 日国民政府修正公布）

第一章 总 则

第一条 县公民年满二十五岁，经县参议员候选人试验或检考及格者，得被选为县参议员。

第二条 左列各款人员停止其被选举权：

一、现在本县区域内之公务员；

二、现役军人或警察；

三、现在学校之肄业生。

第三条 县参议员之选举，以民政厅厅长为选举监督。

第四条 于区域选举、职业选举均有选举权者，应参加区域选举。

于区域选举、职业选举均有被选举权者，或于职业选举有二个以上选举权或被选举权者，应由本人于县政府开始编制选举人名簿之日以前，择定其愿参加之一方，通知县政府，逾期由县政府指定之。

前项名簿开始编制之日期，应于十日前公告之。

第五条 县参议员选举事务，由县政府办理之。

第六条 县参议员之选举，全县各乡镇及各职业团体，应于星期日或例假日同时举行。前项举行日期,由县政府决定,于十五日前公告之。

第二章　区域选举及职业选举

第七条　区域选举,由每一乡镇民代表会选出县参议员一人,但乡镇数超过一百之县,得由数乡镇合选参议员一人,未满七乡镇之县,仍应选出县参议员七人。其名额分配办法,由省政府斟酌当地人口交通等情形定之,并报内政部备案。

第八条　乡镇民代表会选举县参议员,以乡镇公所为投票所,用集会之方式行之,以得出席代表总额过半数之投票者为当选,选举结果无人当选时,应举行再选,以得票较多者为当选。

第九条　关于县参议员选举投票开票之事务,由乡镇公所职员任之,并由出席之代表互推三人至五人为监察员,在场监视。

第十条　职业团体应出县参议员之名额,不得超过总额十分之三,以每一职业团体为一单位,各自由职业团体合为一单位,按会员多寡比照分配其应出之名额,但至少每一单位应分配一名,名额不足分配时,由各单位分别选出初选人,会同复选之,各单位初选人名额,比照其会员人数定之。

第十一条　参加职业选举,以在选举前依法成立之各职业团体之会员而实际从事该项职业三年以上者为限。

第十二条　职业选举,应由县政府编定各团体选举人名簿,呈经选举监督核定,于选举十五日前公告之。

第十三条　职业团体之选举,依左列之规定:

一、农会之选举采复选制,每一乡农会选出三人为初选人,会同复选之。但一县仅有一乡农会时,由会员直接选举之。

二、渔会之选举采直接选举制,由会员直接选举之。

三、工会之选举采复选制,每一工会选出三人为初选人,会同复选之。但一县仅有一工会时,由会员直接选举之。

四、商会之选举采复选制,每一公会会员选出三人,并由非公会会员合选三人为初选人,会同复选之。一县有二个以上商会时,由各该商会之初选人会同复选之。

五、教育会之选举采直接选举制,由会员直接选举之。

六、自由职业团体之选举采复选制,每一个团体选出三人为初选人,会同复选之。但一县仅有一自由职业团体时,由会员直接选举之。

第十四条　职业团体之初选人,以得票较多者为当选。

职业团体选举县参议员由初选人复选者,以得有初选人过半数之投票者为当选,选举结果无人当选时,应举行再选,以得票较多者为当选。由选举人直接选举者,以得票较多者为当选。

第十五条　职业选举,应由县政府就各该团体会所设投票所,并于各该团体代表中指定一人为投票所事务主任,其他职员为事务员,分任关于投票开票之事务。

每一投票所设监察员三人至五人,在场监视,由初选人推选之。直接选举者由县政府就该团体选举人中指派之。

第三章　选举人投票

第十六条　全县区域选举、职业选举应出之县参议员名额,由政府于选举二十日以前公告,并制选举票,分发各乡镇及各团体具领。

第十七条　投票时,除投票人及投票所职员外,他人不得擅入投票场所。

第十八条　票瓯应当场启示,再将内层封固。

第十九条　票瓯外层应于投票完毕后严加封锁。

第二十条　投票人领取选举票,应在选举人名簿本人姓名下签字或盖章。

第二十一条　投票用无记名单记法行之。

第二十二条　投票人于投票场所内,除关于投票方法得与事务人员问答外,不得与他人接谈。

第四章　开票及检票

第二十三条　投票完毕,应即日开票,监察员应监视之。

第二十四条　检查票数,应与到场投票人名簿核对有无错误。

第二十五条　选举结果,应由各乡镇民代表会及各职业团体投票所,连同选举票,报送县政府查核。

第二十六条　县政府查核选举结果时,选举监督或其代表应莅场监视。

第二十七条　选举票有左列情形之一者无效:

一、写不依式者;

二、夹写他事者;

三、字迹模糊不能认识者;

四、不用制发之选举票纸书写者。

第五章　当选及应选

第二十八条　区域选举之当选人,以本乡镇内之公民为限,其由数乡镇合选参议员一人时,以参加选举各乡镇内之公民为限。

职业团体之当选人,以各该团体之会员为限,会同复选时,以参加复选各团体之会员为限。

第二十九条　候补当选人以得票次多数者定之,其名额与当选人同,票数相同时以抽签定之。

第三十条　当选人及候补当选人姓名,应由县政府分别揭示于各该乡镇公所及各团体事务所,并通知各该当选人。

第三十一条　当选人愿否应选,应于接到县政府通知后七日内答复,逾期不答复者视为愿应选,当选人愿应选者,由选举监督发给当选证书。

第六章　选举无效、当选无效及诉讼

第三十二条　有左列情事之一时,选举无效:

一、选举舞弊涉及选举人名簿之人数达三分一以上,经法院判决确定者;

二、办理选举违法,经法院判决确定者。

第三十三条　有左列情事之一时,当选无效:

一、死亡;

二、被选举人资格不符,经法院判决确定者;

三、当选票数不实,经法院判决确定者。

第三十四条　选举无效经法院判决后,应于十日内重行选举。

第三十五条　选举人确认为选举舞弊或当选资格不符,或落选人认为应当选者,得提起诉讼。但应于选举结果揭示后七日内为之。

第三十六条　选举诉讼应先于他种诉讼审判,并以一审终结。

第七章　附　　则

第三十七条　本条例之解释权,属于选举监督。

第三十八条　县政府应于选举完毕后十日内,将当选人、候补当选人姓名及选举经过情形呈报选举监督,并将有效无效之选举票保存之,保存期间为六个月。

选举监督应将当选人、候补当选人姓名呈省政府转报内政部备案。

第三十九条　省辖市市参议员之选举,准用本条例之规定。

第四十条　本条例施行日期以命令定之。

（修正条文见《国民政府公报》,1944 年 10 月 7 日。）

乡镇调解委员会组织规程

（1940 年代）

第一条　乡镇公所调解委员会之组织,依本规程之规定行之。

第二条　调解委员会受乡镇公所之监督,办理民刑事调解事项。

第三条　调解委员会办理之民事调解事项应受左列限制:

一、已经法院受理之民事案件,经调解后须依法定程序向法院声请销案;

二、依民事诉讼法正在法院调解之事项,不得同时另行调解。

第四条　调解委员会得办理之刑事调解事项以左列刑法各条之罪为限:

一、刑法第二百二十九条及第二百三十条之妨害风化罪;

二、刑法第二百三十八条、第二百三十九条之妨害婚姻及家庭罪;

三、刑法第二百七十七条第一项、第二百八十一条及第二百八十四条之伤害罪;

四、刑法第二百九十八条第一项及第二百零六条之妨害自由罪;

五、刑法第三百零九条第一项及第三百一十条、第三百一十二条、第三百一十三条之妨害名誉及信用罪；

六、刑法第三百一十五条至第三百一十八条之妨害秘密罪；

七、刑法第三百二十四条第二项之窃盗罪；

八、刑法第三百三十八条准用第三百三十四条第二项规定之侵占罪；

九、刑法第三百四十三条准用第三百二十四条第二项规定之诈欺背信罪；

十、刑法第三百五十三条及第三百五十四条至第三百五十六条之毁弃损坏罪。

前项调解成立后，告诉人应向法院撤回其告诉。

第五条　调解委员会于调解成立后，应本两造之意旨书立调解字据，以资证明。

第六条　调解委员会调解事项应以两造在同一乡镇为原则，但两造不在同一乡镇之事项，除两造合意得由任一乡镇之调解委员会调解外，民事得由被告所在地、刑事得由犯罪地之调解委员会调解之。

第七条　调解委员会设调解委员五人至九人，由乡镇民代表会选举乡镇内具有法律知识之公正人员充之。

前项调解委员在乡镇民代表会未成立前由乡镇务会议推举之。

第八条　乡镇长及副乡镇长不得被选为调解委员。

第九条　调解委员会置主席一人，由调解委员推举之，主席因故于开会不能出席时，得委托其他调解委员代理之。

第十条　调解委员会成立之日，应由乡镇公所将组织情形、调解委员姓名、主席姓名及其学历与家庭状况、财产状况分别报请县政府及该管法院备案。

第十一条　调解委员任期为一年,连选得连任。

第十二条　当事人声请调解,得以书面或言词陈述其姓名、性别、年龄、住址、事由概要并附送该事项之关系文件,由乡镇公所移送调解委员会予以调解,其以言词声请调解者应由乡镇公所作成纪录移送调解委员会办理。

第十三条　调解委员会接受声请后,应决定开会调解日期,经由乡镇公所通知当事人亲自到场。

前项开会调解日期应自接受声请之日起,民事不得逾十日,刑事不得逾五日,但民事事项当事人自请延期者,得再延长十日。

第十四条　调解委员会须有调解委员过半数之出席始得开会,调解委员对于调解事项之涉及本身或其同居家属时应即回避。

第十五条　调解委员会已调解成立之事项,应叙列当事人姓名、性别、年龄、住址及事由概要并调解成立年月日,送由乡镇公所呈报县政府及该管法院备案,其不能调解事项并须加叙不能调解之原由,分报备案。

第十六条　刑事调解事项须验伤及查勘者,得由被害人或其法定代理人、辅佐人报请该管乡镇公所勘验,开单存查,其不愿勘验者听。

第十七条　办理调解事项,除勘验费应由当事人核实开支外,不得征收任何费用或收受报酬。

第十八条　办理调解事项,除对于民事当事人及刑事被害人得评定赔偿外,不得为财产上或身体上之处罚。

第十九条　民事调解事项须得当事人之同意,刑事调解事项须得被害人之同意,始能进行调解,调解委员会不得有强迫调解及阻止告诉各行为。

第二十条　调解委员违反本规程之规定或有其他违法行为者,除送请该管法院依法惩处外,得由乡镇公所呈请县政府核准,先行停止其职务,并提经乡镇民代表会或乡镇务会议罢免之。

第二十一条　调解委员会主席及委员概属无给职。

第二十二条　调解委员会得调用乡镇公所所属人员处理各项事务,其必要费用由乡镇公所担负之。

第二十三条　本规程所称法院,于其他司法机关准用之。

第二十四条　本规程于区或市之有同类调解委员会者准用之。

第二十五条　本规程自公布日施行。

（《地方自治法规选辑》,第76—78页。）

第二部分 地方法规

县地方自治条例

（1931 年 7 月 1 日广州国民政府公布）

第一章 总 则

第一条 本条例根据《建国大纲》第八条制定之。

第二条 县之区域依其现有之区域。

第三条 县之废置及县区之变更，由省政府呈请国民政府核准公布之。

第四条 县以下分为区、乡、里，繁盛地方得称为镇，镇等于乡。

第五条 积二〔十〕五户为里，积四里至十里为乡或镇，积二十五至五十之乡或镇为区，不满四里之乡得联合毗〔毗〕连各乡编为一乡，未满四里或超过四里多无〔无多〕之乡镇，得不设里。

第六条 区乡里镇之划分，因地势或地方习惯及其〔他〕特殊情形之关系，前条之规定得酌量变通之。

第七条 区乡镇区域之划分及变更，由县政府呈请民政厅核准行之，并由民政厅呈省政府备案。里之划分及变更，由县政府核定之。

第八条 区乡镇里于不抵触中央及省县法令规则之范围内，得制自治公约，但须呈县政府备案；区自治公约，并须由县政府呈民政厅备案。

第九条 县为自治单位,其自治筹备达到《建国大纲》第八条规定之程度时,县长由县民选举之。

第十条 各级自治人员除雇员外,均为义务职。

第二章 县参议会

第十一条 县设县参议会,为县立法机关,并监督县行政,促进地方自治,其职权如左:

　　一、关系调查人口、测量土地、办理警卫、修筑道路之督促事项;

　　二、议决县预算决算事项;

　　三、议决募集县公债,但债额超过县地方总收[入]百分之五十以上时,须得省政府认可;

　　四、议决县有财产之经营及处分;

　　五、议决县单行法规,但以不抵触中央及省法令为限;

　　六、审议县长交议事项。

第十二条 县参议会由县民分区选举参议员,每区一人至三人组织之,任期一年。

第十三条 县参议会每三个月开会一次,其会期以五日为限。

第十四条 县参议会组织法及选举法另定之。

第三章 区

第十五条 区置区公所,设委员五人至七人,由区民代表会选出,其选举法另定之。

第十六条 区公所依现行法令及区公约处理区自治事务。

第十七条 区委员互推常务委员二人,处理日常事务。

第十八条　区常务委员认为必要或所属三分一以上之乡镇公所请求时,得召集区务会议,区务会议由区委员及所属之乡长副乡长镇长副镇长组织之,区务会议规则由区公所定之。

第十九条　区民对于区公约及自治事项,有创制及复决权,对于区委员违法失职,有罢免权,其施行程序,另以法律定之。

第二十条　区公所为执行区务得雇员助理,并得酌设所丁。

第二十一条　区公所设立一年后,得改用区长制,设区长一人,副区长二人,区长副区长由区代表大会选举之。

第四章　乡　　镇

第二十二条　乡置乡公所,设乡长一人,副乡长若干人,镇置镇公所,设镇长一人,副镇长若干人,由乡民镇民大会选出,其选择法另定之。乡镇在百户以上者,每增百户,增设副乡长或副镇长一人。

第二十三条　乡镇公所依照现行法令及乡镇公约处理乡镇自治事务。

第二十四条　乡长镇长认为必要或有所属三分一以上之里长请求时,得召集乡务会议、镇务会议。乡务会议、镇务会议由乡长副乡长镇长副镇长及所属之里长组织之,乡务会议、镇务会议规定,由乡镇公所定之。

第二十五条　乡镇民对于乡镇公约有创制及复决权,对于乡长副乡长镇长副镇长违法失职有罢免权,其施行程度〔序〕,另以法律定之。

第二十六条　乡镇公所为执行乡务镇务,得雇员助理,并得酌设所丁。

第五章 里

第二十七条　里设里长一人,副里长一人,由里民大会选出,其选举法另定之。

第二十八条　里长认为必要或有里民三分一以上之请求时,得召〔集〕里民会议,里民会议有里民过半数出席,方得开会;有出席里民过半数之赞成,方得表决。

第二十九条　里民对于里公约有创制权及复决权,对于里长违法失职,有罢免权。其施行程序,另以法律定之。

第六章 附 则

第三十条　本条例施行细则另定之。

第三十一条　本条例施行日期以命令定之。

（《地方自治之理论与实际》,第 183 - 187 页。）

县地方自治条例施行细则

（1931 年 7 月 1 日广州国民政府公布）

第一章 总 则

第一条 本细则依据《县地方自治条例》第三十条规定之，关系县区乡镇里自治之施行，依本细则之规定。

第二条 各省政府奉到《县地方自治条例》施行日期命令后，应于三个月内完成区地方自治之组织，前项组织完成后，须即组织县参议会，除有特殊情形外，其期限不得超过一个月。

第三条 各省如因特别故障不能依照前条期限办理时，各该省政府应详叙理由，呈请国民政府核准展期，但展期不得逾两个月。

第四条 区以第次名之，乡镇里依固有之名称，但区域有变更时，经县政府核准，其名称得变更之。

第五条 中华民国人民无论男女，在本县区乡镇里继续居住一年以上或有住所达二年以上，年满二十岁，经宣誓后，即取得公民资格，有行使选举罢免创制复决之权。

享有前项之权者，即有被选举权。

有下列情事之一者，不得享有前项所定之权：

一、有反革命行为，经判决确定者；

二、贪官污吏土豪劣绅,经判决确定者;

三、褫夺公权尚未复权者;

四、禁治产者;

五、为不正当之营业者;

六、吸用鸦片或其他代用品者。

第六条　宣誓须亲自签名画押于誓词。

宣誓典礼于乡镇公所举行,由区公所派员监誓,其誓词如左:

○○○正心诚意,当众宣誓,从此去旧更新,自立为国民,尽忠竭力,拥护中华民国,实行三民主义,采用五权宪法,务使政治修明,人民安乐,措国基于永固,维世界之和平,此誓。

中华民国　　年　月　日　（签名）　立誓

在乡镇公所未成立时,前项宣誓典礼于乡镇公所筹备委员会行之。

在区公所未成立时,由区公所筹备委员会派员监誓。

第七条　公民宣誓后,里长副里长即造具公民名册四份,以一份存查,余三份层报乡镇公所、区公所、县政府备案。

公民誓词,由里长副里长递呈县政府备案,里长副里长未选出时,所有关于公民之调查、公民名册之造报、誓词之呈缴等事项,由该里自治筹备员办理之。

乡镇之不设里者,本条各项由乡镇公所或乡镇公所筹备委员会直接办理之。

第八条　县政府于县参议会成立后,应将一切筹备自治情形,呈报省政府派员视察,并转呈国民政府备案。

第九条　各级筹备自治人员,除雇员外,皆为义务职,筹备经费由各该地方筹拨之。

第十条　县参议会、区民代表大会、区公所之钤记,乡镇民大会、乡镇公所、里民大会、里长之图记，其式样由民政厅另以章程定之。

第十一条　本细则第七条之公民名册式样，由民政厅制定之。

第二章　县参议会

第十二条　《县地方自治条例》第十二条之县参议员及候补参议员名额，依各县人口多寡及经济状况，由民政厅提呈省政府定之。

第十三条　县参议员选定后，县政府应会同监选员将选举情形呈报民政厅，由民政厅指定成立日期。

第三章　区民代表大会

第十四条　区民代表大会之职权如左：

一、选举及罢免区委员（区长副区长）；

二、制定或修正自治公约；

三、议决预算决算；

四、议决区有财产之经营及处分；

五、议决单行规程，但以不抵触中央及省县法令者为限；

六、审议区公所交议事项；

七、议决所属各乡镇或公民提议事项。

第十五条　区民代表大会有代表三分一出席方得开会，有出席代表过半数之赞成方得决议。

第十六条　区民代表大会之主席由代表推定之。

第十七条　区民代表大会由区公所召集之，每年开会一次，于区委员（区长副区长）任满前一个月内举行之，如有特别事件或区公民二十分一以上或乡镇公所三分一以上之请求，应召集临时会。

前项临时会关系区委员（区长副区长）本身事件区公所延不召集时,应由过半数之乡镇公所联合召集之。

区民代表大会开会期间,不得逾五日。

第十八条　区民代表大会会议规则由民政厅定之。

第四章　区公所

第十九条　区公所未成立时,由县政府于区公民中遴委筹备委员三人至五人,组织区公所筹备委员会,其组织章程及办事细则由民政厅定之。

第二十条　区公所筹备委员会于所属各乡镇公民名册编造完毕后,即编造区公民总册,并指导监督各乡镇长、副乡镇长。

第二十一条　区公所筹备委员[会]于所属各乡镇长选定后,呈由县政府核准,召集区民大会,依《县地方自治条例》第十五条之规定选举区委员,依同条例第十二条之规定选举县参议员。

第二十二条　区公所筹备委员会于区公所成立时撤销,所有册籍、文件、公物、款项移交区公所接管,并[将]筹备经过情形呈报县政府备案。

第二十三条　区公所于现行法令或区民代表大会决议交办之范围内办理下列事项,或委托各乡镇公所办理之:

一、户口调查及人事登记事项;

二、土地测量事项;

三、警卫事项;

四、道路桥梁公园及公共土木工程之建筑修理事项;

五、教育事项;

六、卫生事项;

七、农工商业之改良及保护事项;

八、水利森林事项；

九、垦牧渔猎之保护及取缔事项；

十、粮食之储备及调节事项；

十一、合作社之组织及指导事项；

十二、健康保险事项；

十三、职业介绍事项；

十四、风俗改良事项；

十五、慈善事项；

十六、公营事业事项；

十七、公款公产管理事项；

十八、预算决算编造事项；

十九、自治公约制定事项；

二十、县政府委办事项；

二十一、其他依法令应办事项。

第二十四条　前条所列事项，其比较重大者，应随时召集区务会议决议之。

第二十五条　区委员任满得再被选为区长副区长，区长副区长任满得再被选。

区委员、区长、副区长之中途补缺者，以继续原任所余之任期为限。

第二十六条　区助理员之名额及生活费，区公所应呈请县政府核定之。

第二十七条　区公所应按月将所办事务列表呈报县政府。

第二十八条　区公所办事细则由民政厅定之。

第五章　乡镇民大会及乡镇民总投票

第二十九条　乡民大会或镇民大会之职权如左：

一、选举及罢免乡长副乡长、镇长副镇长；

二、制定或修正自治公约；

三、议决预算决算；

四、议决乡有镇有财产之经营及处分；

五、议决单行规程，但以不抵触中央及省县区法规者为限；

六、审议乡镇公所交议事项；

七、议决所属各里或公民提议事项。

第三十条　乡民镇民行使前条职权，应以总投票之法行之，但于可能范围内得召集乡民大会镇民大会。

第三十一条　乡镇公民之投票权不得抛弃；无故继续抛弃投票权三次以上者，应停止其公民资格一年。

第三十二条　乡镇公民之总投票，以多数决定之。

第三十三条　乡镇公所认为必要或有乡镇公民十分一以上之请求时，应举行乡镇公民总投票。

第三十四条　乡民大会镇民大会有乡镇公民三分一以上出席，方得开会，有出席公民过半数之赞成，方得决议。

第三十五条　乡民大会镇民大会以乡长镇长为主席，但关系乡长镇长本身事件，其主席由到会公民推定之。

乡镇公所未成立时之乡民大会镇民大会，以乡镇公所筹备委员为主席。

第三十六条　乡民大会镇民大会由乡长镇长召集之。

第三十七条　乡民大会镇民大会开会期间不得过三日。

第三十八条　乡镇民总投票规则及乡民大会镇民大会会议规则，由民政厅定之。

第六章　乡镇公所

第三十九条　乡镇公所未成立时，由区公所筹备委员会于乡镇公民中遴委筹备委员三人至五人，组织乡镇公所筹备委员会，其组织章程及办事细则，由民政厅定之。

第四十条　　乡镇公所筹备委员会于所属各里公民名册编造完毕后，即编造乡镇公民总册，并指导监督各里选举里长副里长。

第四十一条　乡镇公所筹备委员会于所属各里长副里长选定后，呈由区公所筹备委员会核准，召集乡民大会镇民大会，乡镇民大会依《县地方自治条例》第二十二条之规定，选举乡长副乡长、镇长副镇长。

第四十二条　乡镇公所筹备委员会于乡镇公所成立时撤销，所有册籍、文件、公物、款项移交乡镇公所接管，并将筹备经过情形，呈报区公所筹备委员会备案。

第四十三条　乡镇公所于现行法令或区公所之委托乡镇民大会决议交办之范围内，办理本细则第二十三条规定之事项。

第四十四条　乡镇公所办理前条事项，其比较重大者，应随时召集乡务会议镇务会议决议之。

第四十五条　乡镇长副乡镇长任满，得再被选，其中途补缺者，以继满原任所余之任期为限。

第四十六条　乡镇助理员之名额及生活费，乡镇公所应呈请区公所核定之。

第四十七条　乡镇公所应按月将所办事务列表呈报区公所。

第四十八条　乡镇公所办事细则由民政厅定之。

第七章 里民大会及里民总投票

第四十九条 里民大会之职权如左:

一、选举及罢免里长副里长;

二、制定或修正自治公约;

三、审议里长副里长交议事项;

四、议决所属公民提议事项。

第五十条 里民大会有里民过半数之出席,方得开议,有出席里民过半数之赞成,方得决议。

第五十一条 里民行使第四十九条之职权,不能依前条之规定开会时,以里民总投票之方法行之。

第五十二条 里民总投票适用第三十一条至三十三条之规定。

第五十三条 里民大会以里长为主席,但关于里长副里长本身事件,其主席由到会公民推定之。

里长副里长未选定时,里民大会以里自治筹备员为主席。

第五十四条 里长副里长有故障或不依法召集里民大会时,由乡镇公所召集之,并以乡镇长为主席。

第五十五条 里民大会开会期间不得逾一日。

第五十六条 里民大会会议规则及里民总投票规则,由民政厅定之。

第五十七条 里长副里长未选出时,由乡镇公所筹备委员会于里公民中遴委里自治筹备员一人或二人,负责办理选举及筹备一切自治事项,其办事细则由民政厅定之。

第五十八条 里自治筹备员选报公民名册后,呈由乡镇公所筹备委员会核准,即召集里民大会,依《县地方自治条例》第二十七条之规定选举里长副里长。

第五十九条　里自治筹备员于必要时,得请乡镇公所筹备委员会派员助理。

第六十条　里自治筹备员于里长选定后撤销,所有册籍文件公物款项移交里长副里长接管,并将筹备经过情形呈报乡镇公所筹备委员会备案。

第六十一条　里长副里长承乡镇公所之命掌理本里自治事务,并协助乡镇长副乡镇长办理乡镇公所事务。

第六十二条　里长副里长任满,得再被选,其中途补缺者,以继满原任所余之任期为限。

第六十三条　里长副里长应按月将所办事务列表呈报乡镇公所。

第六十四条　里长副里长办事细则,由民政厅定之。

第八章　罢免权复决权之行使

第六十五条　罢免与复决均以投票行之。

第六十六条　县参议员有违法失职情事,得依下列之规定,提出罢免案:

　　一、由原选举区提出之罢免案,须有该区公民五分一以上之签名或该区所属乡镇公所三分一以上之共同负责。

　　二、由原选举区以外之各区提出之罢免案,须有全县公民三十分一以上之签名或该县所属区公所三分一以上之共同负责。

第六十七条　区委员或区长副区长如有违法失职情事,由该区公民五分一以上之签名或由该区所属之乡镇公所三分一以上之共同负责,得提出罢免案。

第六十八条　乡镇长副乡镇长如有违法失职情事,由该[乡]镇公民五分一以上之签名,得提出罢免案。

第六十九条　里长副里长如有违法失职情事,由该里公民五分二以上之签名,得提出罢免案。

第七十条　依第六十六条第一款提出之县参议员罢免案,以该区公民总投票解决之,但须有该区公民过半数之投票,经投票公民三分二以上之赞成为可决。

依同条第二款提出之县参议员罢免案,以该县各区公民总投票解决之,但须有全县公民三分一以上之投票,经投票公民过半数之赞成为可决。

第七十一条　依第六十七条提出之区委员或区长副区长罢免案,须有该区公民过半数之投票,经投票公民三分二以上之赞成为可决。

第七十二条　依第六十八条提出之乡镇长副乡镇长罢免案,须有该乡镇公民三分二以上之投票,经投票公民三分二以上之赞成为可决。

第七十三条　依第六十九条提出之里长副里长罢免案,须有该里公民三分二以上之投票,经投票公民四分三以上之赞成为可决。

第七十四条　第六十六条之县参议员罢免案,应提交县政府,请求举行公民总投票。县政府接受此项请求,认为与第六十六条之规定相符,须即呈请民政厅遴派监察员依第七十条之规定举行公民总投票。

第七十五条　第六十七条之区委员或区长副区长罢免案,应提交区民代表大会,区民代表大会认为与第六十七条之规定相符,即呈请县政府遴派监察员举行区公民总投票。

前项罢免案,如非值区民代表大会开会时,应提交县政府,请求举行区公民总投票。

第七十六条　第[六]十八条之乡镇长副乡镇长罢免案,应提交乡民大会或镇民大会,乡民大会或镇民大会认为与第六十八条之规定相符,即呈请区公所遴派监察员举行乡公民或镇公民总投票。

前项罢免案如非值乡民大会或镇民大会开会时,应提交区公所,请求举行公民总投票。

第七十七条　第六十九条之里长副里长罢免案,应提交里民大会,里民大会认为与第六十九条之规定相符,即呈请乡镇公所遴派监察员举行里公民总投票。

前项罢免案,如非值里民大会开会时,应提交乡镇公所,请求举行里公民总投票。

第七十八条　县区乡镇里公民,对于县区乡镇里之自治公约及其他单行法规,得提出复决案。

第七十九条　复决案之提出及投票可决之法定人数,适用第六十六条第二款至七十七之规定。

第八十条　提出罢免案或复决案之公民,得附具理由书,被提出罢免案之自治人员,得提出答辩书,均须于举行总投票前提出之。

第八十一条　总投票前,由办理投票机关制定二联式投票纸,编列号数,颁给各公民,由领票人于存根内签名或划押,颁发完毕后,应将存根秘密保存,俟开票完毕时,连同所投之票缴呈上级机关备案。

第八十二条　投票纸应记载案由,凡赞成罢免案或复决案者,于票上加〇号,反对者,票上加×号。

第八十三条　办理公民总投票事务之机关,应先期十日发布通告,揭载下列事项:

一、案由;

二、投票日期；

三、投票方法；

四、有第八十条之理由书或答辩书者，一并揭出。

第八十四条　罢免票复决票有下列情事之一者作废：

一、夹写其他文字者；

二、不用办理投票机关所发纸者。

第八十五条　罢免案确定，即以候补人递补，如无候补人时，即依法选举之。

第八十六条　第七十四条至七十七条之监察员人数，由委派之机关决定之。

第八十七条　罢免案或复决案之总投票，应设投票管理员、开票管理员各三人至五人。

前项人员之选派，如依第七十四条、七十五条之规定举行总投票时，由县政府选派之；依七十六条之规定举行总投票时，由区公所选［派］之，依第七十七条之规定举行总投票时，由乡镇公所选派之。

第八十八条　投票管理员、开票管理员之职务及投票开票一切手续，适用县参议员及区乡镇里自治人员选举规则之规定。

第八十九条　关系罢免之诉讼与选举诉讼同。

第九十条　刑法关于妨害选举之规定，于妨害罢免准用之。

第九章　附　　则

第九十一条　本细则施行日期以命令定之。

（《地方自治之理论与实际》，第 194 － 310 页。）

县参议员及自治人员选举规则

（1931 年 7 月 1 日广州国民政府公布）

第一条　县参议员、区委员、区长、副区长、乡镇长、副乡镇长、里长、副里长之选举，除《县地方自治条例》及《县地方自治［条例］施行细则》外，依本规则行之。

第二条　县参议员、区委员、区长、副区长之选举，以限制连记法行之，乡镇长、副乡镇长、里长、副里长选举，以记名单记法行之。

第三条　依《县地方自治条例》第十二条之规定，选举县参议员应与选举区委员、区长、副区长同时举行之。

第四条　区代表大会由各乡镇之代表组织之，各乡镇之代表，每里选出一人，其不设里之乡镇，每二十五户选出代表一人。

各乡镇代表之选举事务，由乡镇公所办理，乡镇公所未成立时，由乡镇公所筹备委员会办理之。

第五条　参议员之选举，以票数最多者当选，并以票数次多者为该区候补参议员，该区当选参议员不能应选或中途辞职，由该区候补参议员依次递补之。

第六条　区委员之选举，以票数最多者为当选，并以票数次多者为候补区委员，改用区长制后，区长副区长之选举，以票数最多者为区长当选人，次多者为副区长当选人，以得票次多者三人为候补当选人，当选人不能应选或中途辞职时，由票数次多者递补之。

第七条　区委员之选举,于所属各乡镇成立后行之,但乡镇选举发生争议致乡镇公所未完全成立者,得先行选举区委员。

第八条　乡[镇]长副乡[镇]长之选举,以票数最多者为乡镇长当选人,次多者为副乡镇长当选人,并以得票次多者二人为候补当选人,当选人不能应选或中途辞职时,由票数次多者递补之。

第九条　乡镇长之选举,于所属各里长副里长选定后行之。

第十条　里长副里长之选举,以票数最多者为里长当选人,次多者为副里长当选人,并以得票次多者为候补当选人,当选人不能应选或中途辞职时,由票数次多者递补之。

第十一条　有左列情事之一者,应停止当选:

一、现役军人;

二、警察;

三、僧道及其他宗教师。

第十二条　当选者非有左列情事之一,不得拒绝当选:

一、确有疾病,或精神衰弱不能常任职务者;

二、确有他项职业,不能常住境内者。

第十三条　区乡镇里之选举,应由区乡镇公所或区乡镇公所筹备委员会先期十日公布选举区内公民名册,并先期五日发布选举通告,揭载下列事项:

一、选举日期;

二、投票所及开票[所]地址;

三、投票方法;

四、当选人之额数。

第十四条　有左列情事之一者,其选举票作废:

一、于被选举人及选举人姓名外夹写他字者；

二、不用发给之投票纸者；

三、字迹模糊，不能认识者；

四、被选人未取得公民资格者。

第十五条　投票人有下列情事之一者，选举监察委员得令其退出：

一、冒替者；

二、在场喧扰不服制止［者］；

三、携带凶器入场者；

四、其他不正当行为，不服制止者。

第十六条　区乡镇之选举，各设选举监察员三人，投票管理员、开票管理员各三人至五人；里之选举，设选举监察二人，投票员、开票员各二人或三人。

前项人员属于区者，由县政府选派之，属于乡镇者，由区公所或区公所筹备委员会选派之，选举监察委员，不得以本区本乡本镇本里之公民充任。

第十七条　投票管理员之职务如左：

一、维持投票秩序；

二、掌投票纸、投票瓯、投票簿及选举人名册；

三、分发投票纸；

四、其他关于投票一切事项。

第十八条　开票员之职务如左：

一、维持开票秩序；

二、清算投票数目，及被选人得票计算；

三、检查投票纸之真伪；

四、保存选票；

五、其他关于开票之一切事项。

第十九条　选举监察员监视投票管理员、开票管理员,办理投票开票事宜。

第二十条　投票管理员应于投票簿内,记载左列事项:

一、选举人之姓名年龄住所;

二、投票场所及投票日期;

三、发出票数、用余票数及投票数。

第二十一条　投票完毕应即开票,以继续开毕为止。

第二十二条　选举之是否有效,由选举监察员决定之,无效者并须当众宣示。

第二十三条　开票管理员应作左列事项之纪录:

一、投票总类〔额〕;

二、废票数额;

三、各被选人之得票数额。

第二十四条　被选人得票同数者,以抽签定之。

第二十五条　当选人不敷法定人数时,应于即日或次日补行选举。

第二十六条　当选人同时被选为二级以上之自治人员时,以就一级之职务为限,由当选人于选举公布后五日内决定之。

第二十七条　当选之县参议员由民政厅发给证书;当选之区委员或区长副区长、镇长副镇长,由县政府发给证书;当选之里长副里长由区公所或区公所筹备委员会发给证书。

第二十八条　区选举所用投票瓯、投票纸,由县政府制发,乡镇里选举所用投票瓯、投票纸,由区公所或区公所筹备委员会制发。

第二十九条　投票簿式、投票匣式、证书式如附件。

第三十条　本规则自公布日施行。

（董修甲编著:《中国地方自治问题》下册，
商务印书馆1937年版,第525－532页。）

县地方自治条例

（1933 年 10 月 17 日西南政务委员会修正公布）

第一章 总 则

第一条 本条例根据《建国大纲》第八条制定之。

第二条 县之区域依其现有之区域。

第三条 县之废置及县区域之变更，由省政府呈请国民政府核准公布之。

第四条 县之下分为区、乡、里，里之下得分为邻。

繁盛地方得称为镇，镇等于乡。

第五条 积五户为邻，积五邻或二十五户为里，积四里至十里为乡或镇，积二十至五十乡或镇为区。

各地方之户数不满前项之规定者，得附入毗连各邻里乡镇编列。

第六条 前条区乡镇里邻之划分，因地势或地方习惯及其他特殊情形，得酌量变通之。

第七条 区乡镇区域之划分及变更，由县政府拟呈民政厅核准行之，并由民政厅呈省政府备案，里邻之划分及变更由县政府核定之，并呈报民政厅备案。

第八条 各级自治机关得依照自治公约制定办法大纲制定自治公约，但须递呈县政府核明备案，区自治公约并须由县政府核呈民政厅备案。

前项自治公约制定办法大纲另定之。

第九条　县为自治单位,其自治筹备达到《建国大纲》第八条规定之程度,经查明合格后,县长由县民选举之。

第十条　各级自治人员除雇员外均为义务职。

第二章　县参议会

第十一条　县设参议会,由县内各区公民及各界团体依法选出之参议员共同组织之,为全县人民代表机关,每二年改选一次。县参议员名额除各界团体各一人外,每区一人至三人,依各县人口多寡、经济情况由民政厅提呈省政府定之,候补参议员名额与其应选出之参议员名额同数。

第十二条　县参议会于不抵触中央及省法令范围内,有议决左列各事项之权:

一、关于完成自治事项;

二、关于调查人口、测量土地、修筑道路、办理警卫及保甲事项;

三、关于预算决算事项;

四、关于整理县财政、募集县公债及其他增加县民负担事项;

五、关于县有财产之经营及处分事项;

六、关于县民生计及救济事项;

七、关于促进县教育及其他文化事项;

八、关于县单行法规事项;

九、县长交议事项;

十、其他应兴应革事项。

第十三条　县参议会议决前条各事项,应送由县政府分别转呈主管机关核准施行。

第十四条　县参议会每六个月开会一次,其会期不得逾五日。

第十五条　县参议会开会,除前条规定外,如有重要事件发生,应即开具理由,函县政府转呈民政厅核准召集临时会议解决之,但遇事机紧急时,得由县政府先行呈请上级机关核准办理,仍应函送县参议会追认。

第十六条　县参议会组织条例及参议员选举规则另定之。

第三章　区

第十七条　区民组织区民代表大会,于不抵触中央及省县法令范围内有左列之职权:

一、选举县参议员、区长、副区长;

二、提出县参议员、区长、副区长罢免案;

三、制定或修正自治公约;

四、议决区之预算决算;

五、议决区有财产之经营处分;

六、议订区单行规程;

七、审议区公所交议事项;

八、议决所属各乡镇或公民提议事项。

第十八条　区民代表大会由区公所召集,每年开会一次,其日期由区长拟呈县政府核定之,如有重要事件发生或区公民之二分一以上或乡镇公所三分一以上之请求,得开具理由,呈请县政府核准召集临时会议。

前项临时会议关于区长副区长本身事件区公所延不召集时,得由过半数之乡镇公所联呈县政府核准召集之。

区民代表大会开会期间不得逾三日。

第十九条　区民代表大会会议规则由民政厅定之。

第二十条　区置区公所,设区长一人,副区长二人,任期二年,其选举规则另定之。

第二十一条　区公所于现行法令及自治公约或区民代表大会决议交办之范围内,有办理左列事项或委托乡镇公所办理之权:

一、户口调查及人事登记事项;

二、土地测量事项;

三、警卫事项;

四、道路桥梁公园及公共土木工程之建筑修理事项;

五、教育事项;

六、卫生事项;

七、农工商业之改良及保护事项;

八、水利森林事项;

九、垦牧渔猎之保护及取缔事项;

十、粮食之储备及调节事项;

十一、合作社之组织及指导事项;

十二、健康保险事项;

十三、职业介绍事项;

十四、风俗改良事项;

十五、慈善事项;

十六、公营业事项;

十七、公款公产管理事项;

十八、预算决算编造事项;

十九、自治公约制定事项;

二十、县政府委办事项;

二十一、其他依法令应办事项。

第二十二条　区公所于前条所列各事项,其比较重大者应随时召集区务会议决议办理之。

区务会议由区长、副区长及所属之乡长、副乡长、镇长、副镇长组织之。

区务会议规则由区公所定之。

第二十三条　区公所有所属三分之一以上之乡镇公所请求时,得召集区务会议。

第二十四条　区民对于区公约及自治事项有创制及复决权,对于区长副区长违法失职有罢免权,其施行程序另定之。

第二十五条　区公所为执行职务得雇员助理,并得酌设所丁。

第四章　乡　　镇

第二十六条　乡民组织乡民大会,镇民组织镇民大会,由各该乡镇长召集之,于不抵触中央省县及上级自治机关颁布之法令规程范围内有左列之职权:

　　一、选举及罢免乡长副乡长镇长副镇长;

　　二、制定或修正乡镇自治公约;

　　三、议决乡镇预算决算;

　　四、议决乡有镇有财产之经营处分;

　　五、议订乡镇单行规程;

　　六、审议乡镇公所交议事项;

　　七、议决所属各里公民提议事项。

第二十七条　乡镇公民得以总投票方法行使前条之职权。

第二十八条　乡民大会、镇民大会每年最少开会一次,由乡长镇长召集之,其开会期间不得逾二日。

第二十九条　乡镇民总投票规则及乡民大会、镇民大会会议规则,由民政厅定之。

第三十条　乡置乡公所,设乡长一人,副乡长二人,镇置镇公所,设镇长一人,副镇长二人,任期二年,其选举规则另定之。

乡镇在五百户以上者,每五百户得增设副乡长或副镇长一人,但至多不得过十人。

第三十一条　乡镇公所依现行法令及乡镇公约或乡镇民大会决议交办之范围内,有办理本条例第二十一条规定各事项之权。

第三十二条　乡镇公所办理前条事项,其比较重大者,应随时召集乡务会议、镇务会议决议办理之。

乡务会议、镇务会议由乡长副乡长镇长副镇长及所属之里长组织之。

乡务会议、镇务会议规则由乡镇公所定之。

第三十三条　乡镇公所有所属三分之一以上之里长请求时,召集乡务会议、镇务会议。

第三十四条　乡镇民对于乡镇公约有创制及复决权,对于乡长副乡长镇长副镇长违法失职有罢免权,其施行程序另定之。

第三十五条　乡镇公所为执行乡务镇务得雇员助理,并得酌设所丁。

第五章　里　　邻

第三十六条　里民组织里民会议,邻民组织邻民会议,由里邻长分别召集之,于不抵触中央省县及上级自治机关颁布之法令规程范围内有左列之职权:

一、选举及罢免里长副里长邻长;

二、选举及撤回区民代表;

三、制定或修正里邻自治公约；

四、审议里长副里长邻长交议事项；

五、议决所属公民提议事项。

第三十七条　里民邻民得以总投票方法行使前条之职权。

第三十八条　里长邻长认为必要或有里民邻民三分之一以上之请求时，得分别召集里民会议、邻民会议。

里民会议、邻民会议有里民邻民过半数出席方得开会，有出席里民邻民过半数之赞成方得表决。

第三十九条　里民会议、邻民会议开会期间不得逾一日。

第四十条　里邻民会议规则及里邻民总投票规则由民政厅定之。

第四十一条　里设里长一人，副里长一人，邻设邻长一人，任期二年，其选举规则另定之。

第四十二条　里长副里长承乡镇公所之命掌理本里自治事务，并襄助乡镇长副乡镇长办理乡镇事务。

第四十三条　邻长承乡镇公所及里长副里长之命办理本邻自治事务，并襄助里长副里长办理里事务。

第四十四条　里民邻民对于里公约、邻公约有创制权及复决权，对于里长副里长邻长违法失职有罢免权，其施行程序另定之。

第六章　附　　则

第四十五条　本条例施行细则另定之。

第四十六条　本条例施行日期以命令定之。

（《中华民国法规大全》（一），第618—620页。）

县地方自治条例施行细则

（1933 年 11 月 28 日西南政务委员会修正公布）

第一章 总 则

第一条 本细则依据《修正县地方自治条例》第四十五条规定之，关于县区乡镇里邻自治之施行悉依本细则之规定办理。

第二条 区乡镇里邻以次第名之，或依固有之名称，但如区域有变更时，其名称经县政府核准得变更之。

第三条 县参议会会址应在县政府所在地，区乡镇公所所址由各该区乡镇务会议就各该区域内决定之，并分别递呈县政府备案。

第四条 凡两个以上同级自治区域间有相互关系之事项，得依照自治公约制定办法大纲之规定，互订公约，共同遵守。

前项公约之订立解除，由各该级自治机关分别提交有关系之区民代表大会、乡镇民大会或里邻民会议决议，按级递呈县政府核准行之，乡镇以上之联合公约并应由县政府核呈民政厅备案。

第五条 中华民国人民无论男女，年满二十岁，在本县区乡镇里邻继续居住一年以上或有住所达二年以上，经宣誓后即取得公民资格，有行使选举罢免创制复决之权及被选举权。

国外或租借地之中华民国人民无论男女，年满二十岁者，虽于县区域内居住未达一年或有住所未达二年,经宣誓登记后亦可取得前项之公民资格,或虽无户籍于其他县市,而经在邻近国外或租借地之县区域内宣誓登记者亦同。

凡一个公民除在其宣誓登记之区域及其本身职业团体内享有公民权外,不得再于别区域或别职业团体取得公民权。

有左列情事之一者,不得享有前列各项所定之权:

一、有反革命行为,经判决确定者;

二、贪官污吏、土豪劣绅,经判决确定者;

三、褫夺公权尚未复权者;

四、开除党籍者;

五、禁治产者;

六、为不正当之营业者;

七、吸用鸦片或其他代用品者。

第六条　宣誓须亲自签名画押于誓词。

宣誓典礼于乡镇公所举行,并由各该公所派员监督,其誓词如左:

○○○正心诚意,当众宣誓,尽忠竭力,拥护中华民国,实行三民主义,采用五权宪法,务使政治修明,人民安乐,措国基于永固,维世界之和平,此誓。

中华民国　　年　　月　　日　　(签名)　　立誓。

宣誓人如不识字者,其誓词由监督人宣读,宣誓人循声朗诵,并由监督人代签名,宣誓人画押。

第七条　前条之宣誓随时均得举行,但于每届筹备改选之日起至改选完竣之日止须停止之。

第八条　公民宣誓后,里长副里长须登记之,并按照邻户次序分别编入公民名册,其造报名册之程序另定之。

公民誓词由里长副里长递呈县政府备案。

第九条　县政府于每届各级自治人员选举完竣后，应将选举经过情形呈报民政厅，递报省政府、国民政府备案。

每届各级当选人员，县政府应于选举完竣后一个月内造具名册，呈报民政厅核办。

第十条　每届筹办选举经费由各该地方筹拨之。

第十一条　县参议会、区民代表大会、区公所之钤记，乡镇民大会、乡镇公所、里民会议、里长、邻民会议、邻长之图记，其式样由民政厅另定之。

第十二条　本细则第八条之公民名册，其式样由民政厅定之。

第二章　县参议会

第十三条　《修正县地方自治条例》第十一条所称之各界团体如左：

　　一、商会；

　　二、农会；

　　三、工会；

　　四、教育会；

　　五、自由职业团体。

前项各团体系指各县依法设立，经呈奉核准立案者而言。

第十四条　县参议员之就职日期由民政厅指定之。

第十五条　县参议会议长副议长应于下届县参议员就职时，将经管册籍、文件、公物、款项移交，并会函县政府转呈民政厅备案。

第十六条　县参议会经费由民政厅核定之。

第三章　区民代表大会

第十七条　区民代表大会有代表过半数之出席方得开会,有出席代表过半数之赞成方得决议。

第十八条　区民代表大会之主席由代表推定之。

第四章　区公所

第十九条　县政府于区长副区长任满前三个月内,应分别指定各该区公所筹办下届选举事宜。

第二十条　区公所于所属各乡镇公民名册编造完毕后,即于乡镇选举前十日编造区公民总册二分,以一分存查,以一分呈缴县政府备案,并指导监督所属各乡镇选举乡镇长副乡镇长。

第二十一条　区公所于所属各乡镇长选定后,呈由县政府核准,召集公民代表大会,依《修正县地方自治条例》第十七条之规定选举县参议员、区长、副区长,但所属乡镇遇有事故未能选举时,得于区民代表选出后呈准先行区选举。

县参议员在县长民选以前,应依照《修正县地方自治条例》第十一条规定之名额选出一倍之人数,由县政府列册呈报民政厅,分别指定为县参议员或候补县参议员。

区长副区长在县长民选以前,应依照《修正县地方自治条例》第二十条规定之名额选出一倍之人数,由县政府分别拟呈民政厅核定之。

第二十二条　区公所于选举完竣后,应将筹办选举经过情形呈报县政府备案。

第二十三条　区长副区长就职日期由县政府酌定之,并呈报民政厅备案。

第二十四条　区长副区长应于下届区长副区长就职时,将经管之册籍、文件、公物、款项列册移交,并会同呈报县政府备案。

第二十五条　区公所于区民代表大会开会时,应将办理区务经过情形及财政收支状况作成书面报告之。

第二十六条　区长副区长任满得再被选,其中途递补者以继满原任所余之任期为限。

第二十七条　区公所经费经区民代表大会议决后,应呈请县政府核定之,并由县政府呈报民政厅备案。

第二十八条　区公所应按月将所办事务列表呈报县政府。

第二十九条　区公所办事细则由民政厅定之。

第五章　乡镇民大会及乡镇民总投票

第三十条　乡镇公民之投票权不得抛弃,无故继续抛弃投票权至三次以上者,应停止其公民权一年。

第三十一条　乡镇公民之总投票须有该乡镇公民三分二以上之投票及投票公民三分二以上之票数决定之。

第三十二条　乡镇公所认为必要或有公民十分一以上之请求时,应举行乡镇民总投票。

第三十三条　乡民大会、镇民大会有乡镇公民三分二以上之出席方得开会,有出席公民三分二以上之赞成方得决议。

第三十四条　乡民大会、镇民大会以乡长镇长为主席,但关于乡镇长副乡镇长本身事件,其主席由到会公民推定之。

第六章　乡镇公所

第三十五条　区公所于乡镇长副乡镇长任满之前三个月内,应分别指定所属各该乡镇公所负责筹办下届改选事宜,并呈县政府察核。

第三十六条 乡镇公所于所属各里公民名册编造完毕后，即于里选举前十日编造乡镇公民总册二分，以一分移交乡镇公所存查，以一分缴送区公所，并指导监督各里邻选举里长副里长邻长。

第三十七条 乡镇公所于所属各里长副里长选定后，报告区公所核准，召集乡民大会、镇民大会，依《修正县地方自治条例》第二十六条之规定选举乡长副乡长镇长副镇长。

前项乡长副乡长镇长副镇长在县长民选以前，应依《修正县地方自治条例》第三十条规定之名额选出一倍之人数，报由区公所转呈县政府分别指定，并由县政府呈报民政厅备案。

第三十八条 乡镇公所于选举完竣时，应将筹办选举经过情形报由区公所转呈县政府备案。

第三十九条 乡长副乡长镇长副镇长就职日期，由区公所拟呈县政府核定之。

第四十条 乡长副乡长镇长副镇长应于下届乡长副乡长镇长副镇长就职时，将经管册籍、文件、公物、款项列册移交，并会同报由区公所转呈县政府备案。

第四十一条 乡长镇长于每次乡民大会、镇民大会开会时，应将办理乡务镇务经过情形及财政收支状况作成书面报告之。

第四十二条 乡长副乡长镇长副镇长任满得再被选，其中途递补者以继满原任所余之任期为限。

第四十三条 乡镇公所经费应报由区公所转呈县政府核定之。

第四十四条 乡镇公所得按月将所办事务列表，报由区公所转呈县政府。

第四十五条 乡镇公所办事细则由民政厅定之。

第七章　里邻民会议及里邻民总投票

第四十六条　里民邻民总投票适用本细则第三十条、第六十七条之规定。

第四十七条　里民会议、邻民会议开会时以里长邻长为主席，但关于里长副里长邻长本身事件，其主席由到会公民推定之。

第四十八条　里长副里长邻长有故障或不依法召集时，里民会议由镇乡公所召集之，并以乡镇长为主席，邻民会议由里长副里长召集之，并以里长为主席。

第四十九条　乡镇公所于里长副里长邻长任满前三个月内，应分别指定所属各里长副里长邻长负责筹办下届改选事宜，并报告区公所察核。

第五十条　里长副里长邻长于开始筹备选举之日，依照造报公民名册规则规定程序，于十日内编造里邻民名册二分，以一分存查，以一分缴送乡镇公所，由乡镇公所核准，分别召集里邻民会议，选举公民代表、里长、副里长、邻长。

第五十一条　里长副里长邻长于筹办选举时，得请乡镇公所派员助理。

第五十二条　里长副里长邻长于选举完竣时，应将筹办选举经过情形报告乡镇公所，递报区公所县政府备案。

第五十三条　里长副里长邻长就职日期由乡镇公所拟定，报由区公所核准，转呈县政府备案。

第五十四条　里长副里长邻长于下届里长副里长邻长就职时，将经管册籍、文件、公物、款项列册移交，并会同报告乡镇公所，转报区公所备案。

第五十五条　里长副里长邻长任满得再被选，其中途递补者以继满原任所余之任期为限。

第五十六条　里长副里长应按月将所办事务列表报告镇公所。

第五十七条　邻长应将每月所办之事项报告于里长副里长。

第五十八条　里长副里长邻长办事细则由民政厅定之。

第八章　罢免权复决权之行使

第五十九条　罢免与复决均以投票行之。

第六十条　县参议员如有违法失职情事,得依下列规定提出罢免案:

一、由原选举区区民代表提出之罢免案,应依本细则第十七条之规定提出之;

二、由原选举区公民提出之罢免案,须有该区公民五分一以上之签名或该区所属乡镇公所三分一以上之共同负责提出之;

三、由原选举团体提出之罢免案,须有属于该团体之公民五分一以上之签名提出之;

四、由原选举区或原选举团体以外之各区提出[之]罢免案,须有全县公民三十分一以上之签名或该县所属区公所三分一以上共同负责提出之;

五、由原选举区或原选举团体以外之各团体提出之罢免案,须有全县公民三十分一以上之签名或该县所属本细则第十三条所列举之团体三个以上之共同负责提出之。

第六十一条　区长副区长如有违法失职情事,由该区区民代表大会议决或该区公民五分一以上之签名或该区所属乡镇公所三分一以上共同负责,得提出罢免案。

第六十二条　乡镇长副乡镇长如有违法失职情事,由该乡镇公民五分一以上之签名,得提出罢免案。

第六十三条　里长副里长邻长如有违法失职情事,由该里或该邻公民五分二以上之签名,得提出罢免案。

第六十四条　依本细则第六十条第一项提出之县参议员罢免案,以该区公民总投票解决之,但须有该区公民过半数之投票,经投票公民三分二以上之赞成为可决。

依本细则第六十条第二项提出之县参议员罢免案,以该县区公民总投票解决之,但须有全县公民三分一以上之投票,经投票公民过半数之赞成为可决。

依本细则第六十条第三项提出之县参议员罢免案,以各该团体之公民总投票解决之,但须有该团体公民过半数之投票,经投票公民三分二以上之赞成为可决。

依本细则第六十条第四第五项提出之县参议员罢免案,以该县公民总投票解决之,但须有全县公民三分一以上之投票,经投票公民过半数之赞成为可决。

第六十五条　依本细则第六十一条提出之区长副区长罢免案,须有该区公民过半数之投票,经投票公民三分二以上之赞成为可决。

第六十六条　依本细则第六十二条提出之乡镇长副乡镇长罢免案,须有该乡镇公民三分二以上之投票,经投票公民三分二以上之赞成为可决。

第六十七条　依本细则第六十三条提出之里长副里长邻长罢免案,须有该里或该邻公民三分二以上之投票,经投票公民四分三以上之赞成为可决。

第六十八条　依本细则第六十条提出之县参议员罢免案,应造具理由书正副本呈送县政府,经县政府审查,认为与本细则第六十条之规定相符,即将理由书副本函送被提出罢免人,依期造具答辩书,连同关系文件汇呈民政厅核准,遴派监察员,指定日期,依本细则第六十四条之规定举行总投票。

第六十九条　依本细则第六十一条提出之区长副区长罢免案,应造具理由书正副本呈送县政府,经县政府审查,认为与本细则第六十一条之规定相符,即将理由书副本发交被提出罢免人,依期造具答辩书,连同关系文件汇呈民政厅核准后,由县政府遴派监察员,指定日期,依本细则第六十五条之规定举行区公民总投票。

第七十条　依本细则第六十二条提出之乡镇长副乡镇长罢免案,应造具理由书正副本,送由区公所转呈县政府,经县政府审查,认为与本细则第六十二条之规定相符,即将理由书副本发交区公所转发被提出罢免人,依期造具答辩书,连同关系文件送由区公所汇呈县政府核准后,由区公所遴派监察员,指定日期,依本细则第六十六条之规定,举行乡公民或镇公民总投票。

第七十一条　依本细则第六十三条提出之里长副里长邻长罢免案,应造具理由书正副本,送由乡镇公所递报区公所、县政府,经县政府审查,认为与本细则第六十三条之规定相符,即将理由书副本发交区公所,按级转发被提出罢免人,依期造具答辩书,连同关系文件送由乡镇公所递呈县政府核准后,由乡镇公所遴派监察员,依本细则第六十七条之规定,举行里公民或邻公民总投票。

第七十二条　本细则第六十八条至七十一条规定之答辩书,应由被提出罢免人于收到理由书副本之日起十日内提出之。

第七十三条　县区乡镇里邻公民对于县区乡镇里邻之单行法规或自治公约,得提出复决案。

第七十四条　复决案之提出及投票可决之法定人数,适用本细则第六十条至第六十七条之规定。

第七十五条　总投票前应由办理投票机关制定二联式投票纸，编列号数，颁发各公民，由领票人于存根内签名或画押，颁发完毕后应将存根秘密保存，俟开票完毕时，连同所投之票缴呈上级机关备案。

第七十六条　投票纸应记载案由，凡赞成罢免案或复决案者于票上加〇号，反对者于票上加×号。

第七十七条　办理公民总投票事务之机关，应先期十日发布通告，揭载左列事项：

一、案由；

二、投票日期；

三、投票方法；

四、关于案内之理由书、答辩书及一切关系文件。

第七十八条　罢免票、复决票有左列情事之一者作废：

一、夹写其他文字者；

二、不用办理投票机关所发投票纸者；

三、符号模糊不能辨认者。

第七十九条　县参议员、区长、副区长、乡长、副乡长、镇长、副镇长被提出罢免案，经确定后，其递补人员应由各该自治机关分别函呈县政府转呈民政厅指定之。

第八十条　里长、副里长、邻长被提出罢免案，经确定后，其递补人员应依当选人次序递补之。

第八十一条　本细则第六十八条至第七十一条之监察员人数，由委派之机关决定之。

第八十二条　罢免或复决案之总投票，应设投票管理员、开票管理员。

前项人员之选派,如依本细则第六十八条、第六十九条之规定举行总投票时,由县政府选派,如依本细则第七十条之规定举行总投票时,由区公所选派,依本细则第七十一条之规定举行总投票时,由乡镇公所选派,其人数由选派之机关决定之。

第八十三条　投票管理员、开票管理员之职务及投票开票一切手续,适用修正县参议员及区乡镇里邻自治人员选举规则之规定。

第八十四条　关于罢免之诉讼与选举诉讼同。

第八十五条　刑法关于妨害选举之规定,于妨害罢免准用之。

第八十六条　依《修正县地方自治条例》第三十六条第二款之规定撤回区民代表,适用本细则第七十一条、第七十二条、第七十五条至第七十八条、第八十一条至第八十五条之规定。

第九章　附　　则

第八十七条　本细则施行日期以命令定之。

（《中华民国法规大全》(一),第620—624页。）

县参议会组织条例

（1933 年 11 月 28 日西南政务委员会修正公布）

第一条　本条例依据修正《县地方自治条例》第十六条制定之。

第二条　县参议会之组织，除依修正《县地方自治条例》及施行细则已有规定外，依本条例之规定。

第三条　县参议会设议长一人，副议长二人，由参议员以记名单记法互选之，以票数最多者一人为议长，次多者二人为副议长，并函县转呈民政厅备案，议长副议长因故出缺时，依前项规定补选之。

第四条　议长副议长须常川驻会掌理日常事务，并指挥监督会内各职员。

第五条　议长副议长如有放弃职守情事，得由县参议员三人以上之提出，经县参议会之议决，函县转呈民政厅核准改选之。

第六条　县参议会于开会时，因审查提案之便利，得分为左列各组审查之：

一、法制组；

二、社会组；

三、教育组；

四、建设组；

五、财政组；

六、警卫组；

七、地政组。

前项各组之设置及人员之推选，由县参议会议决定之。

第七条　县参议会设书记长一员，书记员一员至三员，并依事务之繁简得酌用雇员若干人，其名额由民政厅定之，书记长由议长副议长提请县参议会议决任用之，书记员雇员由议长副议长委用之，并函县转呈民政厅备案，但均不得由县参议员兼任。

第八条　书记长承议长副议长之命，督同书记员、雇员掌理文书、典守印信，并办理庶务会计及会内一切事务。

第九条　县参议会开会由议长副议长召集，但在议长副议长未选定以前，由县长召集之。

第十条　县参议会开会时由议长主席，议长有事故时由参议员就副议长中推举一人为主席，议长副议长俱有事故时由参议员互推一人为临时主席。

第十一条　县参议会会议时须有参议员总额过半数之出席方得开议。

第十二条　县参议会议案以出席县参议员过半数之同意决之，可否同数时取决于主席。

第十三条　县参议员对于本人缺席时议决之议案，不得为反对之动议。

第十四条　县参议员对于有关本身之议案，应退出议席。

第十五条　县参议员提出议案须有三人以上之连署。

第十六条　县参议员于一会期内无正当理由而缺席至三次以上者视为辞职，应依县参议员及区乡镇里自治人员选举规则之规定递补之。

第十七条　县参议会会议公开之,但主席或参议员三人以上之提议经会议通过时得暂行禁止旁听。

第十八条　县参议会开会时得请县长局长或派员列席报告或说明。

第十九条　县参议会经费应由地方款项下统收统支,县参议会不得自行筹款或直接征收地方款。

第二十条　县参议会之预决算,须于编造年度预决算时依照限期编造,函送县政府核明,列入县地方收支预决算,分别呈核。

第二十一条　县参议员除法令别有规定外,不得兼任本县县政府及其所属各机关公务员。

第二十二条　县参议员对于县政府不得保荐人员或其他请托情事。

第二十三条　县参议会议事规则及办事细则由县参议会拟定,函县转呈民政厅核准备案。

第二十四条　本条例施行日期以命令定之。

（《中华民国法规大全》(一),第 627 页。）

县参议员及区乡镇里邻自治人员选举规则

（1933 年 11 月 28 日西南政务委员会修正公布）

第一条　县参议员、区长、副区长、乡镇长、副乡镇长、里长、副里长、邻长、区民代表之选举,除修正《县地方自治条例》及修正《县地方自治条例施行细则》规定外,依本规则行之。

第二条　县参议员、区长、副区长、乡长、副乡长、镇长、副镇长之选举,以限制连记法行之。

里长、副里长、邻长、区民代表之选举,以记名单记法行之。

第三条　选举县参议员,应与选举区长副区长同时举行之。

第四条　区民代表大会由区民代表组织之,区民代表每里或五邻选出一人,其不设里邻之乡镇每二十五户选出一人。

第五条　县参议员之选举,依修正《县地方自治条例施行细则》第二十一条第二项之规定,在民选县长以前应依照修正《县地方自治条例》第十一条之规定办理之。

各区或各团体当选参议员不能应选或中途去职时,应报县政府呈由民政厅以该区或该团体候补参议员中指定递补之。

第六条　各团体之选举县参议员除依前条规定外,并依左列之规定行之:

　　一、商会之选举县参议员采复选制,以各商会所属经已立案同业公会或无同业公会而已加入商会为会员之商业法人及商店最近一年间所派出之会员代表为初选人，会同复选之。

　　二、农会之选举县参议员采复选制，以乡农会为单位，每会选出三人为初选人，会同复选之，但该县仅得一个农会时，得以会员直接选举之，区农会及县农会得由各该会现任干事长、副干事长、干事及评议员共选三人为初选人。

　　三、工会之选举县参议员采复选制，以工会为单位，每会选出代表三人为初选人，会同复选之，但该县仅得一个工会时，得以会员直接选举之。

　　四、教育会之选举县参议员采直接选举制，由会员直接选举之。

　　五、自由职业团体之选举县参议员采复选制，以职业团体为单位，每团体选出三人为初选人，会同复选之，但该县仅得一个职业团体时，得由该团体会员直接选举之。

第七条　前条各团体之职员虽经公民登记，如非该团体代表或会员时，不得享有前条各项之选举权及被选举权。

第八条　依修正《县地方自治条例施行细则》第十三条所列举经依法成立之各团体，应于每届开始筹备选举十日内造具代表或会员名册呈报县政府，于选举前二十日核明公布之。

前项之代表或会员以经宣誓登记之公民为限，其名册并须将宣誓时隶属之区乡镇里邻列载之。

第九条　各团体之选举由县政府办理之。

前项各团体之选举应以有选举权者过半数之投票为有效。

第十条　县参议员之被选举人，于其所属之选举区及所属之选举团体之一或二以上均当选时，以先被选者为准。

前项选举同时举行时以区选出者为准，由团体同时选出者，依修正《县地方自治条例施行细则》第十三条所列之顺序，决定其当选之所属。

第十一条　区长副区长之选举,依修正《县地方自治条例施行细则》第二十一条第三项之规定,在民选县长以前应以票数最多者之六人为当选人,由县政府于当选人中拟择一人为区长,二人为副区长,呈请民政厅核定之,其余三人为候补当选人。

区长副区长不能应选或中途去职时,由县政府依前项规定就各当选人中再拟呈民政厅核定之,如候补当选人不足三人时应依法补选足额,再行拟呈核定。

但候补人数仍敷递补时,得由县政府呈请民政厅核准,暂缓改选。

第十二条　乡镇长副乡镇长之选举,依修正《县地方自治条例施行细则》第三十七条第二项之规定,在民选县长以前应比照该乡镇长副之法定名额,以票数最多者之一倍人数为当选人,由县长于当选人中选任一人为乡镇长,若干人为副乡镇长,其余为候补当选人。

乡镇长副乡镇长不能应选或中途去职时,由县长依前项规定于各当选人中再指定之,如候补当选人不足其原定额数时,应即依法补选足额,再行指定,但候补人数仍敷递补时,得由县政府准予暂缓补选,并呈报民政厅备案。

第十三条　乡镇之选举,于所属各里长副里长邻长选定后行之。

第十四条　里长副里长之选举,以票数最多者当选为里长,次多者当选为副里长,并以得票次多者二人为候补当选人,里长副里长不能应选或中途去职时,由票数次多者依次递补之。

邻长之选举以票数最多者当选为邻长,邻长不能应选或中途去职时,由邻民会议选补之。

第十五条　有左列情事之一者应停止当选:

一、现役军人或警察;

二、依法令组织之各种地方武装团体现役人员;

三、现在学校之肄业生;

四、现为僧道尼及其他宗教师;

五、受《国籍法》第九条之限制尚未解除者;

六、盲哑或染有废疾者,但仅缺乏官能或肢体各一部分之能力者不在此限;

七、现受刑事处分不能执行职务者。

第十六条　公务人员非辞去原职不得应选为区乡镇里邻自治人员,但法令别有规定者不在此限。

第十七条　当选人非有左列情事之一不得拒绝当选:

一、确有疾病或精神衰弱不能常任职务者;

二、确有他项职务不能常任职务者。

第十八条　区乡镇里邻之选举,应由区乡镇公所、里长、副里长、邻长于先期十日将选举区域内公民名册公布之,并先期五日发布通告,揭载左列各事项:

一、选举日期;

二、投票及开票所在地;

三、投票方法;

四、当选人之额数。

第十九条　公民对于本规则第八条、第十八条规定公布之名册认为有错误或遗漏时,得于公布之日起五日内分别向各该公布机关声请更正。

第二十条　有左列情事之一者,其选举票作废:

一、于被选举人及选举人姓名外夹写他字者;

二、不用发给之投票纸者；

三、字迹模糊不能辨认者；

四、被选举人或选举人姓名与公布之公民名册不符者；

五、所选举之人数多于应选出之名额者；

六、被选举人未取得公民资格者。

第二十一条　投票人有左列情事之一者，选举监察员得令其退出：

一、冒替者；

二、在场喧扰不服制止者；

三、携带凶器入场者；

四、有其他不正当行为不服制止者。

第二十二条　选举人如不识字，得请人代书，本人画押，但代书人须署名证明。

第二十三条　县参议员、区长副区长之选举，由县政府派员监选之，乡镇长副乡镇长之选举，由区长副区长监选之，里长副里长邻长及区民代表之选举，由乡镇长副监选之。

第二十四条　区乡镇里邻及各界团体之选举，各设监察员、投票管理员、开票管理员及代书人若干人。

前项人员属于区及各界团体者由县政府选派，属于乡镇者由区公所选派，属于里邻者由乡镇公所选派，其名额由选派机关定之。

选举监察员不得以本区本乡镇本里本邻或本团体之公民充任。

第二十五条　投票人每人限领投票纸一分。

第二十六条　投票管理员之职务如左：

一、维持投票秩序；

　　二、掌管投票纸投票瓯投票簿及选举人名册；

　　三、分发投票纸；

　　四、其他关于投票一切事项。

　　第二十七条　开票管理员之职务如左：

　　一、维持开票秩序；

　　二、清算投票数目及计算被选人所得票数；

　　三、检查投票纸之真伪；

　　四、保存选举票；

　　五、其他关于开票之一切事项。

　　第二十八条　选举监察员应指挥监督投票开票管理员分别办理投票开票一切事宜。

　　第二十九条　投票管理员应于投票簿内记载左列事项：

　　一、选举人之姓名年龄住所；

　　二、投票场所及投票日期；

　　三、发出票数、用余票数及投票数。

　　第三十条　投票完毕即开票，以继续开毕为止。

　　第三十一条　选举票之是否有效，由选举监察员决定之，无效者须当众宣示，但选举监察员认为有疑义时应呈报原派机关核示。

　　第三十二条　开票管理员应作成左列之记录：

　　一、投票总额；

　　二、废票总额；

　　三、各被选人之得票数；

　　四、其他与开票有关系之事项。

　　第三十三条　被选人得票同数时以抽签定之，但抽签时如有一方或两方不到者，得由县政府或区公所分别派员代抽，其抽签日期应于先期三日通知。

第三十四条　当选人不敷法定人数时,应于即日或次日补行选举。

第三十五条　当选人同时被选为二级之自治人员时,以就一级之职务为限,由当选人于选举公布后三日内决定之。

第三十六条　当选之县参议员由民政厅发给证书,区长副区长乡长副乡长镇长副镇长由县政府发给证书,里长副里长邻长由区公所发给证书,区民代表由县政府发给证书。

第三十七条　区及各界团体选举所用投票匦投票纸由县政府照式制发,乡镇里邻所用投票匦投票纸由区公所照式制发。

第三十八条　投票簿式、投票纸式、投票匦式、证书式如附件。

第三十九条　本规则自公布日施行。

（《中华民国法规大全》(一),第 627—630 页。）

区乡镇坊调解委员会规程

（1934 年 2 月 10 日西南政务委员会公布）

第一条　各县之区乡镇公所及各市之坊公所,依本规程之规定附设调解委员会,办理左列事项:

一、民事调解事项;

二、本规程第五条规定之刑事调解事项。

第二条　区调解委员会受区公所之监督,乡镇坊调解委员会受乡镇坊公所之监督,处理调解事务。

第三条　区调解委员会由区民代表大会选举调解委员五人至九人组织之,于区公民中选举半数,于所属各乡镇调解委员中选举半数,但区长副区长及所属乡长副乡长或镇长副镇长均不得被选。

乡镇调解委员会由乡民大会或镇民大会于乡镇公民中选举调解委员三人至五人组织之,但乡长副乡长或镇长副镇长均不得被选。

坊调解委员会由坊民大会于坊公民中选举调解委员三人至五人组织之,但坊长副坊长均不得被选。

第四条　调解委员会得办理之民事调解事项应受左列限制:

一、已由法院受理之民事案件,经调解后须依法定程序向法院声请销案;

二、依民事调解法正在法院附设之民事调解处调解时,不得同时调解。

第五条　调解委员会得办理之刑事调解事项,以左列刑法各条之罪为限:

　　一、刑法第二百四十四条及第二百四十五条之妨害风化罪;

　　二、刑法第二百五十五条及第二百五十六条之妨害婚姻及家庭罪;

　　三、刑法第二百九十三条及三百零一条之伤害罪;

　　四、刑法第三百十五条第一项及第三百二十条之妨害自由罪;

　　五、刑法第三百二十四条至第三百三十条之妨害名誉及信用罪;

　　六、刑法第三百三十三条至第三百三十五条之妨害秘密罪;

　　七、刑法第三百四十一条第二项之窃盗罪;

　　八、刑法第三百六十一条第二项之侵占罪;

　　九、刑法第三百六十八条第二项之诈欺及背信罪;

　　十、刑法第三百八十条、第三百八十二条至三百八十四条之毁弃损坏罪。

前项各款之罪经告诉者,于第一审辩论终结前仍得调解,但应由告诉人向法院依法撤回其告诉。

第六条　调解委员会调解事项应以两造同区或同乡镇坊者为限,但两造不同区乡镇坊之案件,民事得由被告所在地、刑事得由犯罪地之调解委员会调解之。

凡乡镇调解委员会未曾调解或不能调解之事项,均得由区调解委员会办理。

第七条　调解委员会调解事项,应于调解以前报告于区公所或乡镇坊公所,其不能调解时,在区报告区公所,分报县政府及该管法院,在乡镇坊报告乡镇坊公所,转区公所分报县市政府及该管法院,其调解成立者,应叙列当事人姓名年龄籍贯及事由概要并调解成立年月日分别报告,其报告程序与前项同。

第八条　刑事案件除本规程第五条所列刑法各条外,区公所或乡镇坊公所应立即将案报送法院核办。

第九条　调解日期民事不得逾十日,刑事不得逾五日,但民事事项当事人自请延期调解者得再延长十日。

第十条　刑事调解事项须验伤及查勘者,得由被害人或其法定代理人、保佐人、亲属、配偶报请当地区长或乡长镇长坊长验勘,开单存查,其不愿勘者听之。

第十一条　民事调解事项须得当事人之同意,刑事调解事项须得被害人之同意始能调解,调解委员会不得有阻止告诉及强迫调解各行为。

第十二条　办理调解事项,除对于民事当事人及刑事被害人得评定赔偿外,不得为财产上或身体上之处罚。

第十三条　办理调解事项,除查勘费由当事人核实开支外,不得征收费用或收受报酬。

第十四条　调解事项有涉及调解委员本身或亲属时应即回避。

第十五条　办理调解事项违反本规程第十一条、第十二条、第十三条之规定者,各依刑法本条论罪。

第十六条　调解委员违法失职时,得由区务会议或乡务会议镇务会议或坊公所先行停止其职务,再提交区民代表大会或乡镇坊民大会罢免之。

第十七条　本规程自公布日施行。

（《中华民国法规大全》（一），第 616—617 页。）

暂订江苏省各县村制组织大纲草案

（1927 年）

第一章 总 纲

第一条　各县所属村庄均须按照本大纲编制，以立自治基础。

第二条　凡一村区域各以本村原有之境界为准，遇有此村与彼村境界不明时，应协议划分之。

第三条　凡为村内居民，均须遵守本大纲之规定。

第二章 编 制

第四条　村内居民凡足一百户者应设村长一人村副一人，其居民尤多者得酌增村副，但至多不得过四人。

第五条　村民不足一百户者得察度情形，或一村设一村长，或指定主村联合邻村设一村长，但联合村之距离不可太远。

第六条　依前条之规定，于设置村长外，各联合村得酌量情形配置村副。

第七条　村长执行职务，得直接商承县长办理。

第八条　村民以二十五家为闾，设闾长一人，五家为邻，设邻长一人，闾邻之上均应冠以数目字，如第一闾第一邻之类。

前项村民因居住团结或习惯之上便利在二十五家以上五十家

以下或不满二十五家者,亦得设间长一人。

第九条　间长受村长副之指挥,邻长受间长之指挥执行职务。

第三章　村长副资格及任用

第十条　村民年在三十岁以上,确无嗜好,备具左列资格者得任为村长副:

> 一、朴实公正,粗通文义者;
>
> 二、有正当职业者。

第十一条　村长副由市乡局长于前条合格村民内按照定额加倍选保,呈请县长拣委,汇交民政厅备案。

第十二条　村长副任期一年,但得连任。

第四章　村长副职务及奖惩

第十三条　村长职务如左:

> 一、承行政官之委托办理宣传及执行事项;
>
> 二、办理自治事项;
>
> 三、本村民之公意陈述利弊事项;
>
> 四、报告职务内办理情形及特别发生事项。

第十四条　村副襄助村长商办前条所列事项。

第十五条　村长因事故不能执行职务时,得由村副一人代行之。

第十六条　村长副办公期满,由县长择尤请奖,其有特别劳绩者得随时呈请奖励。

第十七条　村长副违抗要公或藉端阻挠者,得由县长呈报民政厅撤换,其营私舞弊查有确据者,准其立时撤换,并呈请惩处。

第十八条　村长副如系接任,自奉委之日起,由前村长副于三日内将所管一切移交新村长副接收,并将交接日期报明市乡局长转呈县长备查,连任者亦须将连任日期报查。

第十九条　新村长副未接事以前一切村事,仍由前村长副负责。

第二十条　新村长副接事后十日内将各闾邻长分别遴保,呈由市乡局长派充,报县备案。

第五章　经　费

第二十一条　各村办公费用由该管区自治经费项下拨给。

第二十二条　村长副及闾邻长均无给职,其办公费支用规则另定之。

第二十三条　经费收入支出各数由村长副按季列款宣示,并报县查核。

第六章　附　则

第二十四条　本大纲于各城镇编制街闾邻时亦适用之。

第二十五条　本大纲呈由省政府政务会议通过公布施行,并转报国民政府备案。

（吴树滋、赵汉俊编:《县政大全》第二编（下）,
上海普益书局1930年版,第173—175页。）

江苏省江宁县暂行村制施行细则

（1927 年）

第一条　江宁县全境村庄，凡经县政府委出各该村村长副者，均须遵照江苏省各县组织大纲（以下简称大纲），督率所保充之闾邻长及其村民全体，同心努力，组织村制，确立自治基础，至施行之际，关于进行程序及因时因地之一应详切事宜，须各按本细则办理。

上项所称之村长应行职务，凡经奉委为村制佐理员者，均须查照江宁村制育才馆章程第九条之规定，有会同村副及该村旧有首事人等，代行村长职务之权责，以下各条均仿此。

第二条　各村村长执行职务时，在各市乡行政局未成立以前，一律适用大纲第七条之规定，直接秉承县长办理，但在设有村制指导员或与村制指导员负有相等使命者之联村区内各村长，并应受该指导员等之监督及指导。

第三条　凡新划村界，均须以三百至四百之户数或二千至三千之人数为组一村制之标准，其配置村副办法，即依大纲第六、第四等条之规定施行之。

第四条　凡新划村界，遇有居民辐凑，或向系市乡重镇，其户口总数超过上条所规定，在习惯上具有不易划分之联络关系者，应按照大纲第二条以原有境界为准之规定，呈县复勘办理，不受上条规定之限制。

第五条　凡新划村界，遇有居民散处，距离村公所所在地太形弯远，而联合组一村制者，无论崇山峻岭，荒原水泽，皆以距离村公所十里为限，凡有超过十里者，应另属他村联合办理，或呈县定夺。

第六条　凡新划村制，遇有毗连不明之处，未及与邻村会议妥协，而先即绘有草图呈案者，应由后绘草图之村，将请加改画之地点在图旁附绘虚线，详为说明，静候县政府召集先呈草图有关系之人复勘后予以公判。

第七条　各村村长应择本村适中地点，设置村公所，即暂定名曰某某村公所。

上项新组村制之村名，一律应以所属原有市乡之名，取其一字，另行改定（如属于汤泉乡者或曰金汤之类是），庶使耳目一新，易资识别，惟均应呈县核准或改正后施行之。

上项所称择取市乡名称之一字，其标准如下开所摘定者，用于新村名之第二字：汤泉（汤）、北固（固）、钟灵（灵）、淳化（淳）、棱陵（陵）、云台（云）、江宁（宁）、江乘（乘）、便民（民）、滨江（滨）、江东（东）、丹泉（丹）、凤台（凤）、道静（静）、新林（林）。

第八条　村长副之资格，在各市乡行政局未成立以前，应由县长按大纲第十条就各该村村民直接遴委之，但遇有各该村村民竟无合格人选时，概由各该村民或旧村长及董事等，考入村制育才馆毕业成绩较优之学员委任之。

村副及下列第十四条之事务员书记等，得以村制育才馆函授班毕业较优者充委之。

第九条　上条所开村长人选之毕业学员，如仍有缺乏时，得以普通及格者暂委以村制佐理员名义，代行村长职务，俟试署半年或一年考察成绩后，再定加委办法。

凡县委之村制佐理员，若非各该村村籍者，亦得暂时适用上项之规定。

第十条 各村村长副之改任或连任，应按照大纲第十二条之规定，由县长于各该村村长副一年任期内随时考察其办理村政之成绩，届期再核定之，遇有村政成绩最优、村与《建国大纲》第八条规定人民自治程度七项完全相符者，得由县长胪列实据，呈准民政厅转呈提案，明予该村村民等以民选村长副之权。

第十一条 村长执行职务，按照大纲第十三条规定之项目，除第一、第三四三项应随时另行遵照办理，不得预定外，其关于第二项办理自治之必要事项，在一年任期之内，应依照左列之顺序及期限，以次执行之：

第一期 基本组织 限四个月一律完成：

（一）设置村公所；

（二）绘具村界草图；

（三）编制户口间邻清册；

（四）议决公约及应用规则；

（五）编制临时预算案；

（六）举行纪念周与训练村政式仪。

第二期 初步工作 限四个月一律完成：

（一）编制金融合作实施案；

（二）厘订各项合作事业计划书；

（三）厘订各项村政设计书；

（四）编制本预算案；

（五）宣布临时之算案。

第三期 继续工作 限四个月一律完成：

（一）报告金融合作实施案之成绩；

（二）报告各项合作事业计划提前实施案之经过；

（三）报告各项村政设计提前实施案之经过；

（四）编制追加预算或特别预算案。

第十二条　村长办理自治事项，遇有联合邻村协议办理之必要时，须将该项联村协议书先期厘订签名，另案呈县，候批办理。

第十三条　村长执行一切职务，除奉有县政府之委托或宣传之明令应立即办理外，遇其他各间接行政机关或各团体所委托事项，与凡本村关于照章创办之共同事业应即筹款设施等事项，均应随时先行呈报县长核准后，方得照办。

第十四条　村长奉到县长或村制指导员召集通知时，应准时前往，不得缺席，如遇实有事故，应即时声明委托村副代表。

村长遇有要公委托村副商承县长时，其手续与上同。

第十五条　村长副得酌量村公所事务之繁简，呈准县政府委置事务员或书记一人至二人。

第十六条　村长副每日办公时间表及与间邻长例会或召集村民会议各日期，均应事先议定规则，呈县备案。

第十七条　村民如有妨碍公安行为，经村长劝阻不从者，应即报告县长，或就附近之公安局先请拘案，候县惩戒。

第十八条　村长对于县政府之报告，除紧要事件及第十一条所列分期办理事件，俱应专文不得延误外，其余例行事件，应分旬报月报二种，列表呈送备案，表式另发。上项例报，应备具二份，一份呈县，一份呈村制指导员。

第十九条　村长有事故未能到所办公，得委托首席村副代理，应著为常例。遇有村副亦皆有事故时，得承商县长，指定间长一人，暂行代理。凡代理村长职务至三日以上者，均须先期或事后补呈县政府备案。

第二十条　各村办公费支用规则,按照大纲第二十二条之规定,由县政府随时察酌各该村开办成绩及日行事务之繁简,另行厘定,呈准民政厅施行之。

第二十一条　各村由县政府刊发木质图记一颗,文曰江苏某某县某某市乡某某村公所之图记,于正式公文书及公告公函上盖用之,以资信守。其村长私章,亦应捺于署名之次,凡经村副代理事件,并须捺村副私章,以明责任。

第二十二条　村公所应另备一木质长戳,文曰某某市乡某某村公所,应用于普通文件或信函之上。

各闾邻长均得按照编定数目次第,备戳应用如上项。

第二十三条　本细则呈报民政厅核准施行。

（尹仲材:《地方自治学与村制学之纪元》,
上海大中书局1929年版,第360－367页。）

江苏省江宁县政府附设筹办村制处章程

（1927 年）

第一条　本处遵照江苏民政厅颁行筹办村制训令及村制大纲，克期筹办一切进行程序暨应行设施事项，以重村政而专责成。

第二条　本处不设处长，所有一切用人行政及筹办全县村制与厘订经久约规各事，宜统由县长指挥监督，直接处理之。

第三条　本处应用人员由县长征集农业专门、平日研究村治确有心得及热心自治与洞悉当地情形素有信仰者分别委用，随时呈报备案。

第四条　本处设置筹办村制各职员如左：

　　一、常川办事委员五人，内分筹备村制正副主任委员各一人，筹办村制助理员三人，书记三人；

　　二、义务委员无定额，由县长就县属十五市乡总分董及各社长与绅耆学界中择别委任之，并指定筹办某市某乡或某社某村之村制组织，应定名曰某市某乡筹办村制委员或助理员；

　　三、名誉职员无定额，凡有硕学名流、年高望重、对于新村计划有所献替或有伟力之赞助者，由县长分别聘委当充各种名誉职员，以襄郅治。

第五条　上项常川办事委员，掌理拟订稿件、测量村图、保管档册及关于本处会议、调查训练与一切进行程序事项，遇有应行经过主任委员负责办理各事宜,仍照各科科长签定发行之例。

第六条　本处关于组织村制实行设施之一切筹办事宜,以左列各会议之议决或各团体之赞助施行之:

会议类(均由县长召集主席)

一、委员会议由本处常川办事委员与义务委员或名誉职员参加组织之;

二、市乡总分董会议由县属十五市乡总分董全体组成之;

三、社长会议由十五市乡所属各社长全体组成之;

四、村长会议由某一市乡所属之村长全体组成之,因县属十五市乡之旧村约计有二千余所,某村且有三四人者,人数过多,不便剀切磋议,有失此项会议召集之本意,故须分期与会;

五、村政大会由十五市乡总分董社长村长全体组成之;

六、特别会议由某项特殊事件或某地特定乡村之关系人分别召集组成之。

团体类(均由县长自行监督)

一、村制育才馆由县长主持设立,以储人才而利组织;

二、村制研究会由县政府商同县农民协会创立,以资研究而广传习;

三、村制宣传部由县政府商同县党部创立,以备宣传而新耳目。

第七条　上项各类会议应行分别议题性质及召集手续与议事秩序之详细规则暨各类团体之分行章程,另由县长分别厘订,随时呈报备案。

第八条　本处应用筹办组织村制之全部经费,因事关党国民权民生大计,创始维艰,除遵照组织大纲第二十一条所规定,得由自治经费项下拨给外,仍恐犹有不足时,应由县政府妥订议案,提交市乡总分董会议议决措筹办法,分呈民财政厅核准施行。

第九条　本处每月办公及薪水两项经费,撙节开支,预计正主任月薪六十元,副主任月薪四十元,助理月薪二十元,三人共支一百二十元;书记月薪十六元,三人共支四十八元。笔墨纸张册簿等费每月约支三十元,下乡测绘兼调查等费至少以二人计算,每人费一元,共计月支六十元,杂费月支二十元,预备费月三十元,合计每月经费预算须三百零八元。再以半年筹备期间计之,统共实应开支二千元之谱。至差传等事务,应就原有警备队共用,其开办经费一项为数不多,亦应在本处成立之第一个月薪津截旷项下挪移充用,月终呈报备案。

第十条　本处附设于县政府内。

第十一条　本处在筹办期内遇有关连民治财政各科所管事项,不致与村制新章发生纠葛者,仍随时酌夺情节,以次划归各科管理,并一面改订各科办事规则,呈请立案以备接收。

第十二条　本处应俟全县村制一律筹办完成时,即便呈请撤并归科接收,以一事权而省经费。

第十三条　本章程自呈奉核准之日施行。

(《县政大全》第二编(下),第175—178页。)

江苏省江宁县各市乡联村办事处组织条例

（1928 年 7 月修正）

第一条　各市乡于各该管区域内新组各村,有三分之二以上成立时,得组织联村办事处,以谋村政之共进,利益之平均。

第二条　各市乡村办事处组织成立时,应随时呈报县政府备案。

第三条　各市乡村办事处,以各该管区域内各村长为委员,组织联村会议,并于适中地点设立办事处,办理各该管区域内一切共同事务,上项会议规程另定之。

第四条　各市乡村办事处之事务如左:

一、接收各该市乡前总分董交代事项,并清理之;

二、本市乡财产及行政事件之清理与分配;

三、依照《江宁县暂行村制施行细则》第十二条之规定,协议各村间应行联合办理之自治事项;

四、筹划本市乡村制组织之完成;

五、议订联村事项公约;

六、县政府委办事项;

七、其他关于全市或乡之村制事项。

第五条　各市乡联村办事处,须预防从前总董把持之流弊,不设常务委员及主任等职,即由各村村长按月轮值办理日常事务。

上项轮值,在各市乡中有五村以上者,每月派村长二员赴值,在十村以上者,派三员,在十五村以上者,派四员,其次序由村制处规定。下月赴值各村长,应于本月饬知,到期即须负责,并指定一员为值月之主席,周而复始。凡为村长者,皆有此义务,把持之流弊,庶几可免。

第六条　各市乡村办事处,既由各村长值月,均为无给职,其办公费用,由各村长平均担负之,但须按月公布。

第七条　各市乡村办事处得因事势之需要,酌设书记之职,其薪公费用及人数,由各市乡自定之。

第八条　本条例自经县长核定之日施行并呈报,省政府民政厅备案。

（《地方自治学与村制学之纪元》,第344—346页。）

江苏省江宁县各市乡联村会议规则

（1928 年 7 月修正）

第一条　各市乡联村会议，由各该市或乡联村办事处委员组织之，并由值月委员中互推一人为主席。

第二条　各市乡联村会议之事项如左：

一、《联村办事处组织条例》第三条规定各事项；

二、各村提议事项；

三、各村间纠纷事项；

四、其他关于全市或乡临时动议事项。

第三条　联村会议每月举行一次，遇有县政府训令，或三分之一村长之请求，及发生特别事故时，得召集临时会议。

第四条　联村会议，须有过半数委员之出席，方得开会。

第五条　联村会议之议决，以出席人数多数之表决为定，可否同数时，由主席决定之。

第六条　会议时主席有给予发言及停止发言之权。

第七条　各村村副有列席旁听及发言之权，但无表决权。

第八条　案件议决后，有三分之一以上委员之连署请求复议者，得提交复议，但复议议决后，不得再提复议。

第九条　本规则经县长核定后公布施行。

（《地方自治学与村制学之纪元》，第 346—347 页。）

江苏省江宁县南汤村村公约

（1920 年代）

一、总　　纲

第一条　南汤村（以下简称本村）村民为求本村民众共同之福利，谋本村自治基础之健全，于不抵触国家法令范围内，议立各项约规，以资信守。

第二条　本村村约由村公所拟定草案，提交村务会议审查，再于普遍揭示一星期后，召集村民大会议决公布之。

二、村民之权利

第三条　全村村民均有选举及被选举本村各种职员之权。

第四条　全村村民均有监督弹劾罢免及告发本村各职员之权。

第五条　全村村民有创制本村各种法规方案请求施行之权。

第六条　全村村民有复决本村各种法规方案及议决案之权。

第七条　全村村民于村民会议时均有发言及表决之权。

第八条　全村村民均有享受本村一切公同利益之权。

第九条　村民未达公民年龄及老弱残疾者，有免尽相当的村民义务之权。

上项村民,均指未受褫夺公民资格处分者而言。

三、村民之义务

第十条　全村村民均须誓行三民主义,誓行条例另定之。

第十一条　全村村民对于本村村公约,均须绝对遵守。

第十二条　全村村民对于本村各种法规,或各种会议议决之执行,非在履行第六条手续期间,不得违抗。

第十三条　全村村民对于本村各级职员之命令,非在履行第四条手续期间,须绝对服从。

第十四条　全村村民均有尽行本村一切共同责任之义务。

四、约规纲目

第十五条　本村设村务会议、闾务会议、邻务会议等各项会议,议决本村及各闾各邻一切进行事宜,会议规则另定之。

第十六条　本村立补救教育及普及教育规约,谋成年失学之村民及学龄儿童教育之普及,规约另定之。

第十七条　本村立劝业规约,谋村民生计之发展,规约另订之。

第十八条　本村立保卫规约,谋全村之治安及财产之保护,规约另订之。

第十九条　本村立德业规约,谋村民道德之长进,及风俗之改良,规约另订之。

第二十条　本村立和睦规约,求讼事之减少,谋村民之亲善,规约另订之。

第二十一条　本村立救济规约,以养成村民自立互助之能力,规约另订之。

第二十二条　本村立卫生规约,谋公共卫生之进步,及养成村民美育之观念,规约另订之。

第二十三条　本村立闻政规约,以提倡爱国参政乐群之思想,养成村民民权民族二主义之基本知能,规约令订之。

五、附　　则

第二十四条　本村公约自村民大会议决,及各户家长签名后,公布施行,并呈报江宁县政府备案。

第二十五条　本村公约总则及各项规约有未妥善时,得经村民大会之议决修正之。

（《地方自治学与村制学之纪元》,第387—389页。）

江苏省江宁县南汤村会议规程

（1920 年代）

第一条　本村设各项会议，议决各项村务之进行。

第二条　会议之种类及其权利系统如左：

村——村民大会——全村家长会议——全村邻长会议——全村闾长会议——村公所会议；

屯——屯民会议——全屯家长会议——全屯邻长会议——全屯闾长会议；

闾——闾长会议——全闾家长会议——全闾邻长会议；

邻——邻民会议——全邻家长会议。

第三条　上列各种会议，除于必要时得召集临时会议外，其应定为常例之会议如左：

村民大会——每年举行二次——村长主席；

全村闾长会议——每月举行一次——村长主席；

村公所会议——每年举行一次——村长主席；

全村邻长会议或各屯邻长会议——每月举行一次——村长或村副主席。

第四条　各种会议须有过半人数之出席，方得开会。

第五条　各种会议均须举行开会仪式（如恭读总理遗嘱等项）。

第六条　会议时不得插语交谈吸烟斜坐,以及其他不规则行为,违者主席得随时令其退席。

第七条　议论案件时,不得喧哗扰乱,未得主席许可者,不得自由发言。

第八条　案件之表决,取决于多数,可否同数时,则取决于主席。

第九条　主席宣告表决时,不得继续发言,表决后,对于议决案仍有异议时,经三分之一以上人数之连署,得请求下次复议,但复议议决后,不得再有同样之复议。

第十条　既列议席之人员,无故不得缺席,违者议罚。

第十一条　案件议决后,即交付执行。

第十二条　本规程未尽事宜,得随时开会修正之。

(《地方自治学与村制学之纪元》,第392—394页。)

山西省修正各县村制简章

（1918 年 10 月 30 日公布）

第一章　总　　纲

第一条　各县所属村庄,均得按照本简章编制,以立自治基础。

第二条　凡一村之区域,各以本村固有之境界为准,遇有此村与彼村境界不明处,应协议划分之。

第三条　凡为本村之居民,均须遵守本简单之规定。

第二章　编　　制

第四条　村内居民,凡足一百户者,应设村长一人,村副一人,其居民尤多者,得酌增村副,但所增额,至多不得过四人。

第五条　村民不足一百户者,得察度情形,或一村设一村长,或指定主村联合邻村设一村长,但联合村之距离,不可太远。

第六条　依前条之规定,于选任村长外,各联合村得酌量情形,配置村副。

第七条　村长执行职务,得直接商承县知事办理。

第八条　村内居民,以二十五家为间,设间长一人,满五十家者,设间长二人,户多者递加,其间次应冠以数目字,如第一间第二闾之类,前项之居民,因居住团结或习惯上之便利,在二十五家以上,五十家以下,或不满二十五家者,亦得设闾长一人。

第九条　闾长受村长副之指挥,执行职务。

第三章　村长副资格及选任

第十条　村民年在三十岁以上,确无嗜好,备具左列资格者,得选为村长:

一、朴实公正,粗通文义者;

二、有不动产价值在一千元以上者。

第十一条　村民年在三十岁以上,确无嗜好,备具左列资格者,得选为村副:

一、朴实公正、能识文字者;

二、有不动产在五百元以上者。

第十二条　村长副由村民按规定原额加倍举出,送由知事选任之,呈报省道公署备案。

第十三条　村长副以一年为任期,但得连任。

第四章　村长副职务暨奖惩

第十四条　村长职务如左:

一、承行政官之委托,办理传布及进行事项;

二、办理自治事项,报告职务内办理情形,及特别发生事项;

三、本村民之公意,陈述利弊事项。

第十五条　村副襄助村长,商办前条所列事项。

第十六条　村长因事故不能执行职务时,得由村副一人代行职务。

第十七条　村长副办公期满,由知事择尤请奖,其有特别劳绩者,得随时呈请奖励。

第十八条　村长副违抗要公,或藉端阻挠者,得由县知事呈报撤换,其营私舞弊,查有确据者,准其立时撤换,并呈请惩处。

第五章　费　用

第十九条　村内办公费用,由村民依照惯例公摊之。

第二十条　村长副给薪与否,仍照各村惯例行之,其应需旅费支用法另定之。

第二十一条　村内经费收入支出各数目,由村长副随时列款宣示。

第六章　附　则

第二十二条　本简章自公布之日实行。

（山西政书编辑处编印:《山西现行政治纲要》,
1921 年,第 52—55 页。）

山西省村禁约之规定及执行简章

（1925 年 6 月 8 日公布）

第一条　村禁约由村民会议议定，按照第四条之规定委托执行。

第二条　村禁约之范围如左：

　　一、妨害公众安宁者；

　　二、妨害公众秩序者；

　　三、妨害公共事务者；

　　四、妨害公众财产及身体者；

　　五、妨害一村风俗者；

　　六、妨害公共交通者；

　　七、妨害公共卫生者。

前项范围须由官厅人员逐一解释明白，使村民会议按村情将应禁之事一一提出，公同表决，如上年议定禁约，下年会议认定应增应删之事，亦得提出公决。

第三条　违犯禁约议处之种类：

　　一、交纳村费十五元以下一角以上；

　　二、习惯上之处罚，如就公庙罚跪或跪香，凡沿用习惯足资儆戒不涉凌虐行为者不妨酌用，但从前纠首社首相沿之吊打恶习，绝对严禁；

三、训诫。

第四条　遇有违犯禁约，每村有闾长七人以上者须由村闾长合议处理，其愿加入邻长者更好，闾长不足七人者必须加入邻长共同商酌，如村中向有习惯办法合乎村民公意者，得仍旧施行，违犯禁约之人于村闾邻长有牵涉应回避者，必须回避。

第五条　凡情节重大非禁约所能禁止者，送请官厅重惩，若依禁约处办有不服者即报区送县核办。

第六条　本简章自公布日实行。

（山西村政处校印：《山西村政汇编》卷1，
　　　　　　　　　　1928年，第6—7页。）

山西省改进村制条例

（1927 年 8 月 18 日公布）

第一条　各县所属乡村,按照本条例编制组织,以立全民政治之基础。

第二条　乡村编制及村长副闾邻长选任,均适用前定各办法,其简章另修订之。

第三条　编村内按事务之性质设左列各部:

　　一、村民会议;

　　二、村公所;

　　三、息讼会;

　　四、村监察委员会。

第四条　村民会议规定全村一年中一切重要事务及选举办理村务各项人员,其简章另定之。

第五条　村公所办理全村执行事务,其简章另定之。

第六条　息讼会调理村民争讼事件,其简章照原条文修订之。

第七条　监察委员会专司监察事务,其简章另定之。

第八条　本条例自公布日施行。

（《山西村政汇编》卷 1,第 1—2 页。)

山西省修订乡村编制简章

（1927 年 8 月 18 日公布）

第一条　本简章根据《改进村制条例》第二条规定之。

第二条　各村区域均以本村原有境界为准,遇境界不明时,由连界村长副协商划分,如有争执,应呈由区县决定。

第三条　凡满百户之村庄或联合数村在百户以上者为一编村,应设村长一人,村副一人,其户数较多者得增设村副,但至多不得过四人;不满百户之村庄因有特别情形不便联合他村者,亦得自成一编村。

第四条　依前条第一项之规定,如系联合数村为一编村者,应以户数最多之村为主村。

第五条　村内居民以二十五家为闾,设闾长一人,五家为邻,设邻长一人,闾邻应各按次序冠以数目字样,如第一闾第二闾、第一邻第二邻之类。

第六条　依前条规定,如因居住团结或不便分配,在二十五家以上五十家以下或不满二十五家者亦得设闾长一人,在五家以上十家以下者可设邻长一人。

第七条　本简章之规定,城关街编制亦适用之。

第八条　本简章自公布日施行。

（《山西村政汇编》卷 1,第 3 页。）

山西省修订村闾邻长选任简章

（1927 年 8 月 18 日公布）

第一条　本简章根据《改进村制条例》第二条规定之。

第二条　村民年在二十五岁以上，现未充当教员及在外别有职业，备具左列资格者，得选为村长副：

一、参与村民会议者；

二、朴实公正，粗通文义者。

第三条　村长副应由村民会议加倍选出，由区报县择委，委定后呈报总司令部备案。

村长副选举时，区长或助理员得到场监视。

第四条　村长副任期一年，每年于春节后一月内改选，但得连选连任。

第五条　村长副改选后，旧村长副须于新村长副奉委之三日内，将所管一切移交接管，由新村长副将交接日期报区转县备查，连任者亦须将连任日期报查。

第六条　闾长于每年新村长接事后十日内，由本闾居民推选，选定后送由村长报区转县给证。

第七条　邻长于每年闾长改选时由本邻居民推选之。

第八条　本简章之规定，街长副亦适用之。

第九条　本简章自公布日施行。

（《山西村政汇编》卷 1，第 3—4 页。）

山西省村公所简章

（1927 年 8 月 18 日公布）

第一条　本简章根据《改进村制条例》第五条规定之。

第二条　各编村须于主村设立编村村公所。

第三条　村公所为执行村务机关，其执行人员以村长副闾长组织之，如村长副闾长不足七人时，由村民选补之，如过十三人时，闾长分班任事，其分班法由执行人员会议定之。

第四条　村公所应办事务如左：

一、行政官厅委办事项；

二、村民会议议决事项；

三、其他一切应行执行之村务；

四、报告职务内办理情形及特别发生事件。

第五条　村公所处理事务，应以合议制多数议决行之。

第六条　每年于春节后一月内由村长副招集闾邻长互选数人，受村长副之指挥，分司村款、积谷、保卫团、学务各项事务。

前项分司各项事务人员，如各村习惯上有由村民公举者，仍从习惯。

第七条　遇有特别重要村务，须提交村民会议议决后执行之。

第八条　村公所应置记录簿，将处理重要事务之到场人数及所办事项登记之。

第九条　各附村得设立本村村公所,其职员由本村村副、闾邻长组织之,执行村务准照前列各条办理。

第十条　村公所办公费由村民会议定之。

第十一条　本简章自公布日施行。

(《山西村政汇编》卷1,第5—6页。)

山西省村民会议简章

（1927 年 8 月 18 日公布）

第一条　本简章根据《改进村制条例》第四条规定之。

第二条　村内居民年在二十岁以上者均得参与村民会议，如村中习惯以每户出一人亦可，但有左列各款之一者不得参与会议：

一、品行不端，营私舞弊，确有实据者；

二、贩吸鸦片金丹及含有吗啡等毒质者；

三、窝赌及赌博者；

四、窝盗及窃盗者；

五、有精神病者；

六、曾受刑事处分尚未复权者；

七、因故被村民会议议决不准参与会议者。

第三条　村民会议议办事项如左：

一、选举村长副及村监察委员、息讼会公断员；

二、省县法令规定应议事项；

三、行政官厅交议事项；

四、村监察委员会提交事项；

五、议订及修改村禁约及一切村规事项；

六、村长副请议事项；

七、本村兴利除弊事项；

八、村民二十人以上提议事项。

第四条　会议分通常临时二种,由村长招集之,通常会议每年举行一次,临时会议遇有特别事件随时招集。

第五条　开会时须有应当到会之村民过半数之到场,始得开议。

第六条　会议细则各村自定之。

第七条　本简章自公布日施行。

（《山西村政汇编》卷 1,第 4—5 页。）

山西省村监察委员会简章

（1927 年 8 月 18 日公布）

第一条　本简章根据《改进村制条例》第七条规定之。

第二条　监察委员会由村民会议于村民中选举五人或七人组织之。

第三条　监察委员会职务如左：

一、清查村财政；

二、举发执行村务人员之弊端。

第四条　监察委员会如查有前条第二款情事，应报区转县核办。

第五条　监察员任期一年，但得连举连任。

第六条　本简章自公布日施行。

（《山西村政汇编》卷 1，第 8 页。）

山西省修订息讼会简章

（1927 年 8 月 18 日公布）

第一条　本简章根据《改进村制条例》第六条修定之。

第二条　每编村设立息讼会一处，由村民会议于村民中选举公断员五人或七人组织之。

第三条　息讼会设会长一人，由公断员互推之，推定后连同公断员姓名报区转县备案。

第四条　息讼会调解讼事，除命案外，凡两造争执事件请求调处者，均得公断之。

第五条　公断时以公断员多数取决，可否同数时由会长决定之。

第六条　公断后如有不服者，听其自由起诉。

第七条　公断事件有涉及会长或公断员之本身及同居亲属者，均应回避。

前项回避人员如系会长时，由公断员中推举临时会长代行职务。

第八条　会长及公断员之任期一年，但得连举连任。

第九条　两编村人民有争讼时，由两村公断员合组临时公断会处理之。

第十条　各附村有距主村较远或户口较多者，得设立息讼分会,其办法准照前列各条办理。

第十一条　本简章自公布日施行。

（《山西村政汇编》卷1,第7—8 页。）

河北省定县翟城村村治组织大纲

（1915 年）

第一条　本村村治,由全村人民组织之。

第二条　全村人民公举村长一人、村佐二人。

第三条　本村划为八自治区,各区公举区长一人。

第四条　本村组织村公所,办理本村一切事务。

第五条　本村事务分两股:(一)庶务股;(二)财务股。

第六条　前条各股事务由各股股员分任。

第七条　本村村公所组织村会,公议本村重要事务,本村村会开会时以村长为议长,以村佐、各股股员及各区区长为会员。

第八条　本村关于教育慈善卫生实业交通及因利协社等自治事项,均另立会约,共同遵守。

第九条　凡本村一切自治之基本经费,由本村人民担负。

第十条　本村自治经费之预算决算,由村会议决,呈县备案核查。

第十一条　本组织大纲公布后呈县立案。

（米迪刚、尹仲材编:《翟城村》,
北京中华报社 1925 年版,第 31—32 页。）

河北省定县翟城村村公所办事规则

（1915 年）

第一条　凡村内一切事务，均归本公所执行。

第二条　村长总理本所一切事务，以村佐襄助之，设股员若干人，商承村长，分任各股事务，书记一人，承村长之命，专司本所缮写表册等事。

第三条　本公所为自治便利起见，将全村分为八自治区，每区设区长一人，商承村长，掌管本区一切事务。

第四条　本所事务，分为庶务财务两股。

第五条　庶务股股员四人，职掌如左：

（一）关于教育事项；（二）关于保卫事项；（三）关于户籍事项；（四）关于劝业事项；（五）关于慈善事项；（六）关于土木事项；（七）关于卫生事项；（八）关于征兵事项；（九）关于记录事项；（十）其他不属于财务股之一切事项。

第六条　财务股股员二人，职掌如左：

（一）关于全村纳税事项；（二）关于银钱簿籍事项；（三）关于出入款项事项；（四）关于预算决算事项。

第七条　本公所为谋教育普及起见，公推学务委员一人。

第八条　学务委员须遵照村会议决之教育普及计划书，执行其职权。

第九条　本公所往复公文,均应以村长署名盖印。

第十条　所有往复公文除择由编号外,原件仍须妥为保存,以备考查。

第十一条　本所职员均须按规定时间出席,以策进行。

第十二条　本所职员须轮流值日。

第十三条　本所除雇用书记外,一切职员均名誉职。

第十四条　本规则呈请县公署备案施行。

（《翟城村》,第41—42页。）

河北省定县翟城村村会议事规则

（1915 年）

第一条　本会以村长、村佐及各股股员、各区区长组织之。

第二条　会长由村长兼充，总理会务，遇有事故，得以村佐代理之。

第三条　凡关于村治重要事件及村民之一切建议等项，均须由本会开会议决。

第四条　非会员过半数到会不得开会。

第五条　开会时取决多数，可否同数以会长决之。

第六条　本会每月开例会一次，遇有临时事故，由会长随时召集开会。

第七条　各股员各区长认为重要事件须开会公决者，得随时请求会长召集临时会。

第八条　凡本会议决事件，由村公所执行。

第九条　本规则未尽事宜，得随时开会修正之。

（《翟城村》，第 43—44 页。）

河北省定县村治大纲

（1925 年）

第一条　县属现有各村,均适用本大纲所规定,用昭整齐划一而立自治基础,但翟城模范村自治规约,仍准沿用。

第二条　各村设置左列办公人员:村长一人、村佐一人至二人、校董一人至四人、实业员一人、助理无定额。

第三条　村长佐、校董、实业员直接由县署遴委,或由本村甲牌长加倍推举,呈请县遴委。助理由村长佐推举充膺,呈报县署查核备案。前两项办公人员,均任期二年,但得连任。

第四条　村长执行之职务如左:

（一）总管全村公务;

（二）县署谕委或地方各机关转委办理事项;

（三）办理村中福利及预防危害事项。

第五条　村长得集办公人员及村中公正绅士会议,于不背公道良俗范围,议决村规,呈报县署,核准施行。

前项会议议决,适用多数取决之例。

第六条　村长执行职务,对于县署或地方各机关有所陈述或报告时,其公文须盖用村长图章,以昭信守,前项公文得以邮递之,村长图章由县署刊刻颁发,其盖用规则另定之。

第七条　村佐襄同村长执行职务,村长有障故时,并得代理村长执行职务。

第八条　校董、实业员承县署或主管事务机关谕委,商同村长佐,专理村中学务实业事项,但有时亦得分理其他一部分职务。

第九条　助理商同村长佐或校董实业员,分理村务。

第十条　村长佐、校董、实业员助理等均义务职,不支薪水,但因公入城,得计日开支最低度旅费,其距离城较远者,并得支车马费。

第十一条　村有公产须立簿详细登载,由村长佐妥为保存。

第十二条　村有公产每年收益不敷办理村务支出时,由村长集办公人员及村中公正绅士会议议决,另行筹集款项,其另行筹集办法,应尊重村中向行完善事例。

前项会议议决,适用第五条第二项规定。

第十三条　村款及收入支出,由村长集办公人员推举诚实殷富之绅员,分别经管,倘被推举人非现任办公人员时,亦为第二条规定之助理,并适用第三条第二项后半规定,由村长呈报县署,核准备案。

第十四条　村款及收入支出须分别立簿,由各该经管人详细登记,每届岁首一月,将上年全年数目结算,造具清单,送由村长集办公人员及村中公正绅士开会报告,并即时张贴于村中适当处所,以供众览。

第十五条　村款学款,分管合管,从村之惯行事例,但在分管之村,所有学款基本金及每年收入支出、经管结算等办法,均须另照第十三四等条规定办理。

第十六条　村长交替时,所有经手村务均须开具交代清册交接清楚,呈报该管警区查核,其他办公人员交替时,经手事项,均须开具交代清单交接清楚,由村长查核。

第十七条　办公人员办理公务著有成绩者,由县署择尤分别呈给奖励。

第十八条　办公公务有旷废或违背职务行为时,由县按其情节轻重分别撤惩。

第十九条　村中经办各项事务经过情形,村长于每年一七两月,集办公人员及村中公正绅士开会,分项报告,同时议定将来各件事务进行办法。

第十条　规定村长佐校董得支旅费车马费之标准,得于前项会议议决之,均适用第五条第二项规定。

第二十条　本大纲经县会议厅议决,由县公署公布施行。

第二十一条　本大纲之实施一切细则,由县署以命令定之。

第二十二条　本大纲有未尽适宜之处,由县署或县会议厅议员之提议,经县会议厅之可决,得增修之。

（《翟城村》,第176—178页。）

山东省邹平县设立村学乡学办法

（1933 年）

（一） 总 则

甲、本实验区为改进社会，促成自治，以教育的设施为中心，于乡设乡学，于村设村学。

乙、乡学村学以各该区域之全社会民众为教育对象而施其教育。

丙、乡学村学由各该学董会于县政府之监督指导下主持办理之。学董会之组织另订之。

丁、乡学村学由各该学董会依该区民众群情所归，推举齿德并茂者一人，经县政府礼聘为各该学学长。学长主持教育，为各该区民众之师长，不负事务责任。

戊、乡学村学之经费以由地方自筹为原则；但县政府得酌量补助之。其补助办法另订之。

己、乡学村学之一切设备为地方公有，应开放于一般民众而享用之。其管理规则由各该学董会自行订定之。

凡各地方原有之体育场图书馆等，均应分别归并于乡学村学设备中而统一管理之。

（二）村 学

甲、本实验区各村为改进其一村之社会，促成其一村之自治，依法组织村学学董会推举村学学长后，得成立各该村之村学。

乙、凡初成立之村学，在一年以内，其教员之一人或二人以县政府之介绍而学董会聘任之，其薪给由县款支出之。一年期满后，应由其地方自行聘任，自行供给之。

丙、村学受县政府及乡学之指导、辅助，视其力之所及，又事之所宜，进行下列工作：

（1）酌设成人部、妇女部、儿童部等，施以其生活必需之教育；期于本村社会中之各分子皆有参加现社会、并从而改进现社会之生活能力。

（2）相机倡导本村所需要之各项社会改良运动（如禁缠足、戒早婚等），兴办本村所需要之各项社会建设事业（如合作社等）；期于一村之生活逐渐改善，文化逐渐增高，并以协进大社会之进步。

丁、村学为行其教学应有之分部分班分组等编制，办法另定之。

凡村学成立之村，其原有之一切教育设施如小学校、民众学校等，应分别归入前项编制中，以统属于村学。

戊、村学学长为一村之师长：于村中子弟有不肖者应加督教，勿使陷于咎戾；于邻里有不睦者应加调解，勿使成讼。

己、村自治事务经村学之倡导，以村理事负责执行，而村学学长立于监督地位。

庚、村理事办理政府委任事项及本村自治事务，除应随时在村学报告于村中外，每月应有总报告一次。

（三）乡　学

甲、本实验区各乡为改进其一乡之社会，促成其一乡之自治，依法组织乡学学董会推举乡学学长后，得成立各该乡之乡学。

乙、凡初成立之乡学，在一年以内，其教员之一人或二人以县政府之介绍而学董会聘任之，其薪给由县款支出之。一年期满后，应由其地方自行聘任，自行供给之。

丙、县政府于各乡学得派辅导员辅导其进行。

丁、乡学受县政府之指导、辅助，视其力之所及，又事之所宜，进行下列工作：

（1）酌设升学预备部、职业训练部等，办理本乡所需要而所属各村学独力所不办之教育。

（2）相机倡导本乡所需要之各项社会改良运动，兴办本乡所需要之各项社会建设事业。

戊、乡学对于所属各村学之一切进行，应指导辅助之。

己、乡学为行其教学应有之分部分班分组等编制，办法另订之。

凡乡学成立之乡，其原有之一切教育设施，除应编归村学者不计外，如高级小学、民众学校高级部等，应分别归入前项编制中，以统属于乡学。

庚、乡学学长为一乡之师长：于乡中子弟有不肖者应加督教，勿使陷于咎戾；于乡党有不睦者应加调解，勿使成讼。

申、乡自治事务经乡学之倡导，以乡理事负责执行，而乡学学长立于监督地位。

寅、乡理事办理政府委任事项及本乡自治事务，除应随时召集所属各村理事在乡学会议进行外，并应每月举行例会一次。

（四） 附 则

甲、乡学村学之设立，以政府办法，地方乐于接受；地方自动，政府善为接引为原则：无取强迫进行。除乡学因关系地方行政较多，须于本实验区工作开始后三个月内一律成立，以应行政上之需要外，其村学逐渐推广设立，不定期限。

（山东乡村建设研究院出版股编印：《山东乡村建设研究院及邹平实验区概况》，1936年，第79—85页。）

山东省邹平县村学学董会暂行组织规程

（1933 年）

第一条　本规程依据邹平实验计划《设立乡学村学办法》第三条之规定订定之。

第二条　村学学董会（以下简称本会）应依本规程组织进行之。

第三条　本会以学董三人至五人组织之。

第四条　村学学董由实验区县政府就本村人士中遴得相当人选，经邀集村众开会咨询同意后，由县政府函聘之。

前项咨询应有每户一人、全村村户过半数之出席集会，以全体同意为原则。其有对所提议人选声明异议者，经有出席人数三分之一之附议，应即另提人选；其附议不足三分之一时，由县政府决定之。

第五条　村学学董，任期一年；如任期届满，经县政府继续函聘者仍得联任。

第六条　本会由全体学董互推常务学董一人常川住会，执行会务；开会时，并担任主席。

第七条　本会于左列事项付议后，交常务学董执行之。

（一）推举本村学学长及聘任教员事项；

（二）筹划本村村学经临各费及审定预算、稽核支销款目事项；

（三）拟定本村村学一切进行计划事项；

（四）倡导本村各项社会改良运动及兴办本村社会建设事业事项；

（五）答复县政府及本乡乡学咨询事项；

（六）本村村理事提请本会讨论进行之县政府令饬办理事项；

（七）本村村理事提请本会讨论进行之乡学公议办理事项；

（八）其他关于本村学务进行及学长提议之事项。

第八条　本会开会时，本乡辅导员、本村学长及教员得应本会之邀请，列席参加讨论。

第九条　本会常会，定每月至少三次；其常会开会日期，由第一次会议议定。临时会，由常务学董遇必要时，临时召集之。

第十条　本会行文，应借用村学图记。

第十一条　本规程如有未尽事宜，由县政府提交县政会议议决，呈报乡村建设研究院核准修正之。

第十二条　本规程自呈报乡村建设研究院核准后实行。

（《山东乡村建设研究院及邹平实验区概况》，第85—87页。）

山东省邹平县乡学学董会暂行组织规程

(1933 年)

第一条　本规程依据邹平实验计划《设立乡学村学办法》第三条之规定订定之。

第二条　乡学学董会(以下简称本会)应依本规程之规定组织进行之。

第三条　本会之学董,分当然学董与聘任学董。

（一)本乡各村村理事及未设村学之各村村长,均为当然学董。

（二)本乡人士,资望素孚、热心公益者,经县政府礼聘一人至三人为聘任学董。

第四条　当然学董任期,应以其充任村理事或村长之任期为任期;聘任学董任期一年。如任期届满,经县政府继续礼聘者,仍得联任。

第五条　本会由全体学董互推常务学董一人或二人住会,执行会务;开会时,并担任主席。

第六条　本会于左列事项付议后,交常务学董执行之。

（一)推举本乡乡学学长及聘任教员事项;

（二)筹划本乡乡学经临各费及审定预算、稽核支销款目事项;

（三）拟定本乡乡学一切进行计划事项；

（四）倡导本乡各项社会改良运动及兴办本乡社会建设事业事项；

（五）答复县政府咨询事项；

（六）本乡奉县政府令办事件经乡理事提出本会讨论进行之事项；

（七）其他关于本乡学务进行及学长提议之事项。

第七条　本会开会时，本乡学长及辅导员及教员得应本会之邀请，列席参加讨论。

第八条　本会常会，定每月一次；集会日期，由第一次会议议定。临时会，须经学董三人以上之提议，由常务学董临时召集之。

第九条　本会行文，应借用乡学钤记。

第十条　本规程如有未尽事宜，由县政府提交县政会议议决，呈报乡村建设研究院核准修正之。

第十一条　本规程自呈报乡村建设研究院核准后施行。

（《山东乡村建设研究院及邹平实验区概况》，第87—90页。）

云南省村自治条例

（1920 年代）

第一章　总　　纲

第一条　本省为促进民治便利起见，除市另有规定外，特变更乡自治区域，就固有之村落或散居人民，组织村自治团体。

第二条　村自治团体之监督机关为县行政公署，其上级监督机关依现行官制之规定。

第三条　村设村自治公所，为村议会村长佐事务员办事地点。村自治公所，以村有房屋或公共庙宇充之。

第二章　村区域

第四条　村之区域各以本村固有之境界为准，因必要时得变更之。

村区域之变更，由有关系之村议会协议，呈请监督机关核定，其有由监督机关认为必须变更者，得强制变更之。

第三章　村编制

第五条　村之编制，别为四种如左：

（甲）具有独立办理村自治能力之村落，为独立组织为一村自治团体；

（乙）无独立办理村自治能力，或能独立而与他村有自治事宜全部共同利害关系之村落，得以各该村之协议或监督机关之强制，联合组织为一村自治团体；

（丙）向属散居未成村落，不适于甲乙丁三种规定者，应依其原有团保习惯，于旧日乡区以下，组织村自治团体；

（丁）不能独立而与他村距离较远，自治事宜无全部共同利害关系，不适于联合者，得依本条例第四十条之规定办理。

第六条　照前条规定，除甲丁两种村自治团体得沿用旧村名外，其乙丙两种村自治团体，均应另冠以公共名称。

第四章　村民及其权利义务

第七条　凡有中华民国国籍之人民，现住居于本村者为村居民。

村居民依国宪省宪县制及本条例本村约规之规定，得享受公共权利，并应担负公共义务。

第八条　村居民年满二十岁，并继续住居本村二年以上，有正当职业者，为村选民，有选举权。

第九条　村居民有左列情事之一者，不得有选举权：

（一）褫夺公权尚未复权者；

（二）受禁治产、准禁治产、或受破产之宣告，确定后尚未撤销者；

（三）吸食鸦片，或营不正当业务者。

第十条　村选民年满二十五岁，具有左列资格之一者，有被选举权：

（一）曾任或现任公职者；

（二）初级小学以上毕业，或与有相当之程度者；

（三）曾办或现办地方公益事宜，著有成绩者；

（四）年纳国税或地方公益捐二元以上者。

第十一条　村选民有左列情事之一者，不得有被选举权：

（一）不识文字者；

（二）经管地方公款，经全村选民五分一以上认为有侵蚀挪移嫌疑、要求清算尚未完结者。

第十二条　左列各人，停止其选举权及被选举权：

（一）现任本县官吏及警察；

（二）现役军人；

（三）僧道及其他宗教师。

第十三条　左列各人，停止其被选举权：

（一）现任小学教员；

（二）现在各学校肄业学生。

第十四条　凡被选举为村自治职员，除疾病衰老、或有不得已事故，经村议会许可得辞职外，如有藉故谢绝当选或于任期内告退者，得以村议会之议决，于一年以上、二年以下，停止其选举权及被选举权。

第十五条　村选民认村议会不尽职责，经劝告不听，或滥用职权时，得以该村选民三分二以上之同意，指陈事实，呈明监督机关解散之。

村议会解散后，应于一月内改选组成之。

第五章　村自治事务

第十六条　村自治团体于现行法令范围内，得办理左列各事务：

（一）教育；

（二）实业；

（三）警察；

（四）团保；

（五）水利；

（六）交通；

（七）卫生；

（八）公共营造；

（九）公共营业；

（十）风俗改良；

（十一）公共储蓄；

（十二）救济；

（十三）登记；

（十四）统计；

（十五）各官署依法令委托办理事务；

（十六）其他属于村自治范围内应办事务。

第六章　村议会

第十七条　村议会议员额数以所辖地方户口之总数为准，其户口总数在一百户以下者，以五名为定额，自一百户以上，每增五十户，得增议员一名，但至多不过十六名。

第十八条　村议员之选举，于每届前一月，由村长按照本条例第八条至第十三条之规定，调查列册公布，定期呈请监督机关，派员监视，由有选举权者，就有被选举权者，用无名单记法票选，以得票比较多数者为当选，票数相同以年长者当选，年龄相同抽签定之。

前项村议员票选手续,得参照县议会议员选举章程及施行细则办理。

第十九条　不适于前条票选之村,得呈明监督机关,改为公推。

第二十条　村议员选出或推定后,应报请监督机关查核,给予证书。

第二十一条　父子兄弟,非各独立自成一户,不得同时充任村议会议员。

第二十二条　村议会设议长一人,副议长一人,均由议员用无名单记法选之,以得票过出席议员半数以上者为当选。

议长副议长选定后,应呈报监督机关查核备案。

第二十三条　议长整理会务,维持秩序,对外为村议会代表。

第二十四条　议长副议长议员均以二年为任期,任满改选,再被选者得连任之,但至多不过三次。

第二十五条　议长有事故时,以副议长代理,副议长并有事故时,由议员中选举临时议长代理。

第二十六条　议长因事出缺,以副议长补之,副议长出缺,应即补选。

议长副议长均出缺时,照本条例第二十二条之规定补选之。

议员出缺,以本届选举得票次多者依次递补,如无递补之人,举行补选。

补缺各员之任期,以补足前任未满之期为限。

第二十七条　村议会之职权如左:

　　(一)议决本条例第十六条规定村自治事务;

　　(二)制定村公约及各种村规则,并于约规内,得定五元以下之罚金及停止二年以下之选举权及被选举权;

（三）议决村自治经费之筹集、处理、保管方法及其预算决算；

（四）选举村佐；

（五）村长佐执行事务，遇其不尽职责或滥用职权时，得质问或纠弹之；

（六）答复监督机关之咨询；

（七）提出建议于监督机关；

（八）于村自治范围内，得受理村民之请愿；

（九）其他属于村议会职权内事件。

第二十八条　村议会协同村长佐，按照市村和解会规则之规定，得设和解会调处村民之争执。

第二十九条　村自治团体职员，如有假借自治团体名义，干预自治范围以外之事者，村议会得议决施以惩戒，其惩戒规则，由村议会分别议拟，呈请监督机关核定之。

前项惩戒，以未构成犯罪行为者为限。

第三十条　村自治团体如认监督机关有违背本条例之规定、妨害自治事务者，得胪列事实，函请县议会议决，转呈上级监督机关查办。

第三十一条　村议会会议分常会、临时会二种：

（一）常会每年一次，于农隙时，由村长召集之，会期以十日为限；

（二）临时会，经村长认为必要，或全体议员过半数之请求，得随时召集之。

第三十二条　会议非有全体议员半数以上之出席，不得开议，议案之表决，以出席议员过半数定之，可否同数，取决于议长。

监督机关及村长提出之议案，应于五日内议决之。

第三十三条　会议时,监督机关所派委员及村佐,均得到会陈述意见,但不列于表决之数。

第三十四条　会议事件有涉及议长副议长及议员私人利害关系者,该员不得与议。

议长副议长有前项事由,照本条例第二十五条办理。

第三十五条　会议时,议员有不守议会规则者,议长得制止其发言,如不服制止,因而紊乱议场秩序,致不能会议时,得宣告暂时停议。

会议时许人旁听,旁听人有不守规则者,议长得强令退出。

议事规则及旁听规则,由村议会自定之。

第三十六条　议员于场内之言论及表决,对于会外不负责任。

第三十七条　村议会议决事件,交村长执行之。

第三十八条　议员在开会期内,除现行犯罪,及关于内乱外患之犯罪外,非经村议会之许可,不得逮捕。

第三十九条　议长副议长及议员均为名誉职,不支薪水,但因办公需要,得酌给相当之公费,其额数由村议会议决,呈请监督机关核定之。

第四十条　属于本条例第五条规定之丁种村落,得不设村议会,以村民会代之,前项村民会规则另定之。

第七章　村长、村佐、村事务员

第四十一条　村设村长一人,代表村自治团体,对外负责,即以村议会议长充任,由监督机关加给委状。村议会议长变更时,村长亦同变更。

第四十二条　村佐由村议会就村民有被选举权者选出,由监督机关加给委状,甲丙丁三种村落,其户口在一百户以下者,得设村佐一人,自此以上,每增一百户,增设村佐一人,但至多不过八人。

组织乙种村自治团体内之各该村,不论户口多寡,得各设村佐一人,但各该村之村佐,应就各该村中之有被选举权者选出。

第四十三条　村自治团体,得设村事务员若干人,办理文牍、会计、记录、编辑及一切事务,其员额由村议会视事务之繁简定之。

村事务员不限于选民,由村长选任,遇有特别情形时,得以村议会议员兼充之。

村自治团体内,承办教育、实业、团保等之学董、实业员、甲牌长,均为村事务员,受村长之节制。

除前项规定外,其旧有之村董、村管、乡约、保正等,于村自治团体组成后,一律废止。

第四十四条　村自治团体得酌设村警,其名额及服务规则,由村议会议决,呈请监督机关核定之。

第四十五条　村长佐任期定为二年,任满再被选者得连任之,但至多不得过三次。

第四十六条　村长之职权如左:

（一）执行村议会议决各项事件及村公约、村规则;

（二）筹备村议会议员选举;

（三）管理村自治经费及公共造物;

（四）任免各项村事务员及管理村警;

（五）陈述办理本村自治情形于监督机关;

（六）提出议案于村议会;

（七）答复监督机关之咨询;

（八）处理村内临时发生事件;

（九）其他属于村长职权内事件。

第四十七条　村议会之议决案,如村长认为不适当,得于三日内声明理由,交请复议,如有出席议员三分二以上仍执前议,应即照案执行。

村议会之议决案,如村长认为违法时,得于三日内交请村议会撤销之,如不允撤销,应呈请监督机关裁决之。

第四十八条　村长因村自治事宜,需要夫役现品时,经村议会之同意,得向其有关系者征集之。

第四十九条　村佐辅助村长办理第四十六条所列事项。

如系本条例乙种村落之村佐,除依前项规定外,并得于自治范围内,自行处理其本村事务。

第五十条　各项村事务员,受村长佐之指挥监督,分别处理其一部或数部之自治事务。

第五十一条　村长佐均为名誉职,不给薪水,但因办公需要,得酌给相当公费,其额数由村议会议决,呈请监督机关核定之。

村事务员薪水之多寡,及应否给与,由村议会视其职掌事务之轻重议定之。

第八章　村自治经费

第五十二条　村自治经费以左列各款充之:

（一）村有公款公产;

（二）附捐及特捐;

（三）酬费及使用费;

（四）按照村约规所科之罚金;

（五）村公债;

（六）其他属于村自治范围内之收入。

第五十三条　由数村组织而成之村自治团体,其公款公产之分配担负,须经该团体内各村之协议定之,如有争执,得呈由监督机关核定,强制执行。

第五十四条　村公款公产内,有指定用途,经官署立案者,不得移作他用,但其指定事项业经法令变更或废止者,不在此限。

第五十五条　附捐及特捐之创办征收,须由村议会拟具规章,交由村长递呈,经监督机关核定,分别办理,其变更或废止时亦同。

就官署征收之捐税附加若干者为附捐,于官署所征捐税之外另定种类名目征收者为特捐,但附捐不得超过原征数十分之三。

第五十六条　凡于本村境内有不动产或营业者,即本人不在本村居住,亦一律征收附捐及特捐。

第五十七条　村自治团体于依据法令或约规应行办理之事,有关系个人利益者,得向该关系人征收酬费。

凡使用村公共营造物或其他公产者,得向该使用人征收使用费。

第五十八条　村自治团体为谋村事业永久利益,或救济灾变,得募集村公债。

其募集方法及债额利率,保证偿还期限等项,由村议会议定办法,呈经监督机关核定行之。

第五十九条　村长每年应将村自治经费之收支,分别制成预算决算案,提交村议会审议。

预算决算案经村议会审议,由村长报请监督机关核定后,宣布村民周知。

预算决算之会计年度,依国家会计年度之规定(自每年七月一日起,至次年六月底止)。

第六十条　村长选任掌管收支或经理公款公产之村事务员,须得村议会之同意。

第九章　村事务组合

第六十一条　村与村有一部或数部关系共同利害之事务,必须连合办理者,得由各该有关系之村,协订组合公约,呈经监督机关核准,设立事务组合,如协议不调时,得由监督机关裁决之。

有前项共同利害事务,必须组合办理,而各该村不自协议,或有一部分独持异议时,得呈由监督机关查明情形强制组合之。

第六十二条　组合公约,应依左列各款详细规定:

(一)组合之名称;

(二)组合关系之村;

(三)组合之共同事务;

(四)组合之地点;

(五)组合会议之组织及会员之选举;

(六)组合职员之组织及其选任;

(七)组合之权利义务及其分配方法;

(八)惩戒及罚则。

第六十三条　组合团体成立后,应由会员选出组合长一人,对外负责。

第六十四条　组合团体有变更时,应由有关系者协议,呈请监督机关核准,其关于财产处分之事务亦同。

第六十五条　关于村事组合,除前四条有特别规定外,得参照本条例及市自治条例办理。

第十章　附　　则

第六十六条　村自治团体钤记,由内务司制定式样,颁由监督机关分别刊发。

第六十七条　村治自治团体对于监督机关行文用呈,对于县属各机关法团均用函。

第六十八条　本条例及市自治条例公布施行后,所有本省前颁城乡地方自治章程暨选举章程,一律废止。

第六十九条　本条例之规定,凡本省行政委员所辖区域办理村自治时,得适用之。

第七十条　本条例自公布之日施行,如有不适当时,由内务司随时提议,呈请省长查核,咨交省议会修正之。

（《翟城村》,第 195—209 页。）

云南省暂行村民会规则

（1920 年代）

第一条　凡属《村自治条例》第五条之丁种村落，其不能组织村议会者，得照《村自治条例》第四十条之规定，依本规则设村民会。

第二条　村民会会议时，凡本村选民均得到会与议。

第三条　村民会以村长为会长，凡遇开会，即由会长随时召集之。

第四条　村民会会议事件之表决，以到会村选民过半数之同意定之。

第五条　村民会会议事件表决后，即由村长照议执行。

第六条　村民会会议事件以《村自治条例》第十六条所列自治事务为限。

第七条　村民会会议地点以本村公会厅宇充之，如无适当地点，即露天亦可开议。

第八条　村民会议如有专横武断及其他不法情事，经监督机关查实，得施以惩戒。

第九条　本规则未尽事宜，准适用《村自治条例》各规定办理。

第十条　本规则施行日期与《村自治条例》同一规定。

（《县政大全》第二编（下），第 212 页。）

广东省曲江县仁和实验乡乡公所组织规程

（1940 年代）

第一条　本乡定名:仁和实验乡公所。

第二条　本乡为使基层组织健全,并易于推行实验工作起见,特订定此规程,以资遵循。

第三条　乡公所设乡长一人,受辅导委员会之辅导,曲江县政府之监督指挥,办理本乡自治事项及执行辅导委员会或县政府委办之事项;设副乡长二人襄助之。

第四条　乡长兼任乡国民兵队队长,中心小学校校长以专任为原则,必要时亦得由乡长兼任。

第五条　在未实行民选以前,乡长副乡长暂由县政府派委。

第六条　乡长副乡长如有违法或失职时,由县政府查实罢免之。

第七条　乡公所设民政、警卫、经济、文化四股,每股各设股主任一人,除民政文化二股主任由副乡长兼任外,警卫经济二股由中心学校教职员兼任,如无相当人员兼任时,得由辅委会派员兼任之,乡镇公所及中心学校以合署办公为原则。

第八条　乡公所分股办公,每股设干事一人,由中心学校教职员兼任,如无相当人员兼任时,得由辅委会派员兼任之。

第九条　乡公所设专任事务二人,办理文书庶务及户籍地籍事宜,由乡公所荐请县府核委充任。

　　第十条　乡公所得设乡警六人至十人,维持全乡治安,催收各项捐税。

　　第十一条　乡公所及所属各保办公处经费、设备费及临时事业费等,均由曲江县政府统筹拨给。不足时得由干训团辅导委员会补助之。

　　第十二条　乡公所办理全乡有关之福利事业需用人力工作时,经乡民代表会之决议,召集各保甲长按甲征调各户民众共同办理之。

　　第十三条　乡公所办理全乡有关之福利事业需用物资时,应编造预算依法呈准,由乡有公款公产项下开支,如有不足,经乡民代表会之议决及县府之核准,得召集保甲长,按保按甲,视各户民众之财力公平摊派之。

　　第十四条　乡公所之工作计划及其进度表另定之。

　　第十五条　乡公所应有之设备标准另定之。

　　第十六条　乡公所应悬挂之各种图表目录及式样另定之。

　　第十七条　乡公所除依法准予征收税捐外,得自行筹集公产,其办法另定之。

　　第十八条　乡公所应设置各种委员会,其章程另定之。

　　第十九条　乡公所应办理收支概算,其式样另定之。

　　第二十条　乡务会议规则另定之。

　　第二十一条　乡公所办事细则另定之。

　　第二十二条　实验乡之实验期间暂定为一年,必要时得延长之。

　　第二十三条　本规程如有未尽事宜,得由本会会议时提出修正之。

第二十四条　本规程经本会通过之日起施行。

（广东省地方行政干部训练团编印：
《县各级组织参考资料辑要》,1941 年,第 91—93 页。）

广东省曲江县仁和实验乡乡务会议规则

（1940 年代）

第一条　本规则依据仁和实验乡组织规程第二十条之规定制定之。

第二条　乡务会议由左列人员组织之：

一、乡长、副乡长；

二、乡公所各股主任、干事及专任事务员；

三、乡中心小学校校长、教职员；

四、乡国民兵队队长、队附；

五、乡合作社理事；

六、乡卫生分所主任；

七、与会议有关之保长及团体代表，或热心公益之地方士绅，均得列席。

第三条　会议事项范围如左：

一、县政府或辅委会交办事项之执行；

二、乡民代表会议决案之执行；

三、准备提交乡民代表会之议案；

四、出席人员之提议事项；

五、本乡公民十人以上联署建议事项；

六、其他与乡政有关之重要事项。

第四条　乡务会议主席由乡长任之，并负召集责任，如乡长因事缺席，由副乡长代理职务。

第五条　乡务会议每三个月开会一次，必要时得召集临时会议。

第六条　乡务会议须有三分之二以上出席人员，始得开会讨论。

第七条　乡务会议之决议案，须得出席人员之过半数通过，始能成立，如人数相同时，当取决于主席。

第八条　会议日期，暂以一日为限，必要时得延长一日。

第九条　会议时，以专任事务员充任纪录。

第十条　乡务会议决议案，须分别呈报曲江县政府及辅导委员会备案，并由乡长分别缓急先后执行。

第十一条　乡务会议开会时须报请曲江县政府及辅导委员会派员出席指导。

第十二条　本规则经辅导委员会通过施行，修正时亦同。

（《县各级组织参考资料辑要》，第97—99页。）

广东省曲江县仁和实验乡乡公所办事细则

（1940 年代）

第一条　本细则依据仁和实验乡组织规程第二十一条之规定订定之。

第二条　仁和实验乡公所（以下简称乡公所）处理事务，除法令另有规定外，悉照本细则办理。

第三条　乡长之职务如左：

一、办理本乡自治事项及执行辅导委员会或县政府委办事项；

二、指挥监督所属员丁、保甲长；

三、办理及指导所属保甲长之选委事项；

四、召开乡民代表会并执行其决议案；

五、指导举行保民大会及甲民会议；

六、办理公益事业；

七、办理兵役工役事项；

八、户口异动之查报事项。

副乡长及各股主任应协助乡长办理上列各项事务，乡长如因事请假，其职务由副乡长代理。

第四条　乡公所干事、事务员承乡长之命，办理左列事项：

一、乡民代表会及乡政府会议之纪录事项；

二、收发文件及缮校事项；

三、统计登记及编造表册事项；

四、会计庶务事项；

五、档卷公物之编录及保存事项；

六、乡长副乡长暨各股主任交办事项。

第五条　乡民代表会每三个月举行一次，其程序如左：

一、乡长接受乡民代表会主席通知开会日期，即行通知副乡长、各股主任及保长、乡民代表等，征集议案并编订议事程序；

二、开会时应请辅导委员会及该管区县指导员出席指导；

三、会议时应置会议录，并将议决案分别呈报辅导委员会及县政府察核备案。

第六条　乡公所应办事项，除法令已有规定外，其余均须就近呈报辅导委员会洽商县政府核办。

第七条　乡公所文件之处理办法如左：

一、文件之收发、档案之编存均应设簿登记；

二、收到文件由事务员用收文簿登记，呈送乡长批阅，分发各股主任拟稿，再由乡长判行，交干事或事务员缮发，副乡长毋庸副署；

三、各股主任承办文件最要件不得过一日，次要件不得过二日，常件不得过三日，如有特别原因不能依期办竣者，须经乡长核定，否则承办人应负全责；

四、乡公所对上级机关饬办事项，如认为有困难情形未能依时办竣者，应详叙理由呈请核示，不得无故积压。

第八条　乡公所、乡中心学校应合署办公，以收指臂联络之效。

第九条　乡公所收支款项,应依下列办法处理:

一、款项收支,应依照新式簿记分别设簿登记;

二、收支数目,应按月结束一次;

三、每月上旬,应将前月经费支出月报表呈报县政府核销,并将收支数目公布。

第十条　乡公所除依上列各条办理外,亦应负下列责任:

一、有关于人民各种法令,应择要公布,务使家喻户晓;

二、乡内人民询问事项,应详细解答;

三、乡内人民请求事项,应依法从速处理。

第十一条　乡公所非在职务内事项,不得任意使用图记,并不得擅自处理下列事项:

一、民刑案件(民事或经刑事之调解不在此限);

二、非依法令或公约之处罚;

三、非奉上级机关命令之拘捕羁押。

第十二条　乡公所应具备下列图表册簿:

一、本乡地图;

二、本乡所属保甲长名册、户口册、壮丁册;

三、本乡户籍及户口异动登记簿册;

四、本乡公有财产记录簿;

五、本乡工作进度表;

六、本乡各种会议录;

七、其他。

第十三条　乡公所办公时间,每日在晨早举行升旗礼后即行开始办公,其时间表之分配,由乡长拟定,呈县政府备查,但每日办公时间应以八小时为准(例假日不在此限),并须设置签到簿,藉资考勤而备查核。

第十四条 乡公所职员请假办法如左：

一、乡长副乡长因事请假，须呈请县政府核准，指定人员代理；

二、各股主任、干事、事务员请假，应经乡长核准并派人代理。

第十五条 对于本乡户口异动，每月应汇报一次。

第十六条 本细则自公布日起施行。

（《县各级组织参考资料辑要》，第93—97页。）

河南省镇平县地方自治委员会简章

（1931 年 11 月 2 日通过）

第一条　本会定名为镇平县地方自治委员会。

第二条　本会遵奉总理遗教及中央法令，并参照地方情形，确定一切进行之程序及方案，以促进地方自治之完成为宗旨。

第三条　本会为推进全县自治之最高机关。

第四条　本会设委员二十五人，除办公处正副处长、各机关领袖、各区区长为当然委员外，其余由当然委员公推之。

第五条　本会设委员长、副委员长各一人，由全体委员互选之。委员长因事故不能执行职务时，由副委员长代理之。

第六条　本会设书记二人，由全体委员中公推之。

第七条　本会委员，除当然委员外，任期一年，但连选得连任。

第八条　本会委员，除书记得支薪外，均为无给职。

第九条　本会职权如左：

1、审核全县地方自治各机关预算决算案。

2、议决县地方自治规则。

3、议决地方应兴应革事宜。

4、审议各机关各区提议及人民建议事项。

5、决定地方服务人员违法失职之处分。

6、推选十区自治办公处正副处长及各股主任。

7、各区选举区长时,本会提出三人为候选人,选举法另订之。

第十条　委员长之职务如左:

1、召集会议。

2、开会时充任主席。

3、闭会期间执行议决案,及其他事务。

第十一条　书记秉承正副委员长,办理文件之撰拟、编制、收发、保管、会议纪录、统计报告等事项。

第十二条　本会每月开常会一次,但遇必要时,得召集临时会议。

第十三条　本会会议时,得召集民团各团长、副官长及办公处各股主任并息讼会主任列席。

第十四条　本会开会时,须有三分二以上委员之出席,议决案件,须有出席委员过半数之表决。

第十五条　委员对于议案有关系本身者,不得参与表决。

第十六条　委员在开会时,必须亲自出席,不准另派代表。但遇必要时,经本会之许可,得派代表列席。

第十七条　委员对于缺席时议决之议案,不得为反对之动议。

第十八条　惩戒案提出后,原提案人不得撤回。

第十九条　委员如有不尽职责,或损毁本会名誉情事,有委员三人以上之提议,得由本会公决惩处之。

第二十条　本会会议规则另订之。

第二十一条　本会简章有不适宜时,得随时会议修改之。

第二十二条　本简章自议决之日起施行。

（镇平县十区自治办公处编印:《镇平县自治概况》,

1933 年,第 22—23 页。）

河南省镇平县区组织章程

（1931 年）

一、区公所遵照国家法令暨地方自治委员会之议决案,综理区自治事务。

二、区公所设区长一人,副区长一人。区长人选,依据地方自治委员会简章第九条第七项之规定选举之。遇必要时,由自治办公处聘任之。副区长由区长遴选,呈请自治办公处委任之。

三、区长任期一年,但得连选连任。

四、区长管理区自治事务,并监督所属之职员,及所属之乡镇长。副区长辅助区长办理自治事务,区长因事不能执行职务时,由副区长代理之。

五、区公所设置左列各股:

1. 总务股;

2. 建设股;

3. 教育股。

六、总务股,掌文书、会计、庶务及不属于他股之事宜。

七、建设股,掌森林、水利、道路、农矿、桥梁工程等事项及其他建设事业。

八、教育股,掌学校教育、社会教育、区教育款产及其他文化事业。

九、各股设主任一人,由区长呈请自治办公处委任之,总务股主任由副区长兼任之。

十、区分三等:

1. 第四、第五为一等区,第二、第六、第十为二等区,第一、第三、第七、第八、第九为三等区。

2. 一等区总务股设股员三人,文牍、会计、书记各一人,教育股设股员一人。

3. 二等区总务股设股员二人,文牍、会计、书记各一人,教育股设股员一人,由书记兼任之。

4. 三等区总务股设股员一人,文牍、会计、书记各一人,教育股设股员一人,由书记兼任之,建设股主任由总务股兼任之。

十一、区公所之文牍、会计、书记、股员,均由区长委任之。

十二、区公所附设调解委员会,由区长、副区长及调解委员三人组织之。

十三、调解委员由区长呈请自治办公处委任之。

十四、调解委员会之办事细则另订之。

十五、区公所设区务会议,以左列人员组织之:

1. 区长;

2. 副区长及各股主任;

3. 本区所属各乡镇长。

十六、区务会议以区长为主席,每二星期开会一次,由区长召集之。遇必要时,得召集临时会议。

十七、区公所每届月终,应将所办事务,列表呈报自治办公处。

十八、区公所办事细则另订之。

十九、本章程若有未尽事宜,由地方自治委员会议决修正之。

二十、本章程自公布之日施行。

（《镇平县自治概况》，第 16—17 页。）

河南省镇平县十区自治办公处组织章程

（1932 年 4 月 15 日通过）

一、本处遵照国家法令暨地方自治委员会之议决案，综理全县自治事务。

二、本处对于各区及各机关有指挥监督之责。

三、本处设处长一人，副处长二人，由地方自治委员会推选之。任期一年，但得连选连任。

四、处长都率所属职员，总理本处一切事务，副处长辅助之。处长有特别事故不能执行职务时，由副处长代理之。

五、本处设左列各股：

1. 总务股；

2. 财务股；

3. 调查股；

4. 宣传股；

5. 建设股。

六、总务股掌理事务如左：

1. 关于撰拟、保管、收发文件事项；

2. 关于会计、庶务事项；

3. 关于编制统计及报告事项；

4. 其他不属于各股之事项。

七、财务股掌理事务如左:

1. 关于全县预算决算编制事项;

2. 关于县库收支事项;

3. 关于县公产管理事项;

4. 关于自治经费筹备事项;

5. 其他县财政事项。

八、调查股掌理事务如左:

1. 关于土地测量事项;

2. 关于户口调查事项;

3. 关于人事登记事项;

4. 其他各种调查事项。

九、宣传股掌理事务如左:

1. 关于文化社会事业;

2. 关于书籍及邮电检查事项;

3. 关于文字、口头及艺术宣传事项;

4. 其他一切宣传事项。

十、建设股掌理事务如左:

1. 关于公道之修筑事项;

2. 关于植树造林事项;

3. 关于水利及其他河工事项;

4. 关于农业经济改良事项;

5. 关于矿业之开发及管理事项;

6. 其他建设行政事项。

十一、各股设主任一人,股员若干人,秉承处长命令,办理各股事务。

十二、各股主任,依据《地方自治委员会简章》第九条第六项之规定推选之,任期一年,但得连选连任。

十三、各股股员由处长委任之。

十四、本处设处务会议,由正副处长、各股主任及处长指定之职员组织之,每两星期开会一次,由处长召集之。

十五、处务会议细则另定之。

十六、本处办事通则另定之。

十七、本章程若有未尽事宜,由地方自治委员会议决修正之。

十八、本章程自地方自治委员会议决公布之日实行。

（《镇平县自治概况》,第5—7页。）

河南省镇平县乡镇长奖惩规程

（1930 年代）

第一条　乡镇长之奖惩,悉依本规程办理。

第二条　奖励分为三种:

　　1、颁发银质奖章,并酌加薪金;

　　2、颁发铜质奖章;

　　3、记功。

前项加薪数目,以十串为限。

第三条　惩戒分为三种:

　　1、撤职或究办;

　　2、减薪;

　　3、记过。

前项减薪之数目,临时核定。

第四条　乡镇长有左列事项之一者,由该区呈报十区自治办公处察核,酌予奖励:

　　1、努力奉行地方自治委员会议决案,著有特殊成绩者;

　　2、限期事项,确实如限办理完竣者;

　　3、遇有非常事故,能临机应变,保持境内秩序者;

　　4、办理救济事业,异常出力,境内难民无流离失所者;

　　5、整顿保卫团,确著成效者;

6、振兴教育,卓著成效者;

7、接收乡村小学教师之协助,办理自治,确有成绩者;

8、本乡镇之小学教师,受加薪之奖励者;

9、办理清丈土地事宜,详明确速者;

10、办理户口调查、人事登记,详明确实者;

11、境内道路修理完善者;

12、办理林务,确著成绩者;

13、办理合作社,确有成效者;

14、办理公共卫生,卓著成效者;

15、办理禁烟、禁赌、放足等事项,确著成效者;

16、办理息讼,确有成绩者。

第五条　应予以奖章、加薪之奖励者,由十区自治办公处详叙事实,提请地方自治委员会核定。

第六条　应予记功之奖励者,由十区办公处令行之。

第七条　乡镇长有左列事项之一者,由该区呈报十区自治办公处察核情节,酌予惩戒:

1、违背地方自治委员会议决案,措施乖谬者;

2、事变发生,怠于防制,致成重大损害者;

3、办理限期事项,不能依限竣事,或敷衍从事者;

4、办理救济事业不力,或滥用赈款者;

5、废弛教育行政者;

6、不接收乡村小学教师之协助或正当之指导者;

7、本乡镇之小学教师,受撤职之处分者;

8、废弛公共卫生事项者;

9、办理息讼徇私舞弊,查有确据者;

10、废弛警卫事务,发生事端者;

11、清丈土地、调查户口,不能依限竣事者;

12、办理林务不力者;

13、纵容员役,致酿事故者。

第八条　应予撤职或究办,及减薪、记过之处分,均由十区自治办公处核定办理之。

第九条　本规程有未尽事宜,由地方自治委员会议决修正之。

第十条　本规程自公布之日施行。

(《镇平县自治概况》,第41—43页。)

浙江省村里职员训练大纲

（1920 年代）

第一条　凡本省村里职员，均依本大纲训练之。

第二条　训练方法如左：

甲　集合训练

　　一、定期全体集合；

　　二、临时全体集合；

　　三、定期抽调集合；

　　四、临时抽调集合。

乙　巡回训练

第三条　定期训练于村里职员选举后定期行之，临时训练于举办特种行政时随时行之。

第四条　全体集合或抽调集合由市县政府酌量地方情形选择行之。

第五条　巡回训练就村里职员执行之职务实地指导训练之。

第六条　村里长副之集合训练，由市县长于市县政府所在地、区长于区公所所在地分别集合行之，在区公所未成立前，各区集合训练由市县长派员分区行之。

第七条　闾长之集合由区长于区公所所在地、村长副于村里委员会所在地分别集合行之，在区公所未成立各区，集合训练依前条第二项之规定。

第八条　邻长之集合训练由村长副于村里委员会所在地集合行之。

第九条　巡回训练由巡回指导员巡回训练之。

前项巡回指导员以地方自治专修学校学生修业期满遣回服务者充任,在地方自治专修学校学生未修业期满前,得由市县政府遴选明了党义并对于地方自治素有研究或经验者充任之。

第十条　集合训练之训练员如左:

甲　在市县政府所在地训练者就左列人员选任:

一、县党部职员;

二、县政府职员;

三、巡回指导员;

四、对于地方自治有研究经验或有其他专门学识者。

乙　在区公所所在地训练者就左列人员选任:

一、党部职员;

二、区公所职员及本区其他行政人员;

三、巡回指导员;

四、本区小学职教员;

五、对于地方自治有研究经验或有其他专门学识者。

丙　在村里委员会所在地训练者就左列人员选任:

一、党部职员;

二、区公所职员及本区其他行政人员;

三、本村村长副;

四、巡回指导员;

五、小学职教员;

六、对于地方自治有研究经验或有其他专门学识者。

以上训练员均为义务职,但选任地方自治有研究经验或其他专门学识之训练员,得酌支旅费。

第十一条　集合训练之教材依左列范围选用之:

　　一、党义概要(三民主义、《建国大纲》、《第一次全国代表大会宣言》、《地方自治开始实行法》、《民权初步》及本党政纲决议案宣言等);

　　二、自治要义;

　　三、村里制释义;

　　四、村里职员服务规律释义;

　　五、卫生常识;

　　六、警卫须知;

　　七、科学常识;

　　八、七项运动大要;

　　九、现行法令概要;

　　十、四权行使之演习;

　　十一、公文程式。

临时训练之教材依训练目的定之。

第十二条　闾长以下之训练如不能以课本或讲义教授时,得以讲演方法行之。

第十三条　集合训练之期间自三日至一月,临时训练之期间临时定之。

第十四条　定期集合训练之期间在二周以上者,得给予证书。

第十五条　巡回指导员于巡回实地指导时,得召集附近村里职员施行讲演。

第十六条　村里长副在训练期内,其职务由村里委员会就闾长议决选代,闾邻长在训练期内,其职务由村里长副选派他闾邻长兼代或住民代理。

第十七条 本县区村里关于集合训练之经费,各由市县区村里公款内支出,但区村里公款不敷支出时,得由本县公款补助之。

第十八条 村里职员在集合训练时所需之川旅、膳宿、书籍、讲义等费,均于村里公款支给,其数目由市县政府核定之。

第十九条 巡回指导员之津贴及川旅膳宿费,均由市县公款支给之。

前项津贴每员以二十元至四十元为限,其川旅膳宿费之标准由市县政府定之。

第二十条 关于前三条经费之支用,在市县公款支出者由市县政府呈请民政厅核准,在区村里公款支出者由市县政府核准。

第二十一条 关于训练实施详细办法,由市县政府依照大纲酌量地方情形拟呈民政厅核定。

第二十二条 各项训练实施状况由市县政府按月列表汇报民政厅查核。

前项报告表式由民政厅定之。

第二十三条 本大纲自省政府公布日施行。

（《县政大全》第二编（下），第 170—173 页。）

拟订区乡镇自治公约注意要项

（浙江省政府订，1933 年 1 月内政部转咨各省政府）

一、区乡镇所订自治公约，应遵守党义，并不抵触中央及省县之法令规章，不逾越权限，不妨害公共利益及一切善良之风俗习惯。

二、居民之权利义务，应就法令范围及地方需要程度内明白规定，义务各尽其力，权利一律平等。

三、遵守法律，尊重纪律，为自治要义；崇尚勤俭，实行互助，为自治要图；应规定于公约内，养成并增进之。

四、区乡镇自治，乃区乡镇人民自己处理区乡镇之事务，而求其进展发达。应参照自治施行法规定事项，及本区乡镇状况，将重要事项之进行方针，于公约内制定其原则。

五、除弊与兴利同重。矫正不良风俗，感化不良分子，第应体察本区乡镇状况，将重要者于公约内规定其事项及方法。

六、区公所助理员之分股办事，及乡镇公所事务员、乡丁或镇丁之人数职务及待遇，依《区自治施行法》第四十五条及《乡镇自治施行法》第四十四条之规定，应于公约内订定。

七、居民对于办理公共事业能忠实勤奋者，或输助捐款建设地方自治事业著有成绩者，应于公约内规定其奖励方法。

八、居民因救护或防御事项致成残废或受伤殒命者，应于公约内规定其抚恤方法。

九、为保持自治公约之效力，应规定居民违反自治公约之制裁。其制裁之种类，约如左列：

（一）过怠金 五元以下一角以上，其须赔偿损失者，并得由区公所或乡镇公所公估价值、责令赔偿，其无力缴纳过怠金者，得改处以服劳役一日，抵过怠金一元；

（二）向总理遗像肃立，静默三分钟至三十分钟；

（三）训诫；

（四）其他就地沿用之善良习惯，足资儆戒者；但不得有凌虐行为。

前项第一款之制裁，应依《区自治施行法》第三十九条及《乡镇自治施行法》第四十一条之规定，由区长或乡镇长报请县政府处理之；第二、三、四款之制裁，应由区长报告区务会议，或乡镇长报由乡镇会议议决后处理之。

十、居民违约事项，如有涉及违警及刑事者，应规定除依自治公约之制裁外，其关于违警及刑事部分，仍归主管机关依法处办。

十一、凡违反公约应处过怠金，而年龄在十六岁以下者，应规定予以训诫，并交家长约束，免处过怠金。但由家长指使或再犯时，得处家长以过怠金。

十二、凡违反公约而居民不遵制裁时，应规定由区公所或乡镇公所报由区公所呈请县政府核办。

十三、区乡镇自治公约条文，应力求通俗明显，俾一般人均得了解。

（《县区行政法规解释集成》上册，第797—800页。）

浙江省县各级组织纲要实施计划

（1940 年 5 月 24 日省政府委员会会议修正通过）

甲、关于总则者

第一条　本计划依照《县各级组织纲要实施办法原则》订定之。

第二条　厘定县等,应按县之面积、人口、经济、文化、交通等状况,分为六等,由省政府划分,报内政部核定。

第三条　确定县为自治单位,县以下各级管教养卫之组织应力求机构之合一,战区并应以自卫为中心,教育为方法,造成强固坚韧之团体,进而打击敌人。

第四条　现行县以下各级编制,应先从保甲依次调整,其教育、兵役、警察、卫生、合作、征收等区域,并应与调整后之区乡镇区域合一。

第五条　调整区乡镇保甲之编制,应由县政府拟定调整县以下各级编制方案,呈请该管行政督察专员公署转请省政府核准施行。

第六条　县以下各级编制调整完成后,县政府应即绘具乡镇区域详图、编造乡镇编制报告表及保甲编制报告表,呈送该管行政督察专员公署存转省政府查核,汇报内政部备案。

乙、关于县政府者

第七条　现行县长兼职应即分别调整裁并，以期集中事权、运用灵活。

第八条　县政府设科之多寡及其职掌之分配暨名额、官等、俸给、编制，由省政府依照县之等次及实际需要拟定，报内政部备案。

第九条　县长、县行政人员之考试、甄审、训练、任用、考核、罢免，由省政府依照左列规定办理之：

一、县长、县行政人员之甄审，依照《修正县长任用法》及《县行政人员任用条例》办理之；

二、县长、县行政人员之训练，依照《各级干部人员训练大纲》办理之；

三、非现任县行政人员之考试，依照《特种考试浙江省地方行政人员考试条例》办理之；

四、县长、县行政人员之考核，除随时察核其勤惰功过外，每年并应依照《非常时期公务员考绩暂行条例》办理之；

五、县长、县行政人员在任期间，除代理试署者外，其经依法实授者，非依法律不得免职或停职。

第十条　县政府设县政会议，每两星期开会一次，由省政府随时督促县政府举行，每半年列表汇报内政部备案一次。

第十一条　县行政会议在县参议会未成立前，于每年五月及十一月中旬各举行一次，由省政府督促县政府举行，每年一月及七月各列表汇报内政部备案一次。

第十二条　省政府应订定县政府组织规程，报内政部转呈行政院核定，并订县政府办事规则，报内政部备案。

第十三条　县政府执行中央及省委办事项，依照左列之规定：

一、中央及省委办事项应于公文纸上注明之；

二、中央及省委办事项之经费，应由国库及省库支给，不得责令县政府就地筹款开支；

三、原属于县之事项，现由省政府统筹办理支给经费者，其调整办法应俟专案决定。

丙、关于县参议会者

第十四条　县参议会之设置，应俟中央县参议会条例颁布后办理之，但一切准备工作应于一年以内完成，自二十九年起三年内于各县普遍设置之。

丁、关于县财政者

第十五条　划分省县财政县份，以左列各款收入列入县地方岁入概算：

一、土地税之一部（在《土地法》未实施之县，各种属于县有之田赋附加全额）；

二、利用整理土地成果改正粮赋后正附溢额田赋之全部；

三、中央划拨县地方之印花税三成；

四、土地改良物（在《土地法》未实施之县为房捐全额）；

五、依照田赋正税、普通营业税标准征收之自治经费；

六、屠宰税之全额及普通营业税、牙行营业税各百分之二十；

七、县公产收入；

八、县公营业收入；

九、其他依法许可之税捐。

前项屠宰税、普通营业税、牙行营业税，及依照普通营业税标准征收之自治经费,仍由省统一征收,于每月终就其收数依照规定划拨之。

第十六条　本省各县自治经费自二十九年度起停征旧欠自治户捐,并废止县区自治附捐,另依田赋正税标准征收自治经费四成,普通营业税标准征收自治经费二成,除省县财政划分县份外,由省依照各县人口、面积与密度统盘支配。

第十七条　划分省县财政由省政府于二十九年度起,在每年度前指定,分三年完成,但第一年至少划分十县。

第十八条　各县于省县财政划分后,其行政经费省库不再予以补助,收支如不能相抵,应兴办造产事业自行筹足,但省政府得视县地方收支状况酌量补助事业费。

第十九条　人口稀少、土地尚未开辟之县,其所需开发经费,除省库拨付外,不足之数,依照《县各级组织纲要》之规定呈请国库补助。

第二十条　县之财政均由县政府统收统支,厉行会计审计制度,清理地方公款公产,并尽量裁并不必要之机关,停办不必要之事业,以其经费移作实施新县制之用。

戊、关于区者

第二十一条　区之划分,应以调整后之十五乡镇至三十乡镇为原则,并得依左列标准设置区署:

一、有关政治、经济、交通之重要区域或游击据点者;

二、文化经济过于低落者;

三、县之面积过大或距离县治僻远者。

第二十二条　凡全县乡镇调整后在十五乡镇以下之县份不分设区署。

第二十三条　区应冠以区署所在地之名,在未设区署之区,应冠以含有历史与地理意义之名称。

第二十四条　现行乡镇建设联合办事处,应即一律裁撤,保甲巡回督导员应改称指导员,并入县政府组织之内。

第二十五条　在不分设区署县份,或未设区署之区,其乡镇直辖于县政府,由县政府派员指导。

第二十六条　区之划分及区署之设置,由县政府依照《县各级组织纲要》第二四条、第二五条第二项及本计划办理,呈请该管行政督察专员公署详加审核,必要时并应派员会同县长厘正,报省核定。

第二十七条　区长、指导员之训练依照县各级干部人员训练大纲办理之。

第二十八条　省政府应订定区建设委员会组织规则,报内政部备案。

己、关于乡镇者

第二十九条　凡县以下之村庄地方为乡,街市地方为镇,乡与镇同级,均为法人。

第三十条　乡镇区域应依各地方习惯、自然形势、户口分布及经济组织等状况划分之。

第三十一条　乡镇之划分应以调整后之十保为原则,不得少于六保多于十五保,并应依左列各项标准拟定核呈:

一、面积:按县之大小定乡镇之面积,其平原地方划分乡镇宜大,倘系近山沿海以及岛屿地方,得因地制宜不限面积;

二、地形:乡镇之地形以整齐为原则,如限于自然形势者,得依其形势之便利划分之;

　　三、户口：户口稀少地方划分乡镇宜大，户口繁庶地方划分乡镇宜小；

　　四、交通：交通便利地方划分乡镇宜大；

　　五、经济状况：地瘠民贫地方划分乡镇宜大，并以不分割固有经济组织为原则；

　　六、人民习惯：人民习惯相差过远者不宜合并，如习惯相同可以合办公共事业者，则划为一乡镇。

　　前项乡镇之保数，在城区或街市地方，如因历史关系及自然条件多于十五保，或因近山沿海以及岛屿地方在附近三十里以内不足六保者，由县政府声叙理由，呈请该管行政督察专员公署转请省政府咨报内政部核准得仍其旧。

　　第三十二条　乡镇之界线以左列标的为准：

　　一、山之分水岭；

　　二、河流溪涧之中心线；

　　三、关隘、道路、堤塘、桥梁及其他有永久性之建筑物。

　　第三十三条　乡镇区域应冠以居民习用或含有历史与地理意义之名称。

　　第三十四条　调整乡镇区域，应由县政府派员，依照《县各级组织纲要》第二十九条、第三十条及本计划通盘研究，切实履勘，拟具乡镇区域简明图说，编入调整县以下各级编制方案。

　　第三十五条　乡镇界线发生争议时，由县政府派员召集有关系乡镇长协商后，呈请该管行政督察专员公署转呈省政府核定之。

　　第三十六条　在乡镇长选举未经中央明令实施以前，乡镇民代表大会举行至二次以上，并有相当成绩者，县政府得令选举乡镇长副乡镇长候选人三人，由县政府圈定之。在未能由乡镇民代表会选举以前，由县政府召集该乡镇所属保甲长公推候选人三人圈定之,如被公推之人均不合适时,得命重推。

第三十七条　自治人员候选人考试应照中央规定举行。

第三十八条　乡镇长、副乡镇长、中心小学校长、乡镇公所各股主任及干事之训练,依照县各级干部人员训练大纲办理之。

第三十九条　乡镇公所设乡镇务会议,每月开会一次,由县政府随时督促各乡镇公所举行,每半年列表汇报省政府备案一次。

庚　关于乡镇民代表会者

第四十条　乡镇民代表会之设置,在中央乡镇民代表会组织规程未颁布前,仍照浙江省乡镇民代表会会议暂行通则之规定办理。

辛　关于乡镇财政者

第四十一条　乡镇经费应分为乡镇行政费及乡镇事业费,前者就征收之自治经费内由省政府统筹发给,代收由省统逐渐随同省县财政划分全数归县,后者依照《县各级组织纲要》第四一条之规定,树立乡镇财政基础。

第四十二条　乡镇行政费归入县概算统盘支用,乡镇事业费以乡镇为单位编制概算,呈由县政府审核编入县概算。

第四十三条　清查乡镇公款公产及无主之田地山荡作为本乡镇之公有财产,并以其孳息作为本乡镇之事业费。

第四十四条　由乡镇民代表会决定本乡镇造产事业,运用义务劳力制度造成本乡镇公共产业,并以其每年所得之孳息作为本乡镇之事业经费。

壬　关于保甲者

第四十五条　保甲之编组以调整后十甲为保，十户为甲为原则，每保不得少于六甲，多于十五甲，每甲不得少于六户，多于十五户，但应充分注意历史关系及自然条件。

第四十六条　保次之编定应以调整后之乡镇区域为起讫范围，由甲之一方起挨甲编组，如一村或一街为不可分离之自然单位，编有二保或三保者，得联合举办事业。

第四十七条　甲次之编定应以自然街村为起讫范围，由户之一方起挨户编组之。

第四十八条　户次之编定应以毗连或相对之家屋编定。

第四十九条　调整保甲之编制，应由县政府或区署派员会同乡镇长［依照《县]各级组织纲要》第四十五条、第四十六条及第五十三条切实履勘规划，编入调整县以下各级编制方案。

第五十条　保民大会之设置，在中央保民大会章则未颁布前，仍照浙江省各县保民大会会议暂行通则之规定办理之。

第五十一条　保民大会举行至二次以上，并有相当成绩者，得报请县政府核准，依照《县各级组织纲要》第四七条之规定选举保长副保长候选人三人，造具名册，报由县长圈定之。

第五十二条　甲长由户长会议选举，必要时甲居民会议亦得选举之。

第五十三条　保长副、保国民学校校长、甲长及干事之训练，依照县各级干部人员训练大纲办理之。

第五十四条　省政府应依照乡镇保甲规程订定施行细则，现行各项法令均予废止。

癸　关于附则者

第五十五条　《县各组织纲要》之实施,应无分敌后与前方后方同时普遍施行,国民兵之组训,亦应依此原则办理。

第五十六条　县各级事业自二十九年起分三期举办,一年为一期,其进度由各主管机关按照各县实际情形厘定,报省政府饬遵。

第五十七条　县政府为鼓励地方人士努力于县以下各级事业之实施起见,每年年底应会同县参议会考察评定成绩,呈报省政府奖励,汇咨内政部查核。评定之成绩及奖励由县政府公布之。

第五十八条　县以下各级地方机构每年至少应举行关于各种地方自治事业竞赛会一次,由上级机关首长莅临或派员指挥。

第五十九条　凡本计划列举事项应努力推进,严切执行,其未列举事项应仍照法令加紧办理。

第六十条　本计划自呈奉行政院备案后施行。

(《县各级组织纲要浙江省实施总报告》,第128—133页。)